新潮文庫

落日燃ゆ

城山三郎著

新潮社版

3719

落日燃ゆ

はじめに

昭和二十三年十二月二十四日の昼下り、横浜市西区のはずれに在る久保山火葬場では、数人の男たちが人目をはばかるようにしながら、その一隅《いちぐう》の共同骨捨場を掘り起し、上にたまっている新しい骨灰を拾い集めていた。

当時、占領下であり、男たちがおそれていたのは、アメリカ軍の目であったが、この日はクリスマス・イブ。それをねらい、火葬場長と組んでの遺骨集めであった。

やがて一升ほどの白っぽい骨灰を集めると、壺《つぼ》につめて、男たちは姿を消した。

骨壺は男たちによって熱海《あたみ》まで運ばれ、伊豆山《いずさん》山腹に在る興亜観音に隠された。

その観音は、中支派遣軍最高司令官であった松井石根《いわね》大将が、帰国後、日中両国戦没将兵の霊を慰めるために建立《こんりゅう》したもので、終戦後の当時は、ほとんど訪れる人もなかった。骨壺を隠して安置しておくには、絶好の場所でもあった。

骨壺の中には、七人の遺骨がまじっていた。

土肥原賢二《どいはらけんじ》（陸軍大将、在満特務機関長、第七方面軍司令官、教育総監）
板垣征四郎《いたがきせいしろう》（陸軍大将、支那派遣軍総参謀長、朝鮮軍司令官）
木村兵太郎（陸軍大将、関東軍参謀長、陸軍次官、ビルマ派遣軍司令官）
松井石根（陸軍大将、中支派遣軍最高司令官）
武藤章《あきら》（陸軍中将、陸軍省軍務局長、比島方面軍参謀長）
東条英機《ひでき》（陸軍大将、陸相、首相）
そして、ただ一人の文官、
広田弘毅《こうき》（外相、首相）

七つの遺骸《いがい》は、その前日、十二月二十三日の午前二時五分、二台のホロつき大型軍用トラックに積まれて巣鴨《すがも》を出、二台のジープに前後を護衛され、久保山火葬場へ着いたもので、二十三日朝八時から、アメリカ軍将校監視の下に、茶毘《だび》に付された。

遺族はだれも立ち会いを許されなかった。それどころか、遺骨引き取りも許可されなかった。

アメリカ軍渉外局は、

「死体は荼毘に付され、灰はこれまで処刑された日本人戦犯同様に撒《ま》き散らされた」と、発表した。アメリカ軍が持ち去った遺骨は、飛行機の上から太平洋にばらまかれたといううわさであった。狂信的な国粋主義者が遺骨を利用することのないようにとの配慮からだとされた。

ただし、アメリカ軍は七人分の骨灰のすべてを持ち去ったわけでなく、残りは火葬場の隅《すみ》の共同骨捨場へすてられた。男たちは、それをひそかに掘り返し、興亜観音へ隠したのであった。

それから七年、昭和三十年四月になって、厚生省引揚援護局は、この骨灰を七等分し、それぞれ白木の箱に納めて、各遺族に引き渡した。

だが、広田の遺族だけが、「骨は要りません」と、引き取りをことわった。すでに遺髪や爪《つめ》を墓に納めてあり、だれの骨灰ともわからぬものを頂きたくないという理由からであったが、それは、表向きの理由でしかなかった。

昭和三十四年四月、興亜観音の境内に、吉田茂の筆になる「七士の碑」が建てられ、友人代表としての吉田茂や荒木元大将はじめ遺族やゆかりの人約百人が集まり、建立式が行われた。

だが、このときも、広田の遺族は、一人も姿を見せなかった。

広田の遺族たちは、そうした姿勢をとることが故人の本意であると考えていた。広田には、ひっそりした、そして、ひとりだけの別の人生があるべきであった。せめて彼岸《ひがん》に旅立ったあとぐらい、ひとりだけの時間を過させてやりたい。たとえ、事を荒立てるように見えようと、心にもなく参加すべきではないと、考えていた。

「日本は英雄を要しない。われわれは、天皇の手足となってお手伝いすればよいのだ」

と、外相時代、よく部下にいっていた広田。

そうした広田にとって、死後まで英雄や国士の仲間入りさせられるのは、不本意なはずであった。

広田は、背広のよく似合う男であった。

「意外なことに、広田さんは洋服にやかましく、寸法とりや仮縫いにも、細かく注文をつけた。若いとき、ロンドンに居られたせいもあろうが」

と、部下の一人はいう。

おしゃれというより、外交官としての役目上、そうすべきだと、広田は考えたのであろう。

ただ、広田をよく知る人にまで、「意外なことに」とことわらせたのは、広田がおよそ服装などには無頓着《むとんちゃく》な茫洋《ぼうよう》とした人柄《ひとがら》であり、片田舎の小学校長とでもいった朴訥《ぼくとつ》な風貌《ふうぼう》の持主であったからである。

広田は、平凡な背広が身についた男であった。軍服も、モーニングも、大礼服も、タキシードも似合わなかった。広田もまた、着るのをきらった。

「おれに公使など、できるかなあ。宴会などしょっ中だし、困るねえ」

はじめて公使としてオランダへ赴任することになったとき、広田は外交官らしくもない弱音を漏らした。昭和二年（一九二七）五月、数え五十歳のときである。

似た者夫婦というのか、七つちがいの広田の妻静子もまた、公使夫人として表に出ることがにが手であった。広田がタキシードぎらいなら、静子はそれに輪をかけた夜会服ぎらいであった。華やかに装ってパーティの女主人公になることなど、考えるだけで頭痛がした。このため、静子は子供たちとともに日本にとどまり、広田は単身で赴任することにした。

広田は、それまでにも、北京《ペキン》の駐支公使館での外交官補生活をふり出しに、三等書記官としての駐英大使館勤務、一等書記官としての駐米大使館詰など、かなり長い在外公館生活の経験がある。

一国を代表する公使として赴任する以上、それに伴う社交生活ははじめから予想されたことである。

外交官を志す者、華やかさに憧《あこが》れてとはいわないが、華やかな社交生活の魅力をどこかに感ぜぬはずはない。モーニングやタキシードぎらいでは、外交官がつとまらぬ。広田のような弱音を吐くのは、例外であり、論外というべきかも知れない。

こうした男が外交官になり、しかも、吉田茂はじめ同期のだれにも先んじて外相から首相にまで階段を上りつめ、そして、最後は、軍部指導者たちといっしょに米軍捕虜服を着せられ、死の十三階段の上に立たされた。

広田の人生の軌跡は、同時代に生きた数千万の国民の運命にかかわってくる。国民は運命に巻きこまれた。

だが、当の広田もまた、巻きこまれまいとして、不本意に巻き添えにされた背広の男の一人に他《ほか》ならなかった。

その意味で、せめて死後は、と同調を拒み通す広田の遺族の心境は、決して特異なものではなかったはずである。

一章

福岡市の中心部、県庁に近い一画に、こぢんまりとした天神さまがある。水鏡神社、水鏡天満宮ともいう。大鳥居は二つ。県庁に面した南側参道と、橋口町寄りの北側に在る。

水鏡天満宮は、古来、地元の人々の信仰をあつめた格式高い社で、北側鳥居の掲額の文字も、旧藩主である「侯爵《こうしやく》黒田長成謹書」とある。

これに対し、南の鳥居の掲額にある「天満宮」の文字については、署名がない。のびやかな美しい字だが、これを書いたのが、無名の一小学生であったからだ。

この小学生は、氏子総代の令息などというわけでもなかった。実は、鳥居の工事をした石屋の息子であった。

石屋は息子の字のうまいのが自慢で、ときどき墓碑の字などを書かせていたが、天満宮の鳥居にも、ぜひ息子の字をかけたくなった。

一月《ひとつき》に三十五日分働くというので、「三十五日さん」*というあだ名をつけられた働き者の石屋。道楽も遊びも知らぬ朴訥《ぼくとつ》な男の親馬鹿に似た望みである。

天満宮側とのやりとりがあった。

幸い、天神さまは子供の習字の神様でもある。示された文字が堂々として美しいので、神社側は使う気になった。石屋の熱心さに負けただけでなく、これが天神さまにふさわしく、子供たちを励ますことにもなると思って。ただし、無名の少年の筆だから、少年の名は入れさせなかった。この少年が後に首相になろうとは、神ながら知る由《よし》もなかった。

戦災で福岡の街の様相は一変し、広田の名残《なご》りとなるものはほとんど失われた中で、わずかに、この鳥居の文字だけが残っている。

鳥居の三文字は、少年の広田にとって、名誉であっただけではない。そのことが、広田の人生の行路を左右するきっかけともなった。

広田の父徳平は、小さな石屋に年季奉公したあと、その働きぶりを認められ、その養子になった。そして、近くのこれも小さな素麵《そうめん》屋の娘タケと結婚。男の子をもうけた。明治十一年二月十四日のことである。

若夫婦は、はじめて授かったこの子供に、丈太郎と名づけた。多くを望まず、ただ丈夫にだけ育って欲しいというねがいをこめて。

広田丈太郎は、その名どおり、元気に育った。

後年、広田が総理になったとき、新聞記者にとり巻かれた徳平は、上機嫌《じょうきげん》でいったものだ。

「うん、あれを育てるのに、別に苦労なんかしまッせんたい。人間はなァ、飯さえ食わしとけば自然に大きうなるもんたい*」

広田の後には、三人の弟妹が生れた。

六畳一間の暮しから出発しただけに、最初の中《うち》、石屋「広徳」の生活は苦しかった。

広田も小学校低学年のころには、学用品を買う金をつくるため、藺草《いぐさ》を抱えて、

「藺草やァ、藺草ァ」

と売り歩いたり、焚《た》きつけ用の松葉を集めて売り歩いた。あるいは、葬式の行列の白張提灯《しらはりぢようちん》持ちをして小づかいを得たこともあった。

だが、両親そろって、「三十五日さん」で、朝は明けぬ中から夜は深更まで働き続けたため、「広徳」は、広田が高等小学校に進むころには、職人を使うほどになり、広田はときどき帳面づけを手伝ったり、使い走りをすればすむようになった。

習字に励んで字がうまいだけでなく、よく勉強し、学業はいつも優等の成績。ひと

り山歩きに出て、星を眺《なが》めて寝たり、万国地図に見入っていたりする少年でもあった。

もちろん、徳平は、このよくできるおとなしい長男に、高等小学校を卒《お》えたら、石屋「広徳」を継がせるつもりでいたが、少年広田の才能を惜しむ知人から、中学へ進ませるように懇々と説かれた。

当時、東京でも中学へ進むのは、一クラスの中、四、五人という時代。「石屋の小倅《こせがれ》がとんでもない」としぶる徳平に、しかし、知人は説き続けた。そして、その説得の決め手となったのが、次の文句であった。

「あんたの息子は、いまでさえ、天神さまの額のようなあんないい字を書く。中学へやれば、どんなすばらしい字を書くことになるか知れんぞ」

石屋徳平は、この文句に動かされ、息子を途中から中学に上げることにした。勉強好きだが、親の決めたとおり高等小学校だけで終ろうとしていた少年広田の前に、こうして、思いがけぬ新しい道が開けた。もっとも、「広徳」のあとつぎになるという父子《おやこ》の目標に変りはなかったのだが。

県立修猷館《しゅうゆうかん》中学の二年に編入された広田は、三年になるときには、百九人中二位という好成績を示した。

その後も卒業まで無欠席で、英語数学は常に九十点以上。「注意深く勉強心厚し」

と通信簿に書かれる優等生生活が続いた。

広田は、ただ勉強の虫ではなかった。禅寺へ座禅に通い、町の柔道場へも休まず出かけた。どれだけ投げとばされても相手に立ち向って行くというねばり強さのおかげで、よく優勝もした。

この柔道場が、玄洋社の経営によるものであり、広田は学友とともに玄洋社に出かけ、論語を中心とする漢学や漢詩の講義を聴いた。

頭山満《みつる》、箱田六輔《ろくすけ》らの玄洋社は、もともとは自由民権運動のための政治結社で、「第一条、皇室を敬戴《けいたい》すべし。第二条、本国を愛重すべし。第三条、人民の権利を固守すべし」の三カ条をその「憲則」としていた。

ただ、玄洋（玄海灘《げんかいなだ》）ひとつ隔てて大陸をのぞむ土地《とち》柄《がら》だけに、韓国《かんこく》の亡命の志士たちの世話をするなど、対外的な関心は強かった。

たまたま明治十九年、清国《しんこく》の北洋艦隊が長崎へ入港したとき、その水兵たちが子女に乱暴しようとし、これをとめにかかった警官を追って、警察署へ乱入して暴行するという事件が起った。いかにも日本を軽視した事件、しかもそれがすぐ近くで起っただけに、玄洋社では、それから後、民権論よりも国権論、国権の伸長を第一に考えようという姿勢がいっそう強くなった。

漢学や漢詩の講義は、そうした玄洋社の精神風土の中で行われていた（もっとも、広田は玄洋社の正式な社員でなく、生涯《しょうがい》、そのメンバーにはならなかった）。

広田が中学四年のとき、日清戦争が勃発《ぼっぱつ》した。

海ひとつ向うでの大国相手の戦争に、広田は学友たちとともに若い血を燃やし、軍人に志願することを考えた。

だが、広田にさらに大きな衝撃を与えたのは、翌年の講和後起った三国干渉である。

「日本の遼島《りょうとう》半島領有は東洋平和を害する」というロシヤ、ドイツ、フランス三国の強硬な申し入れに押しきられ、日本は講和会議で獲得したばかりの遼島半島を、条約の批准《ひじゅん》直後に清国へ還付しなければならなかった。

巨大な三国と清国との結託の前に、国力の劣る小さな日本はなすすべもなかったが、それにしても、日本には外交の力というものがなさすぎた。戦争には勝ったが、外交で負けた形であった。

若い広田は、情けなくて仕方がなかった。まわりを見渡せば、軍人になろうとする若者はいくらでも居る。だが、軍人ばかりでは、もはや日本は守れないし、ただ空しく血を流すだけのことになる。

必要なのは、すぐれて有為な外交官である。だれでも成れるものでなく、また軍人ほど華やかな働きのできるものでもないが、軍に劣らず、若者を必要としているのではないか。

すでに広田は、市役所に陸軍士官学校の入学願書を出していたが、同じ志の平田という幼な馴染《なじみ》の親友とともに願書をとり下げに行き、外交官めざして一高へ進むことにした。

「広徳」は次男に継がせればよいと、徳平の気持も変ってきた。息子の出世をねがうというのではない。徳平もまた、玄海灘を見て暮してきた古風な人間であった。〈お国のためになるなら、外交官でも、軍人でも、何にでもなって働いてくれい〉という考えであった。もっとも、徳平には、広田の学資まで出す余力はなかったが。

当時も一高の入学試験ははげしい競争であったが、広田と平田は、励まし合って勉強し、合格した。

中学卒業と同時に、広田は名を「弘毅」とあらためた。好きな論語の一節、「士は弘毅ならざるべからず」からの命名であったが、それは、外交官として生きようとする自分自身にその姿勢をいいきかすための改名であった。

親のつけてくれた丈太郎という名をすてるのは、孝行息子の広田としては辛《つら》いことであったが、それ以上に、広田は思いつめていた。

改名できるのは僧籍に入る場合だけに許されたので、広田は参禅していた寺の住職にたのみ、一時、僧籍に入ることまでした。おとなしいが、思いこんだら、そこまで徹底してやる性格であった。

広田の特長のひとつは、早くから、先輩や仲間との交わりを深め、互いに啓発し、知恵や情報を吸収し合って生きて行こうと努めたことである。人と人との生身《なまみ》のふれ合いや耳学問を大切にし、ただの読書家に終らなかった。

すでに中学時代、広田は仲間たちを語らって、「致格会」という集会を持っていた。「致知格物」から名をとった人生勉強の会で、この会の仲間から後に何人もの学者や実業家が出た。

広田の一高生活の学資は、篤志家《とくしか》から援助を受ける約束になっていたが、親友の平田もまた学資に窮しているのを見ると、広田は平田に代って奔走して学資の援助者を見つけ出し、口説き落した。そして、二人そろって、黄麻の羽織に小倉の袴《はかま》、高足駄《たかあしだ》をはき、筍《たけのこ》の皮で編んだ饅頭笠《まんじゆうがさ》をかぶって東京に上った。

一高の二年になると、広田は寮を出たが、それは、ただの下宿ぐらしをするためではなかった。

広田は、小石川に六畳四畳半二畳の三間しかない小さな家を借り、平田ら五人の仲間を誘って共同生活をすることにした。経済的な理由からだけでなく、常住坐臥《ざが》を通し、若者同士鍛え合い、みがき合おうというのである。

上京以来、広田は頭山満はじめ同郷の先輩たちの許《もと》へよく顔出ししていたが、この共同生活をきいた頭山は、

「薪《まき》も一本では燃えぬ。同志の士が何人か集まれば、何か国家のためになることもあろう」

と、広田を励ました。

広田は頭山の紹介で、外務卿《きよう》だった副島種臣《そえじまたねおみ》を訪ね、この家のために「浩浩居」という額の字を書いてもらった。「浩浩として歌う、天地万物我を如何《いかん》せん」(馬子才)という雄大な詩句からの命名である。

もっとも、貧乏書生ばかりの集りなので、生活は苦しかった。ようやく馬肉を買って食えたとき、広田は、「ウマカ、ウマカ」と、よろこんだ。おとなしく重い感じに似合わず、よくシャレをいう広田であった。

広田がこの家の寮長格、平田が副寮長格であった。親友でありながら、二人の性格は対照的であった。

平田は毎朝五時に起き、掛声かけながら、素裸で鉄唖鈴《てつあれい》をにぎり、ついで、英字新聞を便所に持って入って読む。そのあと、井戸端に出て冷水を浴びるというのが、一年を通して変らぬにぎやかな日課のはじまりであった。この元気者で血色のいい平田を、寮生たちは「赤鬼」と呼んだ。

これに対し、広田は「青鬼」。毎朝六時起床、夜は十時就寝という日課をきちんと守り、時間さえあれば、ひっそり机に向って論語を読んでいる。日曜日も午前中は本を読むが、午後は必ず先輩の宅を訪ね歩いた。試験中でも、先輩訪問は欠かさない。主として同郷の先輩を訪ねたが、とりわけ広田にとっての収穫は、頭山満の紹介による山座円次郎との出会いであった。

福岡県出身の山座は、当時、外務省政務局長で、小村寿太郎外相の腹心といわれた実力者であった。

小村をかついで日英同盟を成立させるなど、積極外交を展開。孫文がシンガポールへ脱出するための資金をひそかに工面してやるなど、国士ばりのところもあった。それでいて格調の高い文章を書き、「彗星《すいせい》の尾を貫くやほととぎす」などというすぐれた俳句もつくった。

このため、すでにそのころから、「山座の前に山座なく、山座の後に山座なし」といわれたほどで、部外にもその名が鳴りひびいていた。

広田は、自分が夢見ていた理想の外交官の姿を、目《ま》のあたり見る気がした。これまではただの理想を追っていたものが、はっきり具体的な人間の形をとった。ためらわず、山座の後に続こうと思った。

すでに広田は東大に進んでいたが、学生だからといって、ただ漫然と世に出る時を待っては居られない。いまから外交官の目を持ち、頭を持たねばならぬ。

折から日英同盟が調印され、国の内外でさまざまの反響を呼んでいた。

広田は、世界各国のこの同盟に対する世論といったものをまとめてみたらと思った。広田自身それを知りたいし、世間にも参考にしたい人が少なくないであろう。もちろん、まず山座に読んでもらいたい。

いったん重い腰を上げると、広田は行動力があった。浩浩居の住人たちに呼びかけ、英語ドイツ語フランス語ロシヤ語など、それぞれ得意の語学を生かし、諸外国の新聞からこの問題についての論評を丹念に集め、翻訳させた。その上で広田は、それらを編集し、『日英同盟と世界の輿《よ》論《ろん》』と題する一冊の本にまとめて出版した。

この本は好評で、すぐ売り切れた。だが、広田にとってうれしかったのは、山座がその本の価値を認めてくれたことであった。

それから後、山座がウイスキイや牛肉の包みをぶらさげ、浩浩居へ訪ねてきてくれるようになった。山座は、ただ同郷の後輩という以上に広田の価値を認めた。

明治三十六年、大学二年の夏休みに入る直前の一夜、広田と平田は、「急用があるから」と、山座の官邸へ呼ばれた。

行ってみると、山座はそれまでにない緊張した顔つきで、二人を迎えて切り出した。

「どうだ、この夏休み、二人で手分けして、満鮮とシベリヤを見て来る気はないか」

思いがけぬ話だが、心を動かされてうなずく二人に、山座は、

「ただし、場合によっては、死を覚悟しなければならん旅行だ」

そういってから、二人にじっと目を当てたまま、説明した。

ロシヤがしきりに満州朝鮮への進出をはかっており、日露の間は、ただならぬ雲行きになってきている。このため、不測の事態に備える意味もあって、外務省としては情勢判断に必要な資料をできるだけ集めておかねばならない。

それには、現地の事情や空気、ロシヤ側の進出の模様などを直接探っておく必要があるが、外務省の役人や軍人が出掛けたのでは、たとえ変装して行ったとしても、警戒されて動きがとれないし、露見すれば、厄介《やっかい》なことになる。ところが、学生が暑中休暇で旅行にきたという形をとるなら、目立たないですむ。

もっとも、密命を帯びて旅行していたことがわかれば、ロシヤ側の手で処分されることも覚悟しなければならない——と。

「青鬼」と「赤鬼」は緊張してきいていたが、最後に二人そろっていった。

「わかりました。覚悟して行きますから、ぜひとも、やらせて下さい」

かねがね山座には、

「日本の外交の中心は、支那とロシヤだ。外交官たらんとする者は、まず、この二国の事情を究めなければならぬ」

ときかされていた。とすれば、この旅行は、外交官志望の身にとって、命の危険はあるにしても、願ってもない仕事に思えた。

旅費と現地の日本公館宛《あて》の紹介状をもらって、平田が敦賀《つるが》からウラジオストックへ、広田は朝鮮を通って満州へ出た。

日露戦争直前の満州である。険悪な空気が流れていた。日本の公館はあっても、微々たる力しかなく、ロシヤの勢力が浸透していた。

学生の一人旅を装っていても、気が許せなかった。だいいち、そうした地域に一人旅で来るほど、日本の学生にゆとりがあるわけがなく、また、学生にとって魅力ある旅行先であるはずもなかった。

怪しまれ、けげんな目を向けられる。ときには監視されていることが、広田にもわかった。宿に泊って、深夜、ふと窓外を見ると、月光の中にロシヤの軍事探偵《たんてい》がはりこんでいたこともあった。「命がけの旅」という山座の言葉は、誇張ではなかった。

それでも広田は、ロシヤの力がどんな風にのびてきているかに目を光らせながら、安東、大東溝《こう》と、旅を続けて行った。

旅順では、ロシヤ軍による大規模な要塞《ようさい》工事が進められており、日本からの出稼《でかせ》ぎ労務者の群れも働いていた。

広田は、その労務者たちからの情報収集だけでは満足できず、伝手《つて》を求めて、自分も労務者としてその工事に雇われて働いた。学生が旅費に窮して働いているというふりをしているが、もし正体が露見すれば、命の失《な》いことを覚悟しなければならなかった。

こうして、三カ月後、最後の旅行先である芝罘《チーフー》の日本領事館にたどりついたとき、広田は垢《あか》にまみれ、異臭に包まれていて、領事の顔をそむけさせた。永い間、風呂《ふろ》に入らず、着替えや洗濯もろくにできぬ旅路のせいであった。

帰国する船の中で、広田は、それまでの見聞をまとめ、詳細な報告書をつくり上げた。東京に帰り着くと、すぐ山座を訪ね、その報告書を提出した。

山座は、半ば期待、半ば不安を抱きながら、その報告書をひもといたが、読み進む中《うち》に、大きなうなずきをくり返した。

それは、外務省の内外を問わず、近来にない出色の報告書であった。山座の知りたかった事項については、十分すぎるほどのデータが集められており、日露開戦の可否を決める基本資料のひとつに加えてもおかしくなかった。

山座は、報告書に満足し、広田に満足した。

山座は、最初に広田を紹介してよこした頭山満に会い、

「広田君は、これまでにない掘出し物だ」

と、ほめ、頭山は、

「それなら、今後もぜひ鍛えてやってくれ」

と答えた。

もともと頭山自身は役人ぎらい。若い人材がみな役人になっては、船の片方に人が偏《かたよ》るようなもので、船は沈んでしまう。お国のためには、浪人的存在も必要であるといって、広田の外交官志望には反対していた。

だが、広田が使命感に燃え、しかも、それだけの働きをする若者であることを知って、あらためて山座に託する気になった。

広田が役割を果す若者であることを知った山座は、広田と平田を東大在学中の身分のまま、外務省嘱託とした。そして、表向きにはできないさまざまの仕事を二人の若者にやらせ、手当を出した。二人を経済的に助けるというよりも、少しでも早く現実の外交の息吹《いぶ》きに触れて勉強させようという親心からであった。

日露戦争が勃発《ぼつぱつ》すると、ピルスドスキーとダグラスという二人のポーランド独立運動の志士が、明石大佐の世話で日本へ亡命してきた。

明石もまた福岡出身で、山座と親しい関係から、志士たちの世話を山座に託したのだが、山座は広田たちに彼等のための通訳兼世話人を命じた。

日夜、二人の世話や案内をしながら、広田は彼等の話をきき続けた。ロシヤの政治に身を以《もつ》てかかずらってきた彼等の話は、広田には得難い生きた教材であった。

その後、松山に捕虜収容所が開かれ、ロシヤ軍の捕虜にまじって、当時ロシヤの支配下に在ったポーランド人捕虜たちが、多勢送られてきた。

広田は、山座の指示で、ダグラスとともに松山に出かけ、その捕虜たちに面接し、事細かくロシヤおよびロシヤ軍の内情を訊《き》き出した。ポーランド人捕虜たちは、ロシヤへの反感もあって、ロシヤ軍の武器食糧の補給状態や奉天の防備状況、兵員数まで話してくれ、外務省だけでなく、軍にとっても貴重な情報となった。

山座のおかげで、広田はすでに学生にして外交官であった。

だが、いよいよ本物の外交官になるべく外交官試験を受けると、広田も平田も、ともに英語の試験結果が点数不足で、落第してしまった。

「広田のような男を落すとは、試験官連中も人を見る目がないな」

と、山座がこぼしたが、後の祭りであった。

広田は、山座に対し面目を失した。手痛い失敗であった。頭ばかり先に進んでいて、足もとがおろそかになっていた。

広田は、仕方なく大学院へ進み、殖民政策の研究をするとともに、やはり福岡出身の先輩の世話で、在日アメリカ公使館付武官の通訳として働くことになった。これも、お金のことだけでなく、英語の勉強に役立つようにとの先輩の思いやりからである。

持つべきものは、郷党の先輩である。先輩は有難かった。

英語の力が一通りついたところで、今度はまた、別の同郷の外務省先輩が、朝鮮統監府のやはり福岡出身の先輩に紹介し、同省の属官に採用された。

その上、「ひとり失意のまま行っては——」というので、親友の平田たちが骨折り、新妻を迎えた上での赴任であった。

新婦の静子は、もともと、広田の意中の人であった。二人は福岡で隣り合せの町に住んだ幼な馴染《なじみ》。当時、修猷館《しゅうゆうかん》からは五高へ行くのがほとんどで、一高・東大は珍しく、一方、静子は町で評判の美少女であった。

二人は早くから、互いに意識し合っていた。もともと寡黙《かもく》な広田だが、静子の前に出ると、まるで唖のように無言になり、友人たちにからかわれてもいた。

静子の父月成功太郎は、かつての自由民権運動の志士だが、このころには、浩浩居に近い小石川伝通院で、子供も多いため、貧乏暮しをしていた。

それでいて親分肌《おやぶんはだ》のため、月成をたよって福岡から若者たちが上京してくると、苦しい中から面倒を見てやり、居候《いそうろう》として置いてやるので、よけい惨憺《さんたん》たる暮しになった。

あるとき、また金のない女子学生が月成の家に身を寄せようとしたのを知り、広田や平田が見かねて、月成に申し入れた。浩浩居で炊事の世話などさせることで、その女子学生を引き取ろうというのである。

だが、これは月成に一蹴《いっしゅう》された。

「若い男ばかりのところへ、女ひとりやって、まちがいが起きては困る。もし女手が欲しければ、おれの娘を連れて行け。娘なら、しっかり躾《しつけ》がしてあるから」という。

思いがけぬ話に、広田はとまどった。静子ひとり呼ぶのは、何となく痛ましいし、広田としても面映《おもは》ゆい。いっそ、静子の弟二人も呼んで使い走りなど手伝わせれば、静子も心丈夫だろうし、月成家にとっても、三人の食費の節約になる。広田自身も照れくさくなくなる。

こうして、静子たち三人が浩浩居に移り、毎朝、静子は十人近い食事の用意をしてから、女子大付属女学校へ通学するようになった。

もともと静子は、細面に鼻筋が通り、切長の目をした美しい少女であった。その美少女が、東大生の寮で働きながら、さりげなく紫の袴《はかま》をしめて女学校へ通うというので、町の話題になり、新聞にもとり上げられた。

たちまち、月成のところへ、「嫁に迎えたい」という申込みが殺到したが、月成は、

「自分には考えるところがあるから」

と、それをかたっぱしから、ことわった。

一方、広田は広田で、東大卒業と同時にそれまでの長髪をきれいに分けるようになっていた。

「これからぼくは、世の中の酸いも甘いも、カミ分けるんだ」

という言い分である。そろそろ妻帯せねばならぬ歳《とし》だと考えてもいた。

東大卒の有望な外交官志望の青年というので、それまでも、資産家や名門の娘を世話しようという話がいくつも持ちこまれたが、広田は相手にならなかった。

「将来を考えろ」といわれても、広田としては、外交官としての将来は国のために働くことであり、立身出世とは関係がない。嫁の実家のおかげで出世したなどとは、男としていわれたくない気分であった。

あまり熱心に縁談を持ちこまれると、広田は、「すでに意中の人がありますから」と答えた。

それは、単なる逃げ口上ではなく、広田の心の中には、月成静子の面影《おもかげ》がひそんでいた。一方、月成父娘《おやこ》の答えの底には、広田青年の像がある。それぞれ想《おも》い合いながら、口には出さないでいたのが、新聞に出たことで、にわかに具体的な縁談として考えねばならなくなった。平田が積極的に縁談のとりまとめに動いた。

この縁談に対し、郷里の福岡でも、「他《ほか》にいくらでもいい話があるのに」と、縁者や後援者たちは反対したが、これに対しては、母のタケが一言で答えた。

「弘毅が選んだものに、反対することはありまッせん」

芯《しん》が強く、そして、広田を信頼し切っているタケであった。

浩浩居で、二人はごく内輪に式をあげた。広田は二十八歳、静子二十一歳であった。新婚旅行に二人は江の島に出かけ、そこで広田は静子のために貝細工の指輪を買った。

「いつかダイヤの指輪を買ってやるから」

と、照れくさそうに笑いながら。

こうして広田は、美しい伴侶《はんりよ》と共に京城に渡った。勤務の傍《かたわ》ら勉強を重ね、八カ月経《た》ったところで、外交官試験を迎えた。広田は賜暇《しか》を得て東京に帰って受験。今度は英語の成績もよく、首席で試験に合格した。

平田も合格、他に同期に、吉田茂ら八名が居た。

朝鮮統監府では、広田を手放したがらなかったが、本省政務局長の山座が強硬に談判して、広田はようやく本省に戻《もど》り、本物の外交官一年生となった。そして、事務見習の後、清国公使館付外交官補として、北京《ペキン》に在勤と定《きま》った。

明治四十年（一九〇七）十月、広田は、世界でいちばん美しいといわれる北京の秋空の下に立った。

群青《ぐんじよう》色の空は高く、大気は澄み切って、若い外交官の心をとらえる。

日本人の間では乗馬がさかんで、若い外交官仲間も馬を連ねて、石人石獣の十三陵へ、あるいは居庸関《きようかん》へと遠乗りに出かける。

住むのは、東交民巷《とうこうみんこう》と呼ばれる治外法権の外交団管理地。中に御河が流れる広い地域に、各国公館と兵営が整然と並んだ快適な環境であった。

冬になると、撞球《どうきゆう》や麻雀《マージヤン》がさかんになった。あるいは二閘《にこう》や護城河に出かけてのスケートのたのしみもある。「西山晴雪」で名高い西山に雪見に出かけて句会を持つ仲間もあった。

やがて、綿のような柳の実が風にとび散り、花吹雪を思わせるようにして、春がやってくる。文字通り、黄塵《こうじん》万丈。蒙古《もうこ》風が吹き、日中ふいに薄暮のような暗さが訪れる。

初夏、はじらいをふくんだアカシヤや合歓《ねむ》の花が咲く。強い日射しに負けず、そここの大樹が青々とそびえて大きな陰をつくる。森の多い北京は、樹海のような緑に包まれ、その上に、紫禁城や天壇の塔や楼門がきらめく。北海や西湖に出かけての舟遊び。そして月明の夜は、マルコポーロ橋にくり出しての「蘆溝《ろこう》名月」――。

北京の四季は美しかった。そこには古い歴史と自然の息づく中で、人々の悠々《ゆうゆう》たる生活が営まれていた。それは、きびしい玄海灘《げんかいなだ》越しに想像していた中国とはちがった姿で、広田は何となくほっとする気がした。そして、この中国との善隣関係を、これからは自分たちの手でたしかなものにしなければならぬと、自分自身にいいきかせた。ただ広田は、北京の四季に心打たれはしたが、外交官たちの四季とりどりの遊びには、ほとんど、加わることがなかった。

北京でただひとつ、広田が参加したのは、駐在の特派員、銀行員、商社員、軍人などの若手が集まり、中国政策について話し合う夕飯会だけであった。

その席で、広田は人々が交々《こもごも》、声高《こわだか》に話すのを、黙ってきいている。求められなければ、自分からは一言も発言しない。吐き出すよりも、しきりに吸収につとめた。

毎日、館務にも精を出した。山座の示唆《しさ》もあって、広田の取り組んだ仕事は、「清国とロシヤ、清国とビルマ、清国と安南《アンナン》の間の諸条約、チベットとインドの間の条約、香港《ホンコン》およびマカオの割譲と通商に関する諸条約の由来と内容」の調査であった。

お座なりにできる調査ではない。清国は伝統の宮廷外交によって、その交渉の多くを秘密の中に進めてきただけに、調査は厄介《やっかい》であった。このため広田は、わざわざ上海《シャンハイ》にまで出かけて外国資料を探すなど苦労を重ねた。

広田の耳には、「外交の中心は、支那とロシヤだ。外交官は、まず支那とロシヤの事情を究めなくては」という山座の声がきこえてくる。山座はそのためのレールを敷いてくれたのである。

広田としては、一にも二にも、ただ勉強であった。風物を眺《なが》め、あるいは仲間とのんびり遊ぶなどという気にはなれなかった。

北京在勤一年八カ月で、広田は一度日本へ帰り、ついで、ロンドンの在英大使館に赴任することになった（北京の広田の後任には、松岡洋右《ようすけ》が来た）。ロンドンには、すでに政務局長から転じた山座が、参事官として赴任していた。その赴任のとき、山座は広田に、「きみも適当な時機にロンドンに来たらよいだろう。万事は後任の政務局長に話しておいた」といったが、その言葉どおり、広田はいま親しく山座の部下として働けることになった。

折から日英間は、通商条約の改正、同盟条約の改訂という大仕事のあるときで、特命全権大使として大物の加藤高明が、山座におくれて着任していた。

政治家肌《はだ》の太っ腹の加藤は、「一々訓令で細かい指図を仰ぐより、一山座あれば足りる」*といって、取調べ事項など、すべて山座に一任した。

山座は山座で、かねて目をかけていた愛弟子《まなでし》の広田に、加藤大使の承認を得て、事務一切を任せ、二つの条約の草案を起草させた。

英国側との交渉で生じた問題点は、加藤全権から山座、山座から広田へと伝えられる。広田は、これに対する調査を練り、対案を加藤全権に提出する。この積み上げを繰り返すことにより、二つの条約の改訂は、無事、調印に至った。加藤—山座—広田という太い線ができた。

身分としては三等書記官にすぎない広田だが、こうして加藤高明の強い信頼を得ることになり、後に加藤が外務大臣となって帰国するに当り、広田に秘書官になるよう要請したが、広田は辞退した。出世には秘書官コースが早いかも知れぬが、広田としては、尊敬する山座の下で、できるだけの勉強をしておきたかったためである。

トップレベルの外交交渉の仕事をしていながら、一方、広田はイギリスそのものをよく知るため、つとめて街頭に出た。

街頭のベンチに坐《すわ》って新聞を読んでいる労働者に話しかけたり、ハイドパークあたりで群衆にまじって、無政府主義者や社会主義者の演説をきき、同時に群衆の反応をうかがったりする。

こうした広田のことを、「外交官の品位を傷つける」と、同僚が加藤大使に訴えると、加藤は、「放っておけ。広田はあれでいい。広田のやってることは、いつの日かきっと役に立つ」と、とり合わなかった。

広田は、その勉強のせいもあって、早くから自由党のリーダー、ロイド・ジョージに注目し、その政見・人物・言動などについて、丹念に資料を集めておいた（これが、後年、イギリスがロイド・ジョージ時代を迎えるに当って、大いに役に立った）。

ロンドン駐在の外交官たちの交際社会は、華やかであった。

広田夫婦も、加藤大使夫婦にいわれて、ダンスを習ったが、夫婦とも性に合わず、途中でやめてしまった。

静子は、社交界に出て派手に振舞うことがにが手で、パーティなども出たがらなかった。そこは、貝細工の指輪の話のできる世界ではない。パーティによっては、指輪なども高価なものをつけねばならず、若い外交官夫人たちは上司の夫人に拝借に及び、それがまた上司夫人の自慢でもあったが、静子だけは一向に借りに行かない。このため、夫人たちからは、「つき合いにくい女《ひと》」とされ、それがまた、よけいに静子を引っこみ思案にもさせた。

広田は、そういう静子をやさしく見守り、無理にパーティに引き出すこともせず、広田自身もまた、「つき合いにくいひと」ではなかった。

もっとも、広田の方は、パーティより、ひとりで街をさまようことを好んだ。

若い者が集まっていっしょにのめば、広田は、「おらが死んだら誰が泣いてくりょ

う、裏の山椒《さんしょう》の木で蝉《せみ》が泣く」と、大声をあげてうたった。その文句が気に入ってお
り、また、他に得意の歌も芸もなかった。

シャレや冗談をいう癖は変らない。

あるとき、山座参事官の伴《とも》をして市中を歩き、トラファルガー広場にきた。鳩《はと》の舞
う広場には、台座に四匹の青銅のライオンを配した五十六メートルという高い塔があ
り、その上に、ネルソン提督の立像がそびえている。

俳人でもある山座は、首をひねっていたが、「一句できた」と笑いながら、

「思いきや、ネルソン卿《きよう》は突っ立って」

といい、「どうだね、広田君」

「はあ、なるほど」

といってから、広田はすぐ台座のライオン像を指して、下の句をつけ加えた。

「トラファルガーに獅子《しし》おらんとは*」

二人は顔を見合せて、大笑いした。

広田は、ロンドンに足かけ五年在勤した。

まず山座が去った後、広田も通商局第一課長として本省へ呼び戻された。数え三十

六歳、すでに二男一女の父であった。

国際政治を扱う政務局に比べ、通商局は通商や在留邦人関係を扱うため、仕事としてはいくらか軽い感じがあった。

その中で広田は、中国の経済問題や排日運動、あるいは北洋漁業の問題などに重点的に取り組み、一方では、毎日、何種類もの新聞に目を通し、政治記事をとくに入念に読んだ。

広田の前任者は、鹿児島出身の酒好きの男で、机の上にウイスキイの壜《びん》を置き、昼休みなどにちびちびのみながら新聞記者たちと気炎を上げていた豪傑であった。

その惰性で、広田に代ってからも、記者たちがやってきた。前任者とは打って変ったおとなしくまじめ一方の広田だが、話してみると勉強家であり、また、率直に、そして、じっくり話の相手をしてくれるので、若い記者たちがよく来るようになった。

広田の課長就任時の外務大臣は、加藤高明、その加藤や山座に信頼された男というので、広田は省内の注目を集めていた。

「小村寿太郎・加藤高明の時代が終ると、幣原喜重郎《しではらきじゅうろう》・山座円次郎の時代が来る。さらにその次には、佐分利貞男・広田弘毅の時代が来るだろう」というのが、省内のうわさであった。

佐分利は、広田とは東大の同期、外務省では一期先輩。福山藩槍術《そうじゅつ》師範の家筋で、成田鉄道等の創設者である工学士と、紡績会社社長を兄に持つ恵まれた生立《おいた》ち。のびのびと育った長身で、東大ではボート部の選手として鳴らした。フランス語は、外務省随一といわれるほどできる。そして、妻には、小村寿太郎の娘を迎えた。

万事、広田とは対照的である。

孤独な山歩きをたのしむなど、知的というか、貴族的で、どこかとっつきにくいところはあったが、仕事ぶりは綿密で良心的であり、早くから幣原に可愛がられていた。広田と同様、清国在勤をふり出しに、ロシヤ、フランス在勤、本省に戻って条約改正係、さらにまたフランス在勤と、エリート・コースを走っていた。

大正三年(一九一四)五月二十三日、北京日本公使館の水野幸吉参事官が急死した。胃潰瘍《いかいよう》ということであった。

公使の山座としては、女房役を失ったわけであり、もともと人員不足ということもあって、広田を北京へ赴任させるよう、本省へ請訓の電報を打った。

外務省では山座の請訓に応《こた》えることにし、広田の意向を訊《たず》ねた。広田は、よろこんで承諾した。日本外交の中心といわれる中国、そこで敬愛する山座公使の片腕となって活躍する――外交官としては男冥利《みようり》に尽きると思った。

当時、中国の情勢は、複雑にゆれ動いていた。

清朝が倒れ、北京では袁世凱《えんせいがい》が大総統になり、さらに皇帝になろうとの野心に燃えている。一方、孫文の国民党が第二革命を起し、はじめはこれと提携した袁世凱だが、後には弾圧に転じ、中国は分裂同然の状態であった。

これに対する日本側の反応も複雑で、元老重臣筋は袁にかねてから好意的であり、外務省の若手やいわゆる「支那浪人」たちは、孫文を応援した。山座自身も、かつては孫文の亡命を助けた一人である。さらにまた、出先の軍部は、この分裂に乗じて中国へ勢力をのばそうとたくらんでいた。

こうした情勢を前に、山座はこれという動きを示さなかった。

「山座ほどの人間が何をしている」

といわれながら、ただ静観し続けた。

山座がおそれたのは中国の分裂である。分裂に加担することを慎み、地道に経済開発を進めて行こうという考えである。それに、政府首脳に確乎《かつこ》とした方針がない以上、外務省出先だけでは動けない。動かないことで、逆に政府の肚《はら》をかためさせようという計算もあった。

山座は、玄洋社の知人への手紙に書いた。
「輿論《よろん》が自分を攻撃するは国家のため当然のことである。自分は如何《いか》に非難されても構わぬ。自分に対する非難によって日本国民の意思が強く現われ、それで政府の決意を促すことが出来れば、それが即ち自分の執《と》るべき態度を間接に後援する作用をなすことである」

難かしい立場であった。それだけに、山座は広田を身近に求め、広田もまたそこに生甲斐《いきがい》を感じ、勇躍する思いであった。二人は、海を隔てて呼び合うものを強く感じた。

折から渋沢栄一ら実業家の一行が、中国を視察旅行中でもあり、経済開発についての新しい計画が進展しようとしていた。その多事のとき女房役を失くした山座のことを思うと、広田は一日も早く北京へかけつけたかった。

だが、それから五日と経《た》たぬ中に、広田はまた北京公使館から衝撃的な電報を受けとった。当の山座公使その人が、水野参事官の後を追うようにして急死したという。死因は心臓麻痺《まひ》。山座はまだ四十九歳の働きざかりであった。

あい次ぐ死に、現地では、袁世凱による毒殺といううわさが流れた。かなり迫真的なうわさで、このため、実業家視察団も動揺し、太っ腹で評判の馬越恭平（大日本麦酒《ビール》社長）まで即時帰国論を唱え、渋沢一行も早々に帰国する騒ぎとなった。

山座の遺骸《いがい》は、軍艦によって横須賀に運ばれてきた。

広田は、加藤外務大臣の命令で、外務省代表として、これを軍港の埠頭《ふとう》に迎えた。

海と山を煙らせ、青梅雨《あおつゆ》が降りしきっていた。次代の日本外交を背負うといわれた快男子の柩《ひつぎ》を、音もなく雨脚が濡《ぬ》らして行く。

広田は、傘《かさ》もささず、その柩に従った。かけがえのない先輩、二人とない師が、にわかに物言わぬ人となり、広田はもはや自分には相談する人が誰もないのを感じた。自分ひとりで役割に従って黙々と生きる他《ほか》はないと、自分にいいきかせた。

広田の耳には、山座の残した言葉が、脈絡もなくよみがえってくる。

「外務省に入った以上は、最初少なくとも十年くらいは、外交の何物であるかということを十分研究して、決して徒《いたず》らに気炎などを吐くようなことをしてはいけない。これが非常に大切なことである」

「小村さんは決して日記をつけなかった。自分もそうだ。外交官は自分の行なったことで後の人に判断してもらう。それについて弁解めいたことはしないものだ」

「外交官としては、決して表に出るような仕事をして満足すべきものではなくして、言われぬ仕事をすることが外交官の任務だ」

そして、

「わが国の外交官として立つには、先《ま》ず支那、東洋問題を十分研究することが必要である」

山座が死んで二カ月後、第一次大戦が起り、日本も参戦し、膠州湾《こうしゅうわん》を封鎖するとともに、ドイツ租借地であった青島《チンタオ》を占領。翌年には、満州および山東に対する特殊権益を要求する他、希望条項としての一般的要求をふくむ「二十一カ条交渉」をつきつけた。

欧米列強が大戦にかかずらっている間に、日本も利権を獲得しておこうという拡張政策であり、軍部の要求を、軍に受けのよい外務省の小池張造政務局長がまとめたものである。

政府は、これを最後通牒《つうちょう》の形で中国側に押しつけようとした。

野党である原敬《はらたかし》の政友会は、日中の親善をそこね、国際信義にもとるとして、真向《まっこう》から政府を攻撃した。

一方、外務省内に在って、広田は一応は条約案の作成に参画させられたものの、それを最後通牒の形で出すことには、強硬に反対した。話し合いで得られるものを得るにとどめるべきだという考え方である。

だが、加藤外相は、広田の主張に耳をかそうとはしない。加藤自身は、もともと、関東州の租借期限の延長さえ実現できればいいという考え方であったが、事態がそこまで進んできた以上、退《ひ》くに退《ひ》けない形になっていた。

大臣に斥《しりぞ》けられれば、下僚の一課長としてはあきらめる他はないのだが、広田はあくまで反対を通すための努力をすべきだと思った。山座の教え通り、中国問題は大切である。そして、表に出ないところでも外交官は行動すべきである。

広田はそこで、かねて知遇を得ていた尾崎行雄法相を訪ね、加藤外相への説得をたのんだ。課長として出すぎたことになるのは承知の上であった。国のため、そうしなければならぬと思った。自分自身の出世より、国のため役に立つか立たぬかが問題である。

尾崎は加藤を説き、閣内で反対したが、もはや、政府全体を動かす力にはならなかった。

最後通牒が出された。果して中国側は反発し、交渉はこじれた。欧米列強からもはげしい抗議が出、結局、日本側は一般的要求の多くをあきらめ、不完全な形での利権を得たにとどまった。

広田はこのとき、外交官も政治的な力や背景を持たねばならぬと、痛感した。また、「外交官が孤立した存在であってはならぬ。加藤といい、尾崎といい、英国風の議会主義を身につけた人である、この二人が早くから提携していたら」と、悔んだ。

このため、広田はその後も斡旋《あっせん》し続け、二人の手をにぎらせるように段取りをつけた。

この広田の動きに、「外務省の一事務官の分際で、大それた政治運動をするとはけしからん」という非難の声が出たため、広田は手を引いたが、まもなく加藤を総裁とする憲政会が結成されたとき、尾崎もそこに参加し、加藤・尾崎の提携を実現させることになった。結果として、政治を動かすひとつのきっかけをつくったわけである。

といって、広田は、政治いじりが好きでもなければ、「大それた政治運動」をする気もなかった。ただ、「そんな風にしなければ国のためにならぬ」と、置かれた立場から思いつめて動いたまでであった。そして、思いつめればそこまで行動するというところに、広田をただの一外交官に終らせないものがあった。

二十一カ条問題については、広田の同期の吉田茂も反対であった。二人は同期というだけでなく、語学好きのいわゆる能吏タイプでなく、どこか国士風なところが似通っているのか、ふしぎによく気が合い、機会があるごとに、吉田が広田を訪ねてきて話しこむ仲であった。

吉田は、奉天総領事館詰の領事官補をふり出しに、ロンドン大使館一年、ローマ大使館に二年つとめてから、安東県領事として四年近く在任。中国の事情が身近にわかるだけに、吉田は二十一カ条要求に反発。中国各地の領事たちに呼びかけて反対運動を起そうとしたが、中途で漏れて、不発に終った。

吉田はまた、朝鮮総督府書記官を兼ね、朝鮮総督であった寺内正毅《まさたけ》元帥にも、外務省を代表する形で親しく仕えていた。

ところが、この寺内元帥が総理となって内閣を組織するに当って、吉田にも帰朝命令が出された。

吉田が総理官邸に顔を出すと、寺内はいきなり、「どうじゃ、総理大臣秘書官をやらんか」といった。

吉田はとまどった。政治好きの吉田にとっては、涎《よだれ》の出るポストである。だが、とびつくには、ためらいがあった。

寺内は、「時の権力者」だが、しかしまた、「時の権力者」でしかないであろう。いまから「時の権力者」に密着しない方がいいという計算が働いた。それは、吉田の政治好きを知る先輩から、かねて忠告されていることでもあった。

吉田は、土佐の自由民権運動の志士竹内綱の庶子《しょし》だが、横浜の貿易商の養子となり、経済的に不安はない。その上、吉田は内大臣牧野伸顕《のぶあき》の娘を妻に迎えている。大久保利通《としみち》の次男である牧野は、元老や宮中筋に信任が厚く、時を超えた権力者である。その牧野を岳父《がくふ》として後ろ楯《だて》に持つ以上、焦《あせ》る必要はなかった。

吉田は、多少のはったりをこめた彼一流のジョークで答えた。

「総理大臣ならつとまるかも知れませんが、秘書官はとてもつとまりません」*

謹厳な寺内は、それをまともにとって、

「生意気いうな。まだ君を使おうと決めたわけではない」

と機嫌《きげん》をそこね、話を打ち切った。

外務省では吉田にワシントン大使館勤務の辞令を出したが、吉田が出発の準備をしている中に、取消しになった。二十一カ条問題で領事たちをたきつけ反対運動を起そうとしたことの責任が問われたのだ。一時は免職にもされかねない雲行きであったが、そこは外務省の大先輩でもある牧野伸顕の女婿《じょせい》ということで、首はつながり、本省中で最も閑職である文書課長心得にされた。

吉田は、おもしろくなかった。この人事を決めたのは、外務次官である幣原喜重郎である。もともと、吉田は幣原とは肌《はだ》が合わなかった。

幣原は、吉田より十一期先輩である。大阪府下の豪農の家に生れた幣原は、努力家で几帳面《きちようめん》。国際間の勢力関係をはじめ、外務省内の統制に至るまで、すべて既成の秩序を尊重する典型的な外務官僚であった。しかも、幣原は、岩崎家の末娘を妻とし、加藤高明とは義兄弟に当り、三菱《みつびし》の閨閥《けいばつ》の一員である。後ろ楯の良さでは、吉田とよい勝負であった。

幣原は、英語がずばぬけてうまい。それも努力の結晶で、朝から晩まで外務省のお雇い外人と机を並べ、散歩もいっしょにして会話をおぼえ、毎朝「タイムズ」の社説を日本語に訳し、さらに英語に訳し直して、原文と比較、添削をくり返すという勉強ぶり。それだけに、語学に堪能《たんのう》な者だけを重用する傾向があった。国士風で、英語のあまりうまくない広田や吉田は、幣原の気に入るタイプではなかった。

吉田の方でも、人間の能力をそうした面で評価する幣原を、好きになれないでいた。その幣原に左遷《させん》されたというので、吉田はいよいよおもしろくないし、そのおもしろくないことを隠そうとしない。しばらくの間は、幣原から呼び出しのベルが鳴っても、腰を上げなかった。ただ、年末になり、課員たちの賞与を受けとらねばならなくなり、はじめて次官室に出かけ、やむを得ず幣原に頭を下げるという有様であった。

こうした吉田では、本省にも置いておけぬというので、また中国のはずれ、済南の領事に出された。

そして一年、済南で悶々《もんもん》としていた吉田は、折からパリで第一次大戦の講和会議が開かれ、外務省の精鋭を選《よ》りすぐった大全権団が派遣されるときいて、じっとして居れなくなった。

会議には、英米仏など、いずれも大統領などを全権に、百人から二百人近い代表団を編成。日本でも、西園寺公望侯爵《さいおんじきんもちこうしゃく》を首席全権に、正式の全権団員だけで七十人近く、総勢ではやはり百五十人近く送るという。

外務省の若手では、広田や吉田の二期先輩の松岡洋右《ようすけ》、一期先輩の佐分利貞男など、外務省の将来を背負うといわれる大物が随行する。外務官僚ではないが、京大を卒業して間もない近衛文麿《このえふみまろ》も、西園寺にたのんで随員になっていた。

またとない国際外交の檜舞台《ひのきぶたい》である。中国の片隅《かたすみ》に居て見送るのと、随員として会議の空気に触れるのとでは、将来、大きな差が出てくる。

ただ、吉田は、「自ら計らわぬ」広田とはちがっていた。左遷され、いわば謹慎の身だが、遠慮している時ではない。進んでそのポストを得ようと思った。

人事は幣原次官が握っており、講和会議の諸準備も、すべて幣原の手で進められている。吉田としては、いまさら幣原にたのむのもいまいましいし、たのんでも聞き入れられるはずがない。幸い、牧野伸顕が副全権である。吉田は、幣原の頭越しに、この岳父にたのんで運動し、とうとう牧野の秘書官という形で、随員の中に割りこむことができた。

もっとも、この秘書官、秘書的な雑務を処理する能力がゼロに近く、このため、帰国途中のホテルや汽車汽船などは手ちがいばかり多く、牧野はすっかり腹を立て、一月あまりも口をきいてくれぬ始末となった。

西園寺に随行した近衛は、この会議のやりとりを見ている中《うち》、その少し前、雑誌『日本及日本人』に発表した「英米本位の平和主義を排す」という自分の論文の見解が正しかったことを、いよいよ確認する思いになった。

近衛は、その論文の中に、

「欧州戦乱は已成《いせい》の強国と未成の強国との争なり、現状維持を便利とする国と現状破壊を便利とする国との争なり。現状維持を便利とする国は平和を叫び、現状破壊を便利とする国は戦争を唱ふ。平和主義なるが故《ゆゑ》に必ずしも正義人道に叶《かな》ふに非ず、軍国主義なるが故に必ずしも正義人道に反するに非ず」

「連盟により最も多く利する者は英米両国にして、他は正義人道の美名に誘はれて仲間入をしながら殆《ほとん》ど何の得る所なきのみならず、益々経済的に萎縮《いしゆく》すと云《い》ふ場合に立至らんか、日本の立場よりしても、正義人道の見地よりしても誠に忍ぶ可《べ》からざる事なり。故に来るべき講和会議に於《お》いて国際平和連盟に加入するに当り少くとも日本として主張せざる可からざる先決問題は、経済的帝国主義の排斥と黄白人無差別待遇是《これ》なり」

などと書いた。

パリ会議が、「永遠の平和確立の場を」という米大統領ウイルソンの理想主義的な呼びかけにはじまりながら、結果は、諸大国によるドイツへの報復的な賠償請求に終ったこと、また、日本がアメリカにおける排日法案牽制《けんせい》のふくみもあって提出した人種平等案が、オーストラリヤやアメリカの反対などで葬《ほうむ》られたことなどから、近衛は大国の横暴と、力による支配を眼《ま》のあたり見る気がした。

こうした会議の中で、西園寺ら日本の全権は、「象牙の面《アイヴオリイ・マスク》」といわれるほど、無表情にただ端然と坐《すわ》っていることが多く、また発言も少なくて、「無言の仲間《サイレント・パートナー》」と呼ばれたりしていた。

近衛は歯がゆい思いをしたが、報道係主任の松岡洋右も、じりじりしていた。

この会議で日本側の利害に直接かかわったのは、膠州湾《こうしゆうわん》の還付問題だが、これが中国側の反対に押され、またイギリスやフランスなどが横槍《よこやり》を入れて、一向に解決しそうにない。

松岡は、おとなしい日本全権団のやり方を見るに見かねた。

山口の廻船問屋《かいせんどんや》であった生家が破産し、十三歳で渡米し九年間アメリカの片田舎で苦学してきた松岡は、英語も達者だが、下積みのアメリカ生活の中から、力には力で対抗すべきだという考え方を身につけていた。もともと負けぬ気の強い男でもある。

松岡は、ある日、独断でアメリカ人記者を夕食に呼び、

「このままでは、日本全権団は明日にでも会議を打ち切って帰国する。すでにその準備をはじめている」

と、まことしやかに伝えた。松岡の策略であった。

果してアメリカ人記者は、早速アメリカへ打電し、アメリカの新聞に出た。その記事がすぐまたパリにも伝えられ、会議を進行させるよう圧力をかけることになった。

松岡の計算通りであった。

強気でマスコミを利用する生き方に、松岡はこのころから自信を持ちはじめていた。

また一方で松岡は、外務官僚としての自分の将来に疑問を感じてもいた。

この会議に出てくる前、松岡は幣原次官と衝突していた。

シベリヤ出兵について、外務省では幣原はじめ全員反対という空気であったが、新任の後藤新平外相は積極論者であり、寺内首相は後藤の意見を鵜呑《うの》みにして、出兵を決意。必要書類を整え、上奏御裁可を得ることにした。

このことを察知した外務省の若手の間では、大さわぎとなった。

松岡は、当時、吉田がつとめるはずであった寺内の総理秘書官を兼務していたが、

「ただ部内でさわいでいるだけでは、だめだ」と、「外務省全体として出兵に反対である」旨《むね》の手紙を書き、すぐ寺内首相のところへ届けさせた。

寺内は、参内する車の中でこの手紙を読み、おどろいて引き返した。そして、後藤を呼んで、

「いったい外務省の意向はどうなのだ。本当は反対なのではないか」

と、詰問し、上奏を一時とりやめてしまった。

後藤は面目がつぶれ、松岡たちを呼びつけて叱《しか》りとばした。

松岡は、一応おとなしくきいていたが、次官の幣原に同じように叱責《しっせき》されると、くってかかった。

「次官も出兵に反対の御意見ではありませんか。わたしたちは、ただそれを手紙にまとめたまでです」

「いや、議論の当否をいっているのではない。きみたちのやり方がけしからんといっているのだ」

「それでは、反対しなくていいといわれるのですか」

「いや、反対意見は反対意見で結構だが……」

松岡は、そうした幣原を相手にしていて、情けなくなってきた。優秀な外務官僚とは、つまりこういう人間なのかと、幻滅を感じた。

パリにきてからも松岡は、自分がそうした外務官僚の枠《わく》からはみ出して行きそうなのを、再確認するばかりであった。

長期間のパリ滞在の間に、日本全権団の中では、多くの人間のきずなが生れた。

近衛と吉田が知り合い、また、近衛と松岡が共鳴し合った。広田のライバルである佐分利は、西園寺のお気に入りになった。

「無言の仲間《サイレント・パートナー》」ではあったが、西園寺は議長である仏大統領クレマンソーとパリ留学時代同じ下宿で暮した仲であった。それだけに、日本全権は大切にされ、また、五大国の一つとしてもてなされ、国際連盟には常任理事国の地位も与えられた。

それだけに、日本全権団の一行は、日本の将来はわれわれで背負うのだという強い誇りと自信に包まれて、帰国するのであった。

二　章

はるかパリからの華やかな報道を読みながら、広田は霞《かすみ》ヶ関《せき》で留守を守っていた。通商局第一課長となって五年目、広田はまた不幸に見舞われた。無二の親友である平田が病死したのだ。

福岡の中学から一高、東大、さらに浩浩居でも生活を共にし、外交官試験もそろって受けて、そろって落ち、次の年また一緒に受かるという風に、文字通り影が形に添うように、二人は生きてきた。広田が平田のために、学資の提供者を探せば、平田は腰の重い広田の代りに縁談を進めた。

「青鬼」の広田が内向的で思索的なのとちがい、「赤鬼」の平田は、外交的で活動的。早朝五時に起き、鉄唖鈴《てつあれい》体操をやり井戸水を浴びるという元気。広田よりはるかに逞《たくま》しい肉体の持主に見えたのだが——。

「二人で明日の日本の外交を背負おう」と励まし合ってきたことも、もはや空《むな》しくなった。

かけがえのない先輩の山座を失ってから、まだいくらも経《た》たないのに、二人とない親友の平田を奪われた。広田は、しみじみと人生の無常を感じた。

丈夫でさえあればいいという無欲な両親、それに参禅生活や国士風の先輩たちの影響で、もともと世俗的な欲望のうすかった広田は、二人の死を契機に、いよいよ人生に対し淡泊な姿勢をとるようになり、「自ら計らわぬ」という生き方が身についた。

ただし、残された人間として、二人の分まで、外交官としての役割に生き切ろうという気持に変りはない。わが身を空しくし、与えられた役目の中にのみ生きようとした。

平田は、インド、オーストリヤ、ロシヤと在勤し、ワシントンの駐米大使館に一等書記官として赴任することにきまっていた。

平田の死により、その身代りのように、広田がワシントンへ赴くことになった。

大正八年（一九一九）五月、数え四十二歳の広田は、サンフランシスコへ着くと、日本人移民村の実態を見たいと、出迎えの総領事に申し出た。

総領事は狼狽《ろうばい》した。総領事自身、まだ移民たちの村へ出かけたことがなかった。

広田は、「ポテト王」といわれる成功者牛島の案内で、数日にわたりサクラメント地方の日本人移民集落を訪ねて廻《まわ》り、ロサンゼルスに寄ったときも、同様、長駆して日本人の働く果樹園や漁港を見て廻った。

日本移民に対する排斥運動が起り、現地の出先機関では移民対策に手をやき、事なかれ主義で移民から目をそらそうとしているときであった。

「外務省から来た役人で、われわれを訪ねてくれたのは、はじめてだ」と、移民たちは感激して広田を迎えた。

このことがワシントンに伝わり、広田が着任すると、早速インタビューにくる記者もあった。広田は、うまくない英語で、しかし、誠意を尽して、自分の見聞や印象を述べた。

広田の赴任当時、駐米大使は元外務大臣石井菊次郎であったが、まもなく幣原に代った。幣原は、原敬首相に見こまれての外務次官からの栄転であった。

幣原は七年前、参事官として一年余、ワシントンに在勤したことがあったが、今度はその大使館の主《あるじ》として、かつて陸奥《むつ》宗光、星亨《とおる》、小村寿太郎などの大先輩が坐《すわ》った部屋に落着いた。

四年間にわたり外務次官として五人の外務大臣に仕えた実績を、アメリカ側でも高く評価していた。とりわけ幣原が、「外交は平和親善・国際協調に徹す」べきだとする見解の持主であり、「良識《グッドフェイス》」を信条とするところから、幣原を迎える眼は好意的であった。

流暢《りゅうちょう》な英語を駆使し、相手によってはフランス語でのやりとりもできる幣原は、進んでアメリカ側との交流を求め、また各国外交官との交際を深めた。

赴任当時、幣原四十八歳。九つ年下の夫人雅子は、義兄加藤高明の駐英公使時代イギリスに伴われ、五年間イギリスで教育を受けた人だけに、英語も達者だし、マナーや社交も心得ている。その上、三菱財閥本家の令嬢というので、女主人としての評判は上々であった。

このため、幣原大使夫妻が月二回、官邸で催すパーティには、政財界や外交界の名士が押しかけ、ワシントン社交界の呼びもののひとつといわれる華やかさであった。

この幣原大使の下に、一等書記官が佐分利貞男と広田の二人。外務省の次の時代を担《にな》う競争者《ライバル》同士の顔合せであった。

だが、この競争ははげしい鍔迫合《つばぜりあ》いというより、周囲の期待に反して一方的で静かなものに終った。

佐分利は、東宮御学問所御用係、外務省人事課長、パリ講和会議全権委員随員という申し分ないポストを重ねてきた。広田のそれにくらべれば、陽《ひ》の当る場所ばかりである。

それに、佐分利はもともと幣原に目をかけられていたが、ワシントンでは、幣原は露骨なほど、佐分利を重用した。何かにつけて、すぐ佐分利であった。ときには、二人だけに通じるなめらかなフランス語で話しこむ。

広田は、大使館の主流の仕事から外され、毎日、館内にとどまることが多かった。ただ広田はそれを不満にも思わず、それならそれで勉強に励もうと思った。新聞雑誌はもとより、新刊の書籍などを集めて、黙々と読み続ける。

広田は広田なりに、研究のテーマを見つけた。ひとつは、プロテスタントの国アメリカにおけるカソリックの勢力。いまひとつは、アメリカは中国をどう見ているか、ということ。太平洋を渡ってきても、広田の念頭から中国は去らなかった。そして、中国に対する日本外交の姿勢について、広田は広田なりに、ひとつの考え方をかためていた。

広田は部下にいった。

「日本は断じて支那本土に手をつけてはならない。また欧米の勢力範囲を侵すべきではない。それは日本の対岸に欧米列国を割拠させ、彼らに一致して日本に当らせることになり、日本を危殆《きたい》に陥らせるおそれがあるからだ。われわれは祖先から二千五百年の遺産を継いだのだから、これを二千五百年後の子孫に伝えるべき義務がある」*不可侵・国際協調に徹しようというもので、考え方としては、幣原と同じ筋であった。

広田は、求められれば、若い連中を相手にじっくり自分の考え方を話し、また、意見をよくきいた。佐分利にはとっつきにくいところがあり、このため、若い書記官たちには、広田の方が人気があった。といって、広田は、彼等を甘やかすわけでも、また一緒になって遊ぶわけでもない。

そうした広田を知って、アメリカ人記者の中には、「ミスター・ヒロタは、将来きっと大物《ビッグマン》になる」**と、うわさする者もあった。

ある日、政府から一通の電報が届いた。勲功により、幣原を華族（男爵《だんしゃく》）に列し、勲一等を授与するというのである。

幣原の勲功とは、内田康哉《こうさい》外務大臣名の申請書によると、次の如《ごと》きものであった。

「大正三四年戦役ニ継グ戦役ニ際シ外務次官ノ重任ニ在リ克《ヨ》ク外務大臣ヲ補佐シテ戦役ニ伴ヒ輻輳《フクソウ》セル各部ノ事務ヲ統理シ措置敏活機宜ヲ謬《アヤマ》タズ殊《コト》ニ平和会議ニ関聯《カンレン》シテ諸重要案件ノ生ズルヤ常ニ之《コレ》ガ枢務《スウム》ニ参与シテ劃策《カクサク》周匝《シユウソウ》未《イマ》ダ嘗《カツ》テ違算ナク且《カツ》省内ニ

設置セラレタル講和条約委員会委員長トシテ該委員ヲ督シ処理宜《ヨロ》シキヲ得後特命全権大使ニ任ゼラレ米国ニ駐劄《チュウサツ》シ鋭意其《ソノ》職務ニ竭《ツク》シタル段功績抜群ナリ」

幣原授爵の報に、大使館内は湧《わ》き立った。幣原をとり巻いて、「おめでとうございます」の嵐《あらし》である。「さすがは幣原大使」「またしても幣原さん！」の声もきこえる。

幣原の勲章さわぎは、これがはじめてではなかった。

それより十三年前、まだ電信課長だった幣原に勲三等が与えられた。当時、幣原はまだ三十六歳という若さであった。同期でトップなのはもちろん、前例のない叙勲であった（たとえば広田は三十六歳のとき、まだ勲五等であった）。

このため省内では、叙勲の内幕を臆測《おくそく》する者、「岩崎の女婿だから」と、いやがらせをいう者、羨望《せんぼう》し突っかかる者などが続出。「勲三等事件」といわれるほどの騒ぎになったものであった。

その幣原が、今度はまた大使に出たばかりというのに、勲一等で男爵。なるほど、「功績抜群」であったかも知れぬが、栄誉も抜群であった。

館員たちが入れ代り立ち代りお祝いを述べに出る。その中で、広田は電報を一読しただけで、何もいおうとはしなかった。館員たちがやきもきするのだが、広田はまるで何事でもなかったかのような表情。いつものとおり執務するだけで、腰も上げようとしなかった。その気配に圧《お》されて、はしゃいでいた館員たちも静まり、まわりにしらけた空気が流れた。

広田の無関心は、幣原への反発というより、信条あってのことであった。男爵、それがどうしたのだという思いがある。爵位そのものが、広田には問題ではない。

もともと外務省には、名門の子弟が多いが、数年前、政務局に公爵、侯爵、子爵二人、男爵と、五人の華族が顔をそろえたことがあった。壮観であった。

「居ないのは伯爵だけだ」

と惜しまれたが、これをきいた広田が、すましていった。

「いや、伯爵も居る」

「どこに」

広田は二人の子爵を指して、

「あの二人合わせて伯爵さ」

「どうして」

「これは高級なシャレだから、ちょっとわからぬかも知れぬが、ふぁっくしゃく、つまり、伯爵なんだ」

「ふぁっく」とは、性的結合を意味する俗語《スラング》。つまり、子爵が二人結合《ふぁっく》して伯爵というシャレであった。

このシャレには、別の説明もあった。二人の子爵の身長を合わせると、およそ八、九尺になる、つまりハックシャクだ、というものである。

広田は、ただの冗談《ジョーク》としていったのだが、しかし、その底には、爵位や位階勲等など何するものぞという広田の日ごろの考えがあった。

黙々と石を刻み続けるだけの父親の生活、あるいは、極貧の中からなお若者たちの世話を続ける志士タイプの義父の姿、さらには、国事を憂《うれ》えて天下の浪人に甘んずる頭山満たちの姿が、いつも広田には親しいイメージであった。

それに比べ、名門と栄誉と社交に代表されるような外交官の生活は、広田には親しめなかった。それにまた、そうした生活は、広田の理想とする外交官としての生き方にとって、虚の部分でしかないように思える。

外交官も国士である。外交官は外交官としての役割を果せば、それで十分。むしろ、栄誉や恩賞と無縁でありたい。そういうものがついて廻れば、わずらわしくもある——。

広田は自分の考え方が大人気《おとなげ》ないといわれることを、十分承知していた。難かしく考えないで、「おめでとうございます」と、一言いえばすむことである。

だが、その一言が、広田には数百言のように思えた。もともとリップ・サービスのできる広田ではないが、その一言は、人生の生き方にかかわってくる禁句でもあった。

多勢の館員の前で、しかも佐分利と並んで幣原を補佐する立場に在る一等書記官の広田がそうした態度をとったことは、幣原にはおもしろくなかった。

そのときも、その後も、幣原は格別何も言わなかったし、意識して広田に辛く当ることもなかった。

というより、すでに幣原は、差をつけて佐分利を重用していた。一等書記官から参事官にひき上げ、万事、「佐分利君」「佐分利君」であった。

あるいは、広田をとび越え、石射猪太郎など、若い書記官を用いた。感情的な問題を離れ、これはまたこれで、幣原一流の人の使い方であった。

幣原は、語学の達者な、幣原の基準による「有能者」には目をかけるが、それ以外の者には冷淡といっていいほど、極端に無関心である。

このため一時、大使館の若手たちの間から、「幣原大使は後進を育てようとしない」という不平が出たことがあった。

だが、幣原にしてみれば、「外交官は、上司が育てるものではない。一人一人が自分で自分を育てるべきである。わたし自身、ひとりで努力を積み重ねて今日に至った」ということになる。

佐分利貞男のような、自分の命令に忠実な「有能者」は重用するが、それ以外は居ても居なくてもいい。外務省は、優秀な少数者だけで、十分動いて行く――。

それが優等生官僚幣原の判断であった。


広田のワシントン在勤は、わずか一年半足らずで終った。

少し体をこわしたこともあり、静養を兼ねての帰国ということであったが、しばらくして、新設された情報部の課長となった。一種の閑職である。そして、広田がこの閑職につくのと時を同じくして、ワシントンでは軍縮会議が開かれた。

幣原大使が、加藤友三郎海軍大臣、徳川家達《いえさと》貴族院議長と並んで、日本全権委員となり、幣原の腹心である佐分利が、幣原の補佐役をつとめる。佐分利は、先のパリ会議でも、幣原次官の人選によって全権随員をつとめたが、今度もまたワシントン会議に連なり、大きな金箔《きんぱく》を二つも、その履歴に加えた。

これに反し、ライバルである広田は、国際会議の経験ゼロ。またしても、檜舞台《ひのきぶたい》を踏みそこねた感じであった。

幣原の前任の石井大使は、パリ会議の全権に加えられなかったことから原首相をうらみ、原と対立し、結局、更迭《こうてつ》に追いやられていたが、それほど、外交官は大きな国際会議の檜舞台に上ることを望み、外されることを不本意とした。

広田はすでに四十四歳。この先、果して大きな国際会議にめぐり合えるものかどうか疑わしい。広田としても無念のはずであったが、ただ、広田としては、「自ら計らわず」、与えられた「閑職」の役割に生きた。

それにしても、その役割が、皮肉といえば皮肉であった。

もともと、新設の情報部にはこれという仕事らしい仕事もなかったが、そこへ、はじめて持ちこまれた課題が、幣原や佐分利たちの活躍するワシントン会議について宣伝し、世論工作をすることであった。

主力艦の建造制限、中国の主権尊重など、この会議の結果を、日本側の米英への屈従と見る非難が一部に強かったが、広田はこれに対し、全権団を弁護し、非難に対して丹念に反駁《はんばく》した。

ついで、広田は、同じ情報部の次長になった。陽の当らぬ場所で、椅子《いす》ひとつ横に動いた感じであった。

ただ、広田は、そこでも、まともにその仕事にとり組んだ。

情報部は、内外の記者団に統一した情報を流す窓口だが、一方、各記者は、省内の部課から、直接ニュースを掘り出そうとする。このため、しばしば情報部と記者団との間に衝突が起ったが、広田はいつも、その衝突の矢面に立った。はったりもいわぬ代りに、いい逃れや、ごまかしもしない。真向から組んで、諄々《じゅんじゅん》と説く。

あるとき、やりとりが激して、相手の記者が腕力に訴えにかかった。このとき広田は、柔道で鍛えた体を静かに起して、これに応じようとした。

四十も半ばの高級外務官僚らしくないが、相手がそれほどにいうなら、たとえ身の進退を賭《か》けることがあっても――という生き方であった。

こうした広田の人柄《ひとがら》、そして、誠意を尽して応じようとする態度は、記者たちを動かした。

このため、記者たちの間に、ワシントン時代と同様「広田はいつか大物になる」という評判ができ、幾人もの強い支持者が生れた。「閑職」から得られた思いがけぬ収穫であった。

そして、この「閑職」に居たため、広田には意外に早く主流に戻《もど》れる日がきた。

大正十二年九月、関東大震災直後、第二次山本権兵衛内閣が成立したが、その外務大臣に、広田の上司である情報部長の伊集院彦吉が就任することになり、広田は、その下で欧米局長に抜擢《ばってき》された。

伊集院は、広田が官補として北京公使館に勤務していたとき、駐支公使として赴任してきた人で、そのころから、山座の推挽《すいばん》もあって広田に目をかけてくれていた。

広田は、ようやく、大物らしいコースを歩きはじめた。そして、この広田とは入れ代るように、このころ、幣原が病気のため待命となり、静養生活に入った。

幣原は、ワシントン会議当時、持病の腎臓結石《じんぞうけっせき》が悪化したが、医者の制止をふりきって活躍した。病み衰え、蒼白《そうはく》の顔で苦痛をこらえて会議に出る幣原を見て、ハーディング米大統領が、「会議が終ったら、幣原は死ぬのではないか」と、心配したほどであった。

このため幣原は、会議が終ると、早々に療養のため、帰国せねばならなくなった。

もちろん、幣原は大仕事を成し遂げた後であり、十分に経済的余裕もある身なので、しばらくは悠々《ゆうゆう》自適するつもりでの帰国であった。

帰国に際し、幣原は新しいキャデラックを買って帰ったが、横浜通関のとき、正直に、「まだ使っていない車」と申告した。アメリカで使用していたことにすれば、無税ですんだところであった。

税関では、最低率の課税にしてくれたが、それでも、みすみす、かなりの関税を払うことになった。これがまた、「キャデラック事件」といって話題になった。幣原の几帳面《きちようめん》な点に、「さすがは幣原」と感心する者もあれば、関税を払ってまでキャデラックを買って帰れる身分をうらやむ者もあった。そうした声を後に、当の幣原は駿河《するが》台《だい》に新築した邸《やしき》に落着き、療養生活に入った。

だが、政局はめまぐるしく動いていた。

摂政宮《せつしようのみや》の暗殺を図った虎ノ門事件のため、第二次山本内閣は三カ月で倒れ、次の清浦奎吾《けいご》内閣もまた半年足らずしか続かず、大正十三年六月には、幣原の義兄である加藤高明を首班とする護憲三派の連立内閣が誕生した。そして、幣原は、義兄加藤新総理とのわずか十分の会談で、外務大臣に就任することになった。

広田が欧米局長になって、まだ一年と経っていなかった。これまでの行きがかりからすれば、広田としては、また左遷《させん》されてもおかしくないところだが、幣原新外相は、次官や局長級の異動は、ほとんど行わなかった。

生粋《きつすい》の外務官僚育ちだけに、幣原は官僚機構の機微に通じていた。政変の度に、軽々しく上層部の人事を動かしてはならぬ。それに、幣原自身、外務次官として功績を上げられたのも、五代の外相が四年間にわたって幣原を同じポストにすえておいてくれたからである。

幣原は、自分の感情や行きがかりに目をつむって、組織の人事を尊重した。そこに、優等生幣原の面目があった。

もっとも幣原は、腹心である佐分利を通商局長に据《す》えた。やがてはじまる支那関税会議の当事者に当てるつもりである。

翌大正十四年、第二次加藤高明内閣が成立。幣原はまたその外相となったが、このときも、幣原は広田を動かさなかった。広田に対し、一種、不即不離の立場を保つような姿勢であった。広田としても「自ら計らぬ」ことに変りはない。

だが、その幣原が、妙なはずみから、広田の昇進に手を貸すことになった。

事の起りは、吉田茂である。

パリ講和会議の後、随員の一人、松岡洋右《ようすけ》は、東大閥が主流を占める外務省に愛想をつかしてやめ、南満州鉄道に入って、理事になっていた。

一方、同じ随員の一人だった吉田茂は、その後、ロンドン大使館につとめ、さらに、天津《てんしん》総領事として三年あまりも中国で過した。

そして、久しぶりに帰朝し、待命の身となった。今度はスウェーデン公使ぐらいに出られるだろうとのうわさで、吉田自身もその気になっていたところ、幣原外相から意外なことをいわれた。

「気の毒だが、他に適任者が見当らぬから、奉天へ総領事として赴任してもらいたい」

またしても、中国詰の総領事かと、がっくりする吉田に、幣原は慰撫《いぶ》するようにいった。

「その代り、身分の上で大いに優遇するようにしよう」

「どんな優遇ですか」

「高等官一等にする」

吉田は、やむを得ないと思い、しぶい顔をさらにしぶくしながら、奉天行きを引き受けた。

だが、しばらくして、また幣原に呼ばれた。

「きみには気の毒だが」

と、前回と同じような切り出し方である。

「きみを高等官一等にするには、手続上、同期の広田君も一等にしなくてはならない。そのため、二人の名前を並べて、内閣へ申請した。ところが、内閣の審査委員会では、本省勤務の長い広田が、計算上、昇進年限を経過しているのに、吉田の方は、まだ年限に達していない。広田は認めても、吉田を昇進さすわけには行かないと、突っ返してきたのだ」

つまり、自ら計らわぬ広田だけが、吉田のおかげで、高等官一等に昇進し、かんじんの吉田は、取り残されてしまったわけである。冗談じゃないと、吉田はふくれたが、後の祭りであった。

もっとも、吉田はそのままおとなしく引き退《さが》りはしなかった。転んでも、ただでは起きぬタイプである。考えた末、吉田は注文をつけた。奉天赴任に際し、加藤首相から親しく紹介状を出してくれというのだ。

幣原は、義兄である加藤にとりついだ。

中国在勤の長かった吉田は、中国では、軍部はじめ各官庁の出先が縄張り争いをしており、外交官の権威が必ずしも優先しないのを、身にしみて感じてきた。その風潮が、関東軍公館付の武官などは、公使や領事など無視して行動している。その風潮が、関東軍支配下の奉天では、とくにひどいことが予想された。

これに対し、吉田が首相のお声がかりで赴任する大物総領事であることを首相の筆で書いてもらっておくことは、大いに仕事の役に立つ。そればかりか、もともと自尊心の強い吉田のプライドを満足させることになる。

他ならぬ義弟幣原のたのみ、しかも、牧野伸顕伯の女婿のことだというので、加藤首相も、妙な注文に苦笑しながらも、吉田をほめる紹介状を書いてやり、吉田に読ませて念を押した上で、渡してやった。

元来、向う気の強い吉田が、このお墨付を持って赴任したため、後にさまざまの衝突をひき起すことになった。

国際協調を推進しようとする幣原の下で、欧米局長広田はすでに手をつけていた対ソ関係の改善に本腰をすえて取り組んだ。

当時、シベリヤ出兵などの後ぐされのため、対ソ関係は断交状態のまま、行きづまっていた。このため、交渉は北京に於《お》いて、ソ連側カラハン、日本側芳沢の両駐支公使の間に進められたが、両者の利害が錯綜《さくそう》し、また双方とも政情が安定していないということもあって、会談は難航し続けた。

芳沢は、外務省内でも、ねばり強さにかけては指折りの男であったが、その芳沢でさえ悲鳴を上げ、交渉の一時中止を申請してくる始末であった。

だが、広田はその芳沢の尻《しり》をたたいて励まし、予備交渉をふくめて実に七十七回の会談を重ねさせ、ようやく、北樺太《からふと》派遣軍の完全撤兵、北樺太での石炭・石油・森林資源についての利権獲得などを骨子とする日ソ基本条約を締結、日ソの国交回復にこぎつけた。

こうした実績、それに情報部に居た関係からだけでなく、広田には政治全般についての見識があり、話すに足る人物だというので、広田の許《もと》へはよく客が訪ねてきて、外部からの来客は、広田が外務省で一番多いといわれた。それも、外交関係だけでなく、政治家は与野党を問わずやってくるし、政治浪人も来れば、実業家や学生も来た。党派を越えたそうした交際ぶりに顔をしかめる向きもあれば、それによって、広田をいよいよ大物視する見方も強まり、

「外務省には、幣原（大臣）出淵《でぶち》（次官）広田と、三人の大臣が居る」

などといわれるほどになった。

昭和二年四月、幣原外相は広田をオランダ公使に任命した。はじめての公使拝命ということは、形の上では栄進である。だが、行先が、広田が年来希望していた中国ならともかく、オランダである。かつての栄光は消え、いまはヨーロッパのはずれの落日の一小国にすぎない。

左遷《させん》といってよかった。「外務省三人の大臣」とうわさされ、次期外務次官と取沙汰《とりざた》されていた大物を、なぜ、オランダへ出さねばならないのか。幣原の人事をいぶか

る向きもあった。いや「『外務省三人の大臣』だから出された」という者もあった。

たしかなのは、幣原には、駐支公使としては意中の人、佐分利があったことだ。広田の競争者《ライバル》佐分利は、相変らず陽《ひ》の当る道ばかり歩き続けていた。ワシントン会議で随員をつとめた後、帰国して通商局長、ついで条約局長となった。また支那関税会議には、日本全権の随員というより片腕となって、北京で活躍した。

この会議は、中国のために関税自主権を回復させようというもので、条約改正に苦労した日本が、中国の置かれた立場を理解してやり、こちらから持ちかけたものであった。

それだけに、この会議の立役者である佐分利は、中国側要人の人望を集めた。佐分利は、中国にとって誰より歓迎さるべき日本の外交官となった。佐分利を次期駐支公使とする工作はこうした幣原外相の配慮で着々進められていた。それにくらべて広田は——という感じであった。

もっとも、幣原は広田にいった。

「オランダ公使は、わるいポストではない。自分もオランダ・デンマーク公使に出たことがある」

と。だが、それは、幣原が四十三歳のとき。しかも、在勤わずか一年で終っていた。

これに対し、広田は四十九歳。幣原流の人事だと、まず三年は動かさない。事実広田は、それまで幣原の下で三年間、欧米局長をつとめたが、それが逆に、幣原の餞別《せんべつ》のようにも見えた。これから三年オランダに出ることは、そのまま外交官生活の終着駅に滑りこんで行くことになりそうであった。

あれやこれや思えば、おもしろくないオランダ行きのはずであった。

だが、広田の心境はさらりとしたものであった。広田は、一句詠《よ》んだ。

「風車《かざぐるま》、風の吹くまで昼寝かな」

もちろん、これも広田のダジャレであって、オランダへ「昼寝」に行くつもりでもなければ、お座なりに過すつもりもなかった。オランダ公使としての役割は十分に果す心構えで、発令後、広田はすぐ長崎に出かけ、オランダ史に詳しい長崎高商教授に案内をたのんで、長崎や平戸を見て廻《まわ》り、日本とオランダの交渉史を、現地で頭にたたきこんだ。

広田はまた、赴任に当って、当時オランダ領であったインドネシアに立ち寄り、その植民地経営の実態を見ておきたいと思ったが、その一方、シベリヤ鉄道経由で、革命後のソ連を見ておきたいという気持も強かった。ルートは北と南、赴く身体《からだ》はひとつしかない。

広田は迷ったが、日本外交の中心が支那とロシヤであるという持論から、結局はソ連経由のルートをとることにした。ただ、それでも、インドネシアを見ておきたい気持を、すてきれない。

このため広田は、まず信頼する部下の一人大鷹正次郎を、ついで吉田丹一郎を書記官としてオランダへ伴なうに当たって、それぞれ赴任前にインドネシアを詳しく見てくるように指示した。

それは、ただオランダの植民地を勉強するというだけでなく、

「熱帯を制する者は、世界を制するという。だが、日本が進出しようとすれば、国際紛糾が生じようし、といって、引っこんでばかりも居られまい。オランダに脅威を感じさせない形での経済進出の余地はないか、そういう点も見てくるように」

と、つけ加えた。

大きな宿題を出すとともに、一方、広田の指示は細かく周到でもあった。ただ視察先を選定しただけでなく、調査や観察の仕方や、官憲に会うときと街の民衆に触れるときの心得のちがいまで、注意した。まるで、広田の眼、広田の耳を、部下の身体にはりつけて旅行させようとするかのようであった。

広田がまだオランダに出発しない中、中国では事件が続発した。蔣介石《しょうかいせき》の率いる国

民革命軍が北上の途中、南京《ナンキン》ではげしい暴行掠奪《りやくだつ》を行なった。

これに対し、揚子江《ようすこう》上のイギリスやアメリカの砲艦が、蔣介石軍に砲撃で応じたが、日本の砲艦だけは、砲撃しなかった。それは、艦長が居留民たちから、「蔣軍を刺戟《しげき》して、われわれに対する報復的な虐殺《ぎやくさつ》事件に発展しては困るから」と、たのまれたためであった。

だが、世間では、それを、幣原外相の訓令によるものとうわさした。外相のくせに軍の行動に横槍《よこやり》を入れ、統帥権《とうすいけん》を干犯したというのである。

続いて、漢口で日本水兵に対する暴行事件が起った。

こうした不穏な形勢に対し、英、米など、北京在駐の外交団では、蔣介石を問責する最後通牒《つうちよう》を突きつけ、応じなければ武力行動に出ることをとりきめた。

だが、これに対し、日本の幣原は反対した。幣原の言い分は、こうである。

「何処《どこ》の国でも、人間と同じく、心臓は一つです。ところが中国には心臓は無数にあります。一つの心臓だと、その一つを叩《たた》き潰《つぶ》せば、それで全国が麻痺《まひ》状態に陥るものです。たとえば日本では東京を、英国では倫敦《ロンドン》を、米国では紐育《ニューヨーク》を、仮りに外国から砲撃壊滅されると全国は麻痺状態を起す。取引は中絶される。銀行だの、多くの施設の中心を押えられるから、致命的の打撃を受ける。しかし、支那という国は無数の心臓をもっているから、一つの心臓を叩き潰してもほかの心臓が動いていて、鼓動が停止しない。すべての心臓を一発で叩き潰すことは、とうてい出来ない。だから冒険政策によって、支那を武力で征服するという手段を取るとすると、いつになったら目的を達するか、予測し得られない。またそういうことは、あなた方の国はそれでいいかも知らんが、支那に大きな利害関係を持っている日本としては、そんな冒険的な事に加わり度くない」*

日本が共同出兵に応じぬとあって、英米側も腰くだけになった。

このため、英米側から日本が国際協調性に欠けるという非難が起り、国内では、幣原の軟弱外交路線は、何ひとつ得るところなく、ただ中国を増長させるだけだという攻撃が強まった。ことに、軍部や、中国に権益を持つ一部実業家たちは、しきりに幣原外交の清算を迫ってきた。

そこへ金融恐慌《きようこう》が起り、結局、若槻礼次郎内閣は倒れて、陸軍大将田中義一を首班とする政友会内閣が成立。幣原は外務大臣の地位から追われた。

田中は、対支強硬論者である本多熊太郎を外相にするつもりであったが、宮中筋から、対支外交は慎重にするようにとの注意があり、また、外務省内でも反対意見が強いのを見て、自ら外相を兼任することにした。

三章

昭和二年（一九二七）のおそい春、広田は、チューリップや水仙の咲きにおうオランダに着任した。五十歳になっての単身赴任であった。

妻子を日本へ残してきたのは、子供たちの教育のためもあったが、それ以上に、妻静子の身を案じたためである。

つつましやかで、社交界など肌《はだ》に合わない静子だが、公使夫人ともなれば、引っこんでばかりも居られない。いや応なしに各種のパーティにひっぱり出され、ときには女主人役《ホステス》もつとめなくてはならない。

広田は、ワシントン在勤当時、目《ま》のあたり見た幣原《しではら》大使夫妻の華やかなホスト・ホステスぶりを思い出さずには居られなかった。

幣原夫人は、イギリス仕込みで英語も達者なら、三菱《みつびし》の令嬢として、社交の心得も貫禄《かんろく》もある。まるで魚が水を得たように、パーティでは、生き生きと振舞っていた。

それに比べれば、広田の妻静子は、およそ対照的といっていいほど、パーティには不向きにできていた。

だからといって、広田は、静子に不満なのでもなかった。広田は、社交など、どの道たいしたことでないと思っている。むしろ、静子の身を思いやった。もともとあまり丈夫でなく、偏頭痛の持病のある静子を、そうした場に追いこむべきではない。それより、多少の不便はあっても、ひとりで赴任した方が気が楽だと思った。

広田は、ハーグの公使館から近い小さな官邸に、若い書記生と住んだ。家事はオランダ人のハウスキーパー任せである。

ハーグでの広田の一日は、まず、毎朝、自己流の体操を約十分間することからはじまった。柔道の型から編み出した体操で、広田自身は大まじめだが、子供たちには、「パパの柔道踊り」といわれた代物《しろもの》である。

広田は、柔道が好きであった。一高に入るより先に講道館に血判を押して入門したほどで、「三度の飯より好き」といっていた。講道館の師範には、「柔道の専門家になっても相当に行ける」と、折紙をつけられた。学生時代二段、後に五段に進んだ。背負投げ、巴《ともえ》投げなどの豪快な大技が得意で、めったに自慢をすることのない広田だが、柔道だけについては、後輩に、

「わしの背負投げは相手が進んでも退いてもかける。どうしてもきまらぬ時は巴投げ

をかける。これまた不思議にきく。相手の選手があとで、どうしても君の背負投げと巴投げは防ぐことができぬといっていた。わしも防ぐことができないように、いわゆる順道制勝の極意を出してかけたものだ」

と、いったりしていた。

その広田としては、好きな柔道のできない分を、毎朝「柔道踊り」でカバーしている形であった。

体操のあと、広田はゆっくり朝風呂《あさぶろ》に入る。白い陶器の洋式バス・タブに熱湯を貯《た》めただけの風呂は、「朝風呂」という語感には遠かったが、それでも風呂好きの広田には、その「朝風呂」なしでは、一日がはじまらなかった。

ハウスキーパーのつくった朝食をとり、「ロンドン・タイムズ」を読んでから、楡《ユルム》や菩提樹《リンデ》の緑の陰の濃い道を歩いて、公使館へ出勤する。

正午には、またその道を歩き、官邸に戻《もど》って、サンドイッチにコーヒーといった簡単な昼食。オランダでは、ふつう昼休みを二時間とるため、広田も長椅子《ながいす》でそのあと半時間ほど、うとうとする。三十分の「昼寝かな」である。

午後も歩いて出勤。夕方、公使館を出てからは、運河沿いに街を歩いたり、あるいはドライブに出かけた。

並木に縁どられた運河や、古びた橋。破風《はふ》のある赤煉瓦《あかれんが》づくりの中世風の家並。家々の出窓には花の鉢《はち》が置かれたりしていて、散歩するには快適な街であった。

また平坦《へいたん》な国土には、道路がよく発達して、ドライブによく、広田は咲きみだれる花畠《はなばたけ》を見て廻り、農家に立ち寄って、農夫からチューリップの球根をもらったりした。

広田はまた、玉突きもやってみた。たまたま同期生の武者小路公共《むしゃのこうじきんとも》スウェーデン公使がハーグにきて、これを知り、「広田が玉突きを始めたなんて、全く天下の一大事件だね」と、笑ったりした。

外交官の間には、ゴルフがさかんであったが、広田は若い館員にはすすめても、自分はやらなかった。社交界へも、よほど余儀ない場合は別として、自分では顔を出さず、吉田書記官夫妻などを代りに出したりしていた。

ごくたまに、広田は若い館員相手に碁を打ったり、麻雀《マージャン》を試みた。負けずぎらいで、勝つまではなかなかやめる気にならない。

広田はそうした自分の性格に気づくと、そのままでは勝負事に溺《おぼ》れそうな気がしてきた。外交官としては、仕事を通し、すべてをお国に捧《ささ》げたい。仕事以外の何物かにとらえられたり、溺れたりしてはならない。

そう思ってから、しだいに自分が相手になるのを手控えるようになり、他人の勝負を観戦して、そこにたのしみを見つけるように努めた。それも、一方に応援してやきもきするというのではない。ただ勝負を勝負として眺《なが》めてたのしもうというのである。それなら、勝負に溺れることもないし、いつでも客観的な立場に身を置くことができる。そうしたクールな姿勢は、外交官としての理想の生き方にも通じると思った。

外交官仲間では、トランプあそびもさかんであったが、広田はその仲間にも加わらぬようになった。そして暇があってトランプを手にすることがあると、ひとりでペイシェンスをくり返した。

これはカードを四枚ずつ四段に並べ、上下左右のいずれでも同じ数字の札が二枚続くとそれをとり除き、とったあとをつめて行って、また同じ数字が続けば除くという作業のくり返しだけであって、これはという技巧も作戦もない。ただ運に任せて、少しでも少ないカードになるのを待つというだけで、十六枚全部なくなるのは、何百回何千回やっている中、そういう運が廻ってくるのを待つという他ない。ペイシェンス、つまり、訳せば「忍耐」というだけに、ただ単純にくり返すばかりで、ゲーム本来のおもしろ味は少なかった。

だが、一人ででき、同時にまた、すべてをカードの廻り合せに任せ切って、「自ら計らわぬ」ということが、しだいに広田の気に入ってきた。広田は、ひとりでつぶやきながら、黙々とカードを並べ続けた。

そうした時間以外は、広田は明け暮れ読書で過した。

「あんなに入浴が好きで、その上、年がら年中、本ばかり読んでる人を見たことがない」

と、オランダ人のハウスキーパーをあきれさせるほどであった。

不本意なオランダ在勤であったが、広田は、だからといって、心を空《むな》しくして日を送っているのではなかった。広田は、オランダでの歳月を、前向きに、自分のため、ひいては国のため生かそうとした。

広田は、オランダ在勤にも、いくつかの利点があると考えることにした。

小国ながら世界を制覇《せいは》したこともあるオランダ。この国の発展の秘密はどこに在ったのか。また、大国にとり巻かれて存立するためには、長年にわたるさまざまの努力と工夫があったにちがいない。第一次大戦で中立を守り抜いたのも、そのひとつであろう。そうした小国として生きる知恵を、日本のために少しでも学びとりたいと思った。

それに、大国に居れば大国なみの考えしかできないのに、小国から観察すれば、かえって欧米列強の動きを客観的にとらえることもできると思った。

広田は、他の外交官たちのように英語版の書籍や雑誌だけ読んで満足するのでなく、オランダ語の新聞雑誌や資料も読むため、オランダ外務省を退職した老人を特別に雇い、毎日の新聞のめぼしい論説や解説はすべて翻訳させ、あるいは、これはと思う資料を調べさせたり、問題の周辺を探らせたりし、読書に飽きることがなかった。最後に、一日の読書の終りには、中学時代から愛蔵してきた和綴《わと》じの論語を、心静かにベッドで読むのが日課であった。

このころ、満州では、同期の吉田茂が活躍していた。いや、あばれ廻っていたといってもいい。

加藤高明首相のお墨付を持って赴任しただけに、吉田は大物の奉天総領事として、一目置いて見られた。吉田は勢いにのり、また生来の鼻っ柱の強さもあって、関東軍や満鉄などがためらっている問題に対しても、万事、積極的に出た。

折から、田中内閣も対支強硬策をとり、蔣介石《しょうかいせき》の北伐軍が山東省を通るときには、「現地保護主義」と称し、日本単独でいち早く出兵した。かつて日本だけが出兵に反対した幣原外交とは対照的な武断外交であった。

このため、かえって反日感情をそそることになり、済南では日本居留民に対する虐《ぎゃく》殺《さつ》事件をひき起し、第二次、第三次の出兵をくり返すことになった。

外務大臣は田中の兼摂であったが、政友会の積極派メンバーである森恪《もりかく》が外務省に政務次官としてのりこんだ。そして、外交の継続性にこだわる省内の空気を打ちこわし、対支強硬路線の浸透にかかった。

中国に対する示威も兼ねて、中国在勤の日本公使・総領事・領事などが東京に全員召集され、一大会議が開催された。

「東方会議」と呼ばれるこの会議では、「武力による現地保護主義」「満蒙《まんもう》におけるわが国の特殊利権確保のための積極的かつ自主的行動」などが、対支新政策として打ち出された。

その後、大連で第二回目の東方会議が開かれた。

大物の奉天総領事である吉田は、森恪と意気投合し、この両会議で、主役の一人として活躍した。岳父牧野伸顕の伝手《つて》で、元老筋に了解をとりつけるという工作も行なった。政治好きが、しだいに行動に現われはじめた。

奉天に帰った吉田は、東方会議の方針の具体化は、現地に一任されているとして、当時、東三省を制圧していた張作霖《ちょうさくりん》を相手に、独断で強引な交渉をはじめた。

そのころ、中国側の京奉線が、明治四十二年の協定により、日本側の満鉄線を横断し、奉天城内の兵工廠《へいこうしょう》に通じていたが、吉田はこれが日本側の権益を害するおそれがあるとして、一方的に横断阻止の要求を突きつけた。そして、張作霖がもし受け入れなければ、「覚悟がある」と、おどした。

吉田が高圧的に出たのは、ひとつには、張作霖が関東軍出先の援助を受けたことなどがあって、軍と気脈を通ずる反面、とかく、外務省の出先を軽視してきたことへの反発があったためである。吉田にしてみれば、張の交渉相手は、まず外務省出先機関であるべきはずであった。

一度、関東軍参謀が、「張作霖が食事をいっしょにしたいといっている」と、伝言してきたことがあった。吉田は、

「自分は張家の召使なんぞではない。食事しに来いなどいわれて、ハイさいですか、と行かれるものか」*

と、たんかをきって、ことわってしまった。

こうした経緯をふまえた上での「覚悟がある」との強硬な要求であった。

これは、張作霖を怒らせた。

「覚悟とは何であるか、日本は武力をもって満州を掠奪《りゃくだつ》するつもりか」**

といいすてて、張はそのまま、北京《ペキン》へ行ってしまった。

一方、この吉田の強硬なやり口に、現地の関東軍も鼻じろんだ。強引さが売物の関東軍だが、そのお株を奪われた形である。まして、張作霖は関東軍が苦労しながら手なずけてきた相手である。それを北京へ走らせては、関東軍としては、元も子もなくなる。「吉田は、しようのないやつだ」と、参謀たちは激昂《げつこう》した。

吉田としても、張にそっぽを向かれて逃げ出され、関東軍から突き上げられては、総領事としての仕事のやりようがなかった。首相のお墨付でいばったことへの反発もあって、だれも吉田の味方はいない。浮き上ったばかりか、まわりからの風当りが強くなるばかりであった。

このため、さすがの吉田もたまらなくなって、奉天赤十字病院へ入院。病気静養という名目で、帰国を申請し、日本へ引き揚げてしまった。

帰国してしまえば、もはや、吉田の病気は全快である。次の恰好《かつこう》のポストをさがしたのだが、廻ってきたのは、スウェーデン公使の椅子であった。

冴《さ》えないポストだが、同期で席次が上の広田がおとなしくオランダ公使に出ている以上、吉田としても受けざるを得ない。出発を前におもしろくない気持でいたところ、外務次官の出淵《でぶち》が駐米大使に出ることになり、次官のポストが空《あ》いた。

吉田は、大きな目をぎょろつかせた。これは、願ってもないポストである。

外務政務次官の森恪に会うと、森は気の合った同志であるだけに、吉田の気持をのみこんでくれた。外務事務次官に吉田を推薦しようといってから、肩を落し、

「といっても、実現は難かしいかも知れん」

「どうして」

「出淵がすでに後任として、在オランダの広田弘毅を推薦している」

吉田は絶句した。また広田に負けるのかと思った。

森は、吉田を慰めるように、

「きみも承知のように、出淵は田中首相の姻戚《いんせき》だ。だから首相としては、おれなんかより、出淵の意見に耳を傾けることになる。それに、外務省内では、以前から広田次官の呼声があり、席次からいっても、広田を次官にするのが穏当だという空気だからね」

「…………」

「折角だが、きみが次官になる望みはない。この際は、目をつむって、スウェーデンへ赴任した方がいい」

吉田は、しばらく黙っていてから、いった。

「それなら、ぼくが直接、田中さんに談判してみる。きみは、その機会を斡旋《あっせん》してく

れ」

森はおどろいたが、吉田はいいかけたら、後へひかない。

「結果はどうなってもいい。とにかく、今度だけは、自分を売りこむ。自薦運動をやってみて、それでもだめとわかれば、そのときは、さっぱりした気分で赴任する」

森は仕方なく田中首相に交渉し、吉田訪問の約束をとりつけた。スウェーデン公使赴任の挨拶《あいさつ》に外相でもある田中を訪ねるという形である。

吉田は、首相官邸を訪ねた。田中は、「このごろ、張作霖はどうしているかね」と、きいてきた。

吉田はその話をそらし、

「今日は張作霖の話で参ったのではありませんので、そのことは、後でお答えします」

と、田中の気をひいておいた上で、

「実は、わたしは自分が外務次官として最適任の候補者だと考えております。つきましては、仮にわたしが外交を預かれば、かくの如《ごと》くしたいと思うことについて、お話ししたいと思うのです」

吉田は、それから二時間にわたって、対中国政策などについて、用意してきた考え

なかった。

田中は相槌《あいづち》ひとつ打たず、渋い顔を庭の方に向けたまま、きいていた。手ごたえはなかった。

だが、次の日、田中から電話があり、腰越の別荘に呼ばれた。

「きみに外務次官をやって欲しいと思うんだが、異存はないかね」

田中は、とぼけていった。異存のあろうはずがない。吉田の方からたのんだばかりである。

田中は人を食っていた。いつもは人を食う吉田だが、このときは、田中に食われた。

吉田は、田中に惚《ほ》れこみ、その下で、次官として、いそいそと勤務することになった。

はるかオランダの広田は、こうした動きからはかやの外に置かれていた。仮に、このいきさつに気づいたとしても、広田としては、成行きに任せる他なかった。

吉田の外務次官就任の報《しら》せを、広田は無感動にきいた。広田としては、相も変らず、小さな国での小さな生活を続ける他なかった。

昭和三年春、広田は郷里から気がかりな便りを受けとった。

八十歳になった母のタケが、ひとりで外出中、電車から下りるとき転倒して肩の骨を砕き、化膿《かのう》して病状が悪化している。気丈なはずのタケだが、このごろでは、「何とかして、一目、弘毅に会って死にたい」と、いい続けているという。

広田はすぐにでも日本へ帰りたかったが、公使の身で、母の病気を理由に帰国を申請することはできない。その旨《むね》書き送ると、数カ月して、さらに衝撃的な報せがきて、広田を打ちのめした。

広田の帰国できぬことを知ったタケは、「もはや生きていても仕様がない」といって、以後、一切食事を受けつけず、口の中へ押しこんだものも吐き出して、とうとう餓死同然にして命を落してしまったというのであった。

さすがの広田も、しばらくは公使館に出る気力もなく、官邸にとじこもり、母の写真をまつって、ひたすら喪に服した。

芯《しん》の強い母とは思っていたが、そこまでするとは——と、広田のおどろきは、いつまでも消えなかった。

ただ、やがて悲しみがうすれるにつれ、広田は、その母の強い血が自分の体にも流れているのを感ずるようになった。

自分にとっても、もはや死はおそろしいものではない。母と同様、いつでも自ら選びとって見せることができる。

そう思うことで、母が死後も自分を励ましてくれているのを感じたりもした。

母の死により、広田は、あらためて日本とオランダの距離を思った。オランダに即しオランダだけを見つめようとしてきた気持が、はじめて冷やされた。

小国とはいうものの、オランダはあまりにも狭い。国土面積は九州より狭かった。そこに三年も居たため、どこへ出かけても、鼻がつかえそうな気がしてきた。

公使館そのものも、小さくお粗末で、庭もなければ、車寄せさえもなく、建物は隣りと棟続《むねつづ》き。しかも、その壁ひとつ向うがダンスホールで、バンドの音がきこえてくるという有様であった。「外務省の三人の大臣」とまでいわれた広田が勤務するにふさわしい場所とはいえなかった。

広田は、オランダ在勤中、対独賠償会議に日本代表の一員として、また、国際連盟総会に日本全権代理の一人として出席したが、いずれも、とくに重要な会議でもなければ、格別の議題があるわけでもなかった。

一方、広田の競争者《ライバル》佐分利は、ジュネーヴの海軍軍縮会議の全権随員をつとめ、参事官として、駐英大使館に勤務したあと、昭和四年夏、幣原が四度目の外相になると、呼び返されて、駐支公使に栄転した。

当時、日中関係は、ひとつの行きづまりに突き当っていた。

済南における日本居留民虐殺をきっかけとする日本軍の済南占領（昭和三年五月）によって、ふたたび排日運動の火がついた。

さらに、張作霖を傀儡《かいらい》にして、満州を中国から分離し植民地化しようとしていた関東軍は、張が関東軍に背を向けようとする気配を察し、張の特別列車を奉天駅近くで爆破、張を謀殺してしまった。

田中義一内閣は、最初は天皇に対し関東軍の謀略であることを認め、天皇のお言葉どおりの厳重な処罰をお約束したが、軍部の突き上げにあうと、態度を一変。国際問題に悪影響を及ぼすとの口実で、事件を満人の仕業にしてしまった。

このため、天皇は激怒され、二度と田中総理の顔を見たくないといわれた。「天皇の軍隊」の名の下で、平然と天皇に背くような軍部が、すでにでき上りつつあった。

こうした状況の中で、田中退陣、浜口内閣の成立となり、四度目の外相となった幣原が、ふたたび対支親善路線を打ち出そうとし、かねてからの持駒《もちごま》である佐分利を起用したのであった。

すでに佐分利は、関税会議で中国側要人たちに好意を持たれている。その土壌の上で、佐分利は通商協定などの交渉を辛抱強く推し進めた。

それは、田中内閣の「武断外交」とは面目を一新した「協調外交」であり、国民政府側との話し合いは円満に進み、ふたたび雪どけムードがひろまってきた。

国府側もこれを歓迎したが、日本商品ボイコットなどで苦しんでいたわが国の経済界もまた、この局面打開をよろこんだ。

政財界に「対支新交渉」の立役者としての佐分利公使の評判が高まった。

小村寿太郎の女婿《じょせい》でもあるというところから、佐分利はパリ講和会議の随員時代、全権である西園寺公望《さいおんじきんもち》に認められ、そのころ雲の上の存在であった西園寺に電話ひとつで会えるという知遇を得ていた。

佐分利夫人は関税会議のとき北京で亡くなったが、それ以後、佐分利は日本では帝国ホテル暮し。エリート中のエリートの貫禄《かんろく》十分であった。オランダでくすんでいる広田に比べれば、陽の当る大通りを、ひとり濶歩《かっぽ》している感じであった。

だが、その佐分利が駐支公使になってわずか三カ月余の昭和四年十一月二十八日深夜、箱根宮の下の富士屋ホテルでピストル自殺を遂げた。

佐分利は、政府との連絡のため一時帰国していたが、幣原外相はじめ政府首脳は折からのロンドン海軍軍縮会議の対策に忙《いそが》しく、また軍部や右翼からの妨害もあって、佐分利がせっかく国府との間で進めてきた交渉の数々が、すぐには実現しそうもない。空しく時間は流れ、機会が失われて行くのに耐えかねての自殺と見られた。

あるいはまた、佐分利がひとり合点で調子よく中国側ととり交わしてきた約束が、現実の日本では実現できそうにないのを知り、責任と失望を感じての死とも見られた。

また、佐分利が夫人の死後、元気を失い、後を追ったという説もあれば、逆に、派手であった女性関係がこじれて、ゆすられていたという見方もあった。新橋でも赤坂でも、長身で貴公子然とした佐分利は、よくもて、よく遊んだ。

それに、相手は花柳界の女だけではない。部下の妻との関係もうんぬんされた（潔癖な広田は、こうした佐分利の私行に、「風上にも置けぬ」と、眉《まゆ》をひそめていた）。

自殺の原因として、以上のようないろいろの臆測《おくそく》が流れた。ということは、いいかえれば、確乎《かっこ》とした自殺の動機がないことにもなる。

事実、佐分利に遺書はなかった。いや、それどころか、富士屋ホテルは佐分利がよく静養する常宿であり、佐分利は顔馴染《かおなじみ》のホテルのフロントに、翌朝の目ざまし《モーニング・コール》や床屋の手配をたのんでいた。

佐分利は、護身用に小型ピストルのコルトをひそかに携帯していたが、遺体の右手が握っていたのは、それとはまるでちがった大型拳銃《けんじゅう》。しかも、左利《ひだりき》きの佐分利が右手ににぎっているという怪があり、死んだあと自ら掛布団を顔までひき上げたとしか思えぬようなふしもあった。

傷心の幣原外相は、自殺説をきっぱり否定した。

他殺とすれば、軍部か右翼か、幣原外交の妨害をねらう一味の仕業である。事実、そのころ、佐分利は身の危険を感じるような言葉を漏らし、またピストルを携帯せねばならぬような状態の中に在った。

中国国民政府の外交部長は、佐分利公使の死が、両国の関係にとって「大損害である」旨の異例の談話を発表した。

佐分利公使の変死は、日中関係の改善に尽すことが、自殺にせよ他殺にせよ、外交官の身の上に暗い重大なかげを及ぼすことを示す象徴的な事件であった。

花々の咲きみだれる春は別として、オランダは必ずしも気候がよくない。風が強いところで、秋から早春にかけては、とくに西風がきびしい。そして、折々に陰鬱《いんうつ》な霧。運河の多いことも、古びた家並にとり巻かれていることも、風情《ふぜい》はあるようだが、同時に、陰々滅々の気分をそそる風景でもある。

これといって格別の任務のないまま、すでに三年を迎えようとし、広田はさすがにやりきれなくなってきた。

覚悟してきた「昼寝」だが、あまりにも長過ぎる。ハーグの街に風は吹いても、広田の風車を廻《まわ》す風は、一向に吹いてくる気配はない。広田は忘れられた人になり、また広田自身、妻子の顔を忘れそうであった。

たまたま吉田書記官が帰朝することになったとき、広田は吉田にいった。

「自分はもう三年になるので、ちょっとでよいから、帰朝したい。その旨、次官の吉田（茂）に話してくれないか。大臣（幣原）はわからぬかも知れぬが、吉田ならわかってくれると思う」

自ら計らわぬことを信条にした広田のわずかな例外であった（後から思えば、一種の虫の報せもあった）。

狭いオランダに住み飽きたというだけではない。公使としての役割は、十分に果した。中立外交の勉強といい、また、客観的にヨーロッパ列強を観察することといい、所期の勉強は一応、やり終えた。

もはや、オランダに居て、格別、学ぶべきことはない。これ以上は場所を変え、できれば、日本に帰って勉強したかった。

欲はいわない。たとえ待命の身であってもいい。ただ日本へ戻《もど》してほしい——その程度の希望は許されていいのではないか。

肌《はだ》の合わぬ幣原が万一、首を横に振るとしても、同期の吉田が次官である以上、何とかしてくれるだろうという期待があった。


中学時代からの友人である浜口首相の下で外相に返り咲いた幣原は、ふたたび国際協調の「幣原外交」路線をとろうとしていたが、吉田茂は次官のまま留任させていた。対支強硬路線で田中と意気投合していた吉田を次官に残しておくのはおかしいと、野党から非難されたが、幣原は相変らず優等生官僚らしく、重要な人事は尊重され継続さるべきだとして、あえて吉田を留任させた。

ただ、二人の間は、うまくは行かなかった。

前任の首相兼外相の田中は、すべて吉田次官に任せきりで、決裁についても、「大丈夫か」と訊《き》き、吉田が「大丈夫です」と答えると、無造作に盲判を捺《お》す。すべて、「大丈夫か」「大丈夫です」だけで片づいてきたのに、幣原は万事、細かく目を通し、ときには英文の外交文書などに自分で手を入れる。

このため、吉田次官はやる仕事がなくなってしまい、ただ椅子《いす》にふんぞり返って、葉巻をふかしていた。

このため、省内では、「幣原次官、吉田大臣」などと陰口をきかれた。何となく大物ぶっている吉田と、あまりにも能吏然とした幣原をからかったのだが、ある意味では、吉田茂はかすんだ存在になっていた。

オランダから吉田書記官が帰国したときの外務省は、こうした状況であった。

吉田書記官は、まず幣原外相に帰朝を報告。そのとき、広田公使の希望も伝えた。

幣原は大きくうなずいた。広田をオランダへ送り出したのは幣原だが、三年にもわたって在勤させたのは、永過ぎたと思った。

それに、幣原は片腕とたのむ佐分利を失ったところである。一方、省内は、森恪《もりかく》らにひっかき廻され、積極派というか、対外強硬派の若手も芽生えていた。

幣原は、馴《な》れ親しんだ外務省の赤煉瓦《あかれんが》の建物の中に、目に見えぬ空白がひろがっているのを感じた。その空白を、少しでも信頼できる人材によって埋めておきたい。

広田とは感情的な疎隔《そかく》こそあったが、彼なら、国際協調を貫き、霞ヶ関《かすみせき》外交の伝統を守る手兵の一人となってくれるであろう。その大切な手兵を、はるかヨーロッパのはずれの小国に置いておくべきではないと思った。

広田に対する帰朝命令が出された。吉田次官をわずらわすまでもなかった。

昭和五年三月、広田はオランダ女王に拝謁《はいえつ》して離任の挨拶《あいさつ》を述べ、ヨーロッパからソ連へ入り、まだ雪の残るシベリヤ鉄道を経由して、満州里《マンチユリ》に着いた。

そのとき、満州里駅には、思いもかけぬ悲報が広田を待ち受けていた。次男の忠雄が急死したというのだ。

忠雄は、おっとりした明るい性格の子であったが、高校（旧制）入試に二年続けて失敗。その年失敗すれば、徴兵にひっかかって軍隊へ入らねばならぬところへきていた。

三男の正雄といっしょに、早稲田を受けた。無頓着《むとんちやく》なところのある正雄は、合格発表を見に行かず、忠雄が二人分の発表を見に出かけたが、結果は正雄が合格し、忠雄はまたしても不合格であった。

そのあと、忠雄は自殺した。補欠入学の通知がきたのは、自殺の翌日であった。

広田の家では、子供の進学についても、すべて本人任せで、親があれこれいうことはなかった。ただ、広田の長い不在の中で、忠雄は忠雄なりに焦《あせ》りと責任を感じ、そのあげく、自ら命を断ったのであった。

ようやくタケの死の衝撃から立ち直ったところなのに、広田はまた、足をすくわれた。

茫然《ぼうぜん》として汽車にゆられ、船にのり、日本へ帰った。仏壇で忠雄の遺骨に手を合わせると、涙がとめどなく溢《あふ》れ出た。

「忠雄、なぜ死んだ」

広田は、そのつぶやきを空しくくり返した。

死はこわくない。いつでも、おどりこめる。母だけでなく、息子にまで先立たれて、広田にはいっそうその思いが強まった。できることなら、広田もまた死に向ってとびこんで行きたい気分であった。

子供たちへのオランダ土産のひとつが、こうして無駄《むだ》になった。三年の留守を守った妻の静子には、広田はダイヤの指輪を買ってきた。オランダは、ダイヤの加工地として世界随一である。新婚まもなく江の島で貝細工の指輪を買ってやり、「いつかはダイヤの指輪を」といったのだが、二十五年ぶりにその約束を果したことになる。

それにしても、息子の一人を亡《な》くして向い合う夫婦に、ダイヤは冷たく空しく光るばかりであった。

四章

昭和五年（一九三〇）十一月十四日朝、数え五十三歳の広田は、駐ソ大使として赴任するため、東京駅頭に立った。今度も、単身赴任である。

下関—釜山《ふざん》—京城—奉天—満州里、そしてシベリヤ鉄道と、半年前、オランダからの帰朝のとき通った同じルートを、また逆にたどっての長い汽車の旅のはじまりであった。

広田の乗ろうとする特急「つばめ」には、折から岡山県下で行われている陸軍特別大演習へ出かける浜口雄幸《おさち》首相の一行も、乗りこむはずであった。

このため、見送り人や警官などで、ホームはいつもより混《こ》み合っていた。

広田は、首相一行より先にホームにきていた。見送りは、妻子などごく少人数である。

遠いモスクワへの赴任、またいつ会えるかわからぬ。言葉少なに別れを惜しんでいるところへ、外務大臣の幣原《しではら》がホームへ上ってきた。

「きみを見送りにきたのに、駅長に呼びとめられてね。総理大臣はいますぐ見えますから、貴賓室でお待ち下さい、というんだ」

幣原は苦笑しながら続けた。

「いや、自分は総理大臣とは何ら関係ない。他に送る人があってきたのだ、そういって、ここへかけつけたのだが、駅長は妙な顔をしていた」

広田は頭を下げた。

一国を代表して赴任する大使を外相が見送るのは珍しいことではないが、場合が場合だけに、幣原のそうした気持はうれしかった。

もっとも、幣原は浜口と友達の間柄《あいだがら》だからこそ、そういうこともできる。それにまた、幣原は、とにかく筋を通す優等生官僚であった。

二言三言話していたとき、ふいに中央階段の方向で、何かはじけるような音がした。

広田の近くに居た警官が、「やられたぞ」と叫んで走り出す。

二人が階段の方を見ると、ひとかたまりの人の群れの中に、蒼白《そうはく》の顔でくず折れかかる人があった。浜口首相であった。

ホームでは、着物姿の男に、護衛たちがとびかかっていた。

浜口の姿は、人々にかつがれるようにして、いまきた階段から消えて行った。

悪夢を見ているとしかいいようのない出来事であった。

「たいへんなことになった。もっとも、ふだんから覚悟はできている、殺されるようなことがあれば、男子の本懐だと、いってはいたが」

幣原は、こわばった顔でいいながら、

「とにかく、きみを見送りにきたのだから」

と、ホームから動かなかった。

広田も気が気でなかったが、幣原の几帳面《きちようめん》な性格もよくわかっている。

その中《うち》、ベルが鳴った。妻の静子たちも茫然《ぼうぜん》としている。暗い旅立ちとなった。

広田は無言のまま会釈《えしやく》して、「つばめ」の展望車にのりこんだ。その「つばめ」がゆっくり動き出すのを見届けてから、幣原はホームから走り下りて行った。

事件の詳報を、広田は朝鮮半島を北上する列車の中で知った。

首相に重傷を負わせた犯人は、極右団体の一員で、浜口首相の失政、とくに統帥権《とうすいけん》干犯《かんぱん》に憤激して、首相暗殺を企てたのだという。

半年前のロンドン軍縮会議で、日本はイギリス、アメリカに海軍補助艦艇の保有量について制限を押しつけられた。

海軍、とくに軍令部は、これを不満とした。兵力量の決定は、陸海軍大元帥としての天皇の権限である統帥権に属するものであるとし、軍首脳が直接天皇に上奏できる権利である帷幄《いあく》上奏権によって、反対の主張を天皇に上奏しようとした。

これに対し、浜口内閣、とりわけ幣原外相を中心とする外務省は、あくまで国際協調を第一にし、会議の決裂を避けるべきだとする立場を貫いた。

緊縮財政を推進していた浜口内閣としても、この軍縮会議が決裂すれば、補助艦艇についてとめどもない建艦競争が起り、経費削減どころか、大幅の軍費膨張になりかねない。このため、軍令部の上奏をとりつがず、政府の責任において、急いで条約を締結させた。そして、政府に対する攻撃は、「兵力量の決定は純然たる国務上の大権にして、もっぱら内閣の輔弼《ほひつ》の責任である」という法学者美濃部達吉らの憲法解釈によってかわそうとした。

軍部および右翼の一部は、統帥権を干犯するものとして激昂《げっこう》し、浜口は兵馬の大権を天皇から政党政府の手にとり上げようとしているという風にまで非難を高めた。

この争いは、いいかえれば、軍部の積極政策対外務省の協調政策の争いであった。幣原外交に対する攻撃も強まった。

こうした空気のはりつめたところで、首相襲撃は起った。

結果として、浜口内閣は倒れた。「統帥権」が当面の敵を倒した形であった。

不気味な事件であった。「統帥権独立」「統帥権不可侵」を旗印に、統帥権という名の怪物が大手を振って歩き出そうとするかも知れない。来《きた》るべき時代の困難さを痛いほど感じさせる事件であった。

広田の赴任に少しおくれ、同期の吉田茂は、幣原によって、外務次官からイタリヤ大使へ転出させられた。身分の上では、勅任官の次官から親任官の大使への栄転であったが、行先がイタリヤではおもしろくない。ヨーロッパ列強のひとつとはいうものの、ウエイトは小さく、日本との関係においても、懸案となっている問題ひとつない。要するに、一応の棚上《たなあ》げ期間が過ぎたところで、次官の椅子《いす》から追い払われた恰好《かっこう》であった。

広田や吉田の二期先輩の松岡洋右《ようすけ》も、吉田と同様、田中義一に気に入られた一人で、田中の推薦で満鉄副社長となった。吉田が奉天総領事のときであり、吉田と松岡は、現地に在って対満積極政策を強調する仲間であった。

松岡は、田中内閣の退陣とともに満鉄を辞任。その後、郷里山口県から政友会所属で立候補し、代議士となっていた。

浜口が倒れたあと、幣原が臨時首相代理になると、松岡は国会壇上で、外務省の先輩である幣原に対して、はげしい糾弾演説を行なった。

経済恐慌《きようこう》の中で、列強は経済ブロック化の方向に進んでいる。その中で、日本だけが国際協調の名の下に譲歩を重ね、空《むな》しく経済権益を失おうとしている。これでは「わが国民は日を追うてほとんど息がつまらんばかり」と、詰め寄った。

もっとも、松岡も吉田も、また田中義一自身も、「武断外交」とはいえ、直接、武力の行使を考えたわけでなく、力を背景にした強力な外交交渉による権益の確保拡大をはかろうというもので、張作霖《ちようさくりん》爆殺にはじまる一連の関東軍の直接行動に、当惑し憤激したことに変りはなかった。

広田がモスクワに着任して一年経《た》たぬ中に、満州事変が勃発《ぼつぱつ》した。

日本大使館員では、参事官の天羽《あもう》があわてうろたえ、一方、広田大使は、何事もないかのように落着き払っていた。このため、つめかけた記者たちから、「いったい、どっちの態度が本当なんだ」という声が出たほどであった。

もちろん、広田が事変の起るのを事前に知っていたわけではない。ただ、それまでの広田の経験と勉強から、膨張する軍部、とくに関東軍の動きについて、すでにこの種の危険を察しており、起り得べくして起った事件と受けとめたまでである。それに、常に自分をすてたようなところのある広田としては、どんな事態が起ろうと、あわてぬ覚悟ができていた。

また、山座にいわれたように、ソ連と支那は日本外交の中心である。その中心に居て、いまこそ本当に重要な外交問題を担当するのだ、うろたえてはならぬという決意もあった。

広田は、慎重に構えた。

ソ連政府からは、事変の成行きについて、ひっきりなしに問い合せや警告がくる。出先としては、これをできるだけ穏便に、しかし誠意を以《もつ》て処理し、波紋のひろがらぬようにする他ない。

関東軍がチチハルを占領した直後、日本政府は各国の非難をかわすため、軍はすぐに撤兵する旨《むね》、各国政府に通告するよう、各日本大公使へ訓令を出した。

だが、広田は、訓令をにぎりつぶしたまま、すぐにはソ連へ通告しなかった。満州の情勢や関東軍の動きについて情報を集め、容易に撤兵などありそうにない、しばらく様子を見た方がいいと判断したためであった。

広田には、すでに中央における軍と政府のずれ、さらに中央の軍と出先の軍のずれがわかっていた。軍内部に対立抗争があり、統制がとれていない状況に在る。いったん現地軍が暴走しはじめれば、もはや軍中央の指令もあてにならず、まして政府がどこまで抑止できるか疑問だと思った。

広田の予想どおり、果して関東軍はチチハルから撤兵するどころか、永久占領の形で居すわってしまった。

このため、訓令どおりの通告をした日本大公使は、各国政府の信頼を失い、大いにその面目をつぶしてしまった。

モスクワだけが唯一《ゆいいつ》の例外であった。とくに「ぐず」といわれた広田だが、むしろ平気で「ぐず」を通すところに、広田の真骨頂があった。

満州には、ソ連と支那の共同管理による東支鉄道をはじめ、いくつかのソ連の利権がある。このため、ソ連側は事件の成行きには重大な関心を持ち、東支鉄道沿線へのソ連軍出兵のうわさも流れた。

これに対し広田は、ソ連側利権を尊重する代りに、ソ連が厳正中立を守るようにとの交渉を重ね、その旨の覚書をとり交わした。

起きた事変は事変として、戦火や波紋をそれ以上ひろげないこと――広田はそこに外交官としての自分の役目を感じた。

難問が起った。

北満における馬占山《ばせんざん》軍の反乱を制圧するため、関東軍では、急遽《きゆうきよ》、部隊を東支鉄道で輸送することに決めた。だが、鉄道そのものは、ソ支共同管理であるところから、ソ連側に輸送を承認させねばならない。その交渉を、在ソ大使館に依頼してきた。有難くない仕事だが、事態は切迫している。放置しておけば、関東軍は武力を行使して東支鉄道を占拠する。

広田は、急いでソ連政府との交渉に当った。

東支鉄道については、ポーツマス講和条約第七条前項に、「日本国及び露西亜《ロシヤ》国は、満州における各自の鉄道を全く商工業の目的に限り経営し、決して軍略の目的をもってこれを経営せざることを約す」との規定があった。

ソ連側は、条約に明記してある以上、国家の体面にかけて応じられぬと、突っぱねた。

広田は、窮地に立たされた。

関東軍はすでに長春駅へ集結、じりじりしながら待機している。拒否はもちろん、回答を引き延ばされれば、実力行動に出、日ソ間の衝突に発展する。

困ったあげく、広田は説得のための一つの論法を編み出し、ソ連側代表のカラハンに説いた。

「その規定は十分承知しているが、問題は『商工業の目的』の内容である。いま現地では、反乱軍のため、住民および商工業者が大きな損害を受けている。このため、この反乱の鎮圧に向うのは、『軍略』のためでなく、広い意味での『商工業の目的』のためである」

こじつけだが、危機を免《まぬか》れるためには、詭弁《きべん》をもまた、ためらわず堂々と利用しなくてはならない。広田は、誠意をこめて、その詭弁をくり返した。

幸い、カラハンは、かねてから広田と折衝を重ね、広田の人格を知っている男であった。そして、広田もカラハンも、眼前の危機を外交官として回避しようという気持では一致していた。

名目上、ソ連側の面子《メンツ》も立つところから、カラハンもまた広田の詭弁にのり、精力的にソ連部内の説得につとめ、そのあげく、輸送を承知した。「ただし、所定の旅客運賃は支払われたい」と、つけ足して。

当時、日ソ間の懸案としては、漁業問題があった。

日本漁民の実績とポーツマス条約の取極《とりき》めで、日本はソ連領土沿岸まで漁区を持っていたが、ソ連側漁業がのびるに伴って、紛争が絶えなかった。

このため日ソ漁業条約に関する交渉がはじめられたが、広田はじっくり腰を落着け、時間をかけて着実に交渉を積み上げて行くタイプ。このため、表面的には交渉は一向に進展していないように見え、日本の漁業当事者たちをやきもきさせた。

広田の幼な馴染《なじみ》である真藤慎太郎（日魯《にちろ》漁業）も苛立《いらだ》った一人で、真藤は広田に、

「葉桜の下に幣原昼寝して
　ひろうた（広田）と思ったら中はカラハン」

という狂歌を書き送ったりした。

広田は、そうした声には耳をかさず、カラハン相手に互いに歩み寄りを重ね合いながら話を煮つめ、一年二カ月後に、広田カラハン協定を結んだ。

なお、日本など多くの国が領海を三海里としているのに対し、ソ連は一方的に十二海里を主張。十二海里以内に入った日本漁船をしきりに臨検、拿捕《だほ》していた。このため、漁業関係者だけでなく、日本の世論を刺戟《しげき》していたが、広田はこれにも取り組んで交渉を重ねた末、「ソ連側の十二海里説は、建前として認める。ただし、十二海里から三海里の間に入った日本漁船については、一切、拿捕などせず、操業を黙認する」という取極めを確認させた。

東支鉄道の場合と同様、ソ連側に名をとらせ、日本側は実をとる解決をしたわけで

ある。

こうした広田の努力によって、日ソ間には友好が保たれ、満州事変で一時緊迫した空気も、ソ連側が満州建国を不満としながらも不干渉主義をとるという形でおさまり、円満な外交関係が続けられた。

このため、カラハンは広田大使を徳とし、広田の意向をきいて、コーカサス地方への旅行に招待し、交通の便から各地での招宴に至るまで異例の歓迎ずくめで、広田の労をねぎらった。

ほぼ二年のソ連在勤の後、広田は任を解かれて帰国した。

広田を迎えた家人たちは、広田があまりにも痩《や》せて帰ってきたのに、目をみはった。やつれてもいた。それに広田は、別人のように酒が強くなっていた。

満州事変勃発に際して平静そのものに見えた広田。何ひとつ動揺もなく淡々とつとめ上げたように見えて、実は広田は心身をすり減らしていた。

「大使は一期つとめればよい。大使に一度出たら引退することにしてはどうか」

広田はそんな風にいい、自身も退職を願い出たが、外務省としては、「前例がないから」と、「待命休職」の扱いにした。

広田は親戚《しんせき》の者の世話で、湘南《しょうなん》海岸の鵠沼《くげぬま》に土地を求め、小さな家を建てて移り住んだ。海岸に近い小松の林の中で、まわりには住宅もなく、ただ緑に包まれたひっそりした片田舎であった。

広田の退職希望は、ただの静養とか隠居とかいうことでなく、もっと積極的な意味もあった。

「みんな政党政派にひっぱり廻《まわ》されているが、これではいけない。これからは、だれか一人でも、公《おおやけ》の地位につかず、中正の立場で、じっと真剣に世界の情勢を見ている人がいないといけない」

広田は、そんな風に家人に漏らした。その「だれか一人」の役を、広田は自分自身に割りふった。

広田はまず、ソ連で買い集めてきた社会主義関係の本の中にうずもれ、疲れると、これもソ連で買ってきた画集で目を休めた。毎日、内外の新聞を丹念に読み、必要な雑誌や資料を集めて読む。

東京にはめったに出なかったが、訪ねてくる人があれば会い、心を打ち割って話した。

広田は、話し上手というより、むしろ聞き上手であった。求められたときだけ、自分の意見を諄々《じゅんじゅん》と述べた。広田が自分から雄弁に話すときは、むしろ本音を吐いていなかった。

広田はまた、久しぶりに家族水いらずの生活をたのしんだ。忠雄を失《な》くしたが、二男三女が健在であり、長男弘雄は大学を出て、正金銀行につとめていた。三男正雄が高校生（旧制）、次女美代子、三女登代子が、ともに女学生。家は明るく、にぎやかであった。

朝は、相変らずの「パパの柔道踊り」に笑いが湧《わ》く。妻や娘たちと、よく散歩に出た。春になると、松の根もとの松露《しょうろ》を探し集めてたのしんだりした。

食事のときなど、広田は子供たちを相手によくしゃべった。海外での見聞や国家社会についての意見まで、次々に口にして、息子たちとは話がはずんだ。それは、世間で見る寡黙《かもく》な広田とは、まるで別人のようであった。

このころ、日本をめぐる国際関係の雲行きはけわしくなった。危機をつくった大きな原因は、満州事変と、それに続く満州国の独立工作である。

事変当時モスクワに居た広田は、帰国してみて、事件の新しい情報の数々を知った。

満州に在る外務機関の総元締は、奉天総領事館で、そこでは、広田や吉田と同期の林久治郎が総領事をしていた。

事変勃発の夜、たまたま林は知人の通夜に出かけて不在。このため、次席領事の森島守人《もりと》が軍の特務機関に呼び出された。

夜ふけにかかわらず、まぶしいほどの電燈に照らされた特務機関では、関東軍の高級参謀板垣征四郎大佐をはじめとする参謀たちが、あわただしく動き廻っていた。

板垣は森島にいった。

「わが重大権益である満鉄線が中国軍によって破壊されたから、軍はすでに出動中である。よろしく協力せられたい」

あまりに無造作な言い方に、森島領事は訊《き》き返した。

「出動中といって、誰の命令で出動したのか。軍司令官の命令なのか」

関東軍司令官本庄繁中将がその日は旅順に居ることを森島は知っており、念を押すように訊いてみたのだ。

だが、板垣はむっとするより、すらすらと答えた。

「司令官は居ないが、緊急突発事件なので、自分が代行して命令した」

板垣はすましていた。少しもとりみだしている風がない。

森島は首をかしげたが、とっさの場合であり、それ以上、突っこみようがない。ただ、関東軍が奉天城攻撃を手はじめに、次々と戦火をひろげて行きそうな形勢に在るのを見て、一言言わざるを得なかった。

「今夜はすでに軍が出動してしまった以上、どう仕様もないが、この先、一時的にせよ奉天城の占拠が必要なら、外交交渉で軍が乗りこめるようにするがどうだ」

とたんに、板垣は森島をにらみつけ、大声でどなった。

「すでに統帥権を発動したといっているのに、総領事館は統帥権に容喙《ようかい》、干渉しようというのか」

その板垣におもねるように、花谷という少佐が、いきなり軍刀を抜いて、森島に詰め寄った。

「統帥権に容喙する者は、容赦せんぞ」

その夜から、領事館警察が管掌している満鉄沿線各地で、爆弾などが投げこまれるさわぎが起った。領事たちがうろたえて、関東軍の救援出動を求めに出るようにという軍の策動であった。

だが、林、森島はじめ、吉林《きつりん》の石射猪太郎総領事など、気骨があり癖もある領事がそろっていたため、その手にのらず、むしろ、満鉄総裁内田康哉《こうさい》を動かして、関東軍の説得をはかろうとしたり、即刻、軍の動きを中止させるよう、外務省に極秘電報を打ち続けた。

その結果、すでに以前から存在していた関東軍と外務省出先との対立は、いよいよ深まった。

事変勃発以来、板垣ら関東軍参謀たちは、二言目には「統帥権の独立」、つまり、軍事は直接、天皇の指揮するところといい張ったのだが、天皇はむしろ事変におどろき、心痛されていた。

「自分は国際信義を重んじ、世界の恒久平和のため努力している。それがわが国運の発展をもたらし、国民に真の幸福を約束するものと信じている。しかるに軍の出先は自分の命令をきかず、無謀にも事件を拡大し、武力をもって中華民国を圧倒せんとするは、如何《いか》にも残念である。ひいては列国の干渉を招き、国と国民を破滅に陥《おとしい》れることとなっては、真に相すまぬ。九千万の国民と皇祖皇宗から承《う》けついだ祖国の運命は、いま、自分の双肩にかかっている。それを思いこれを考えると、夜も眠れない」

と、侍従の一人、岡本愛祐《おかもとあいすけ》に漏らされたほどであった。

軍首脳も恐懼《きょうく》し、陸軍大臣、参謀総長が参内《さんだい》してお詫《わ》びを言上した。軍中央では、関東軍に不穏な動きがあるというので、すでに参謀本部などから、再三、関東軍へ鎮《ちん》撫《ぶ》のための特使を派遣していたところであった。

幣原《しではら》外相も、参謀総長金谷範三大将に抗議をくり返した。

軍中央は、事変の不拡大を関東軍に指示した。それが天皇の命令であり、統帥といわれることなのに、関東軍は、統帥の独立をうたいながら、統帥に背いて独走した。

満鉄沿線から遠く離れた錦州《きんしゅう》を爆撃。「大興の線を越えてはならない」という命令を無視して、チチハルを占領した。

それは、政府が諸外国に不拡大を約束した直後であり、各国に出ている日本の大公使が窮地に陥ったことは、先に記した。

この間、在満領事館筋の連絡で、まだ作戦命令も出ていないのに錦州めがけて進撃する部隊のあるのを知り、幣原外相が陸軍大臣に連絡。調査の結果、参謀総長が勅裁を仰いで、その出動部隊を奉天へ召還するという事件があった。

命令もなしに部隊が出動したことがまちがいなのに、関東軍はこれを逆うらみし、「外務大臣の統帥権干犯だ」と、いきり立った。

その後も、軍中央からは、関東軍各部隊に対し、「満鉄付属地内へ撤退せよ」との命令がくり返されたが、関東軍は引き返すどころか、さらに進撃を続けた。

その一方、奉天特務機関長土肥原賢二は、満州国独立工作のため、天津《てんしん》で清国の廃帝宣統帝《せんとうてい》のひき出しにかかった。

こうした関東軍の独走ぶりに、政府はもちろん、西園寺《さいおんじ》公爵《こうしやく》あたりも、「実に今日は困った状態になった」「実に困った実情である」と、嘆息をくり返した。

「日本の軍隊が、日本の政府の命令にしたがわないという奇怪な事態となった」

と、若槻《わかつき》首相は嘆き、

「関東軍は、もはや日本の軍隊ではない。別の独立した軍隊ではないか」

という関東軍独立説までささやかれた。

関東軍司令官本庄中将は、事変勃発以来、参謀たちの手で軟禁同然の目にあい、信仰三昧《ざんまい》の生活を送らされていたが、この「関東軍独立説」を伝えられたときは、涙を流して恐縮した。

暴走したのは、関東軍だけではなかった。朝鮮軍司令官林銑十郎《せんじゆうろう》大将は、「軍司令官が管外に出兵するときは、奉勅命令による」という規定に背き、天皇の御裁可もまだ届かぬ先に、関東軍応援のために、勝手に鴨緑江《おうりよつこう》を越えて朝鮮軍を満州へ送った。

いや、軍中央も、ただ恐縮しているだけではなかった。

昭和六年十二月、第二次若槻内閣が「事変処理に対する政治力の欠如と内閣改造に対する閣員の意見不一致」を理由に退陣。政友会単独の犬養《いぬかい》内閣がつくられると、森恪、平沼騏一郎《きいちろう》ら、いわゆる革新（右翼）派の強い推薦で、青年将校に人気のある皇道派の荒木貞夫中将が、まだ五十四歳の若さで陸軍大臣となった。

そして、この荒木の人事によって、軍は参謀総長に閑院宮載仁《ことひと》親王をかつぎ出した。参謀総長が外務大臣あたりに文句をいわれてはおもしろくない。皇族であり軍の長老である閑院宮を戴《いただ》くことで、統帥部として威圧を加えようというのである。

海軍もこれにならって、伏見宮を軍令部長に戴いた。

この新しい軍中央は、それまでの関東軍に対する態度をやわらげ、積極策に寛大になった。そして、翌昭和七年一月には、事変は、またも軍の策謀で、上海《シャンハイ》に飛び火した。

このとき、陸軍二コ師団が派遣されたが、派遣軍司令官白川義則大将に、天皇はとくに、「速やかに敵を掃討して長追いせず、局を結んで帰還するように」と、いわれた。

白川大将は、この天皇のお言葉に従い、上海付近の掃討が一段落すると、三月三日には日本軍の戦闘行動を一切停止させた。

だが、この白川大将は、その後、上海での天長節祝賀式場で朝鮮人の投げた爆弾を浴び、殉職した（同席した重光公使も被弾して、片足を失った）。

白川の死をきかれた天皇は、「惜しいりっぱな軍人を失った」と嘆かれ、その一周

忌には、停戦を決行した勇気をたたえられ、

「をとめらが雛《ひな》まつる日に戦《いくさ》をば
　止《とど》めしいさを思ひ出にけり」

という追悼の歌を遺族におくられた。

異例の思召《おぼしめ》しであったが、天皇の命令を忠実に守る軍人が、それほどにまで少なかったしるしともいえる。

関東軍は独走し続け、三月には満州国建国宣言が行われた。

五月十五日、犬養首相は海軍将校の一団に襲われて斃《たお》れ、軍部の無言の威圧が、また強まった。

代ってできた斎藤実《まこと》内閣には、満鉄総裁内田康哉が外相に迎えられた。

事変を現地で見てきた内田は、関東軍の独立工作がもはや後戻《あともど》りできぬ勢いに在ることを知り、むしろ満州国を承認して、現地の空気を一応平静にし、軍をして満州の建設に没頭させることが、これ以上の戦火の拡大を防ぎ、事態の解決に役立つという判断をした。こうして、九月十五日に、日本政府は満州国を承認。議会も満場一致でこれに賛成した。

これによって、関東軍の本庄司令官は爵位《しやくい》を与えられ、板垣、石原らの参謀連は、軍中央の要職に栄転した。逆に、林、森島、石射らの総領事たちは満州から追い出された。

軍は、いよいよ思い上った。

天皇の御意向に背いたかも知れぬが、結果としては、日本の利益になったではないか。天皇の御命令に無批判に忠実なのは、忠は忠でも、「小忠」でしかない。仮に一時的に天皇に御心配をおかけしたとしても、皇国の発展になるようなら、それこそ「大忠」である、などという議論まで横行するようになった。

それに、満州における関東軍の暴走には、それだけの国民的背景があった。日清《につしん》、日露の両戦争に出兵して以来、満州は、日本人には一種の「聖地」と見られ、また「生命線」と考えられるようになっていた。そこは、「十万の英霊、二十億の国帑《こくど》」が費やされた土地であり、単なる隣国の一部ではないという感覚が育っていた。

事実、昭和五年におけるわが国の満州への総投資額は十六億を越え、これは満州における全外国資本の七割を占めていた。そして、朝鮮人八十万人をふくむ日本国民百万人が、すでに満州各地に移住していた。

日本の手で、長春・旅順間の南満州鉄道の整備をはじめ、大連港の拡張が行われ、多くの炭鉱や鉱山の開発がなされた。また満鉄付属地には病院・学校なども建設され、満人に開放された。

これらの地域は、関東軍や日本の警察が警備するところから、治安も良く、このため、それまで軍閥や匪賊《ひぞく》に悩まされていた民衆が、他の地域から流入し続けた。万里の長城以北に在る満州は、「無主の地」といわれるほど、明確な統治者を持たず、各軍閥が割拠し、抗争をくり返し、その間に匪賊が跳梁《ちょうりょう》する土地でもあった。

一方、日本の国内は、世界恐慌《きょうこう》の波にさらされて、不景気のどん底に在った。失業者は街に溢《あふ》れ、求職者に対する働き口は十人に一人という割合。

それにもまして農村、とくに東北の農村地帯は、冷害による凶作も加わって、困窮を極めていた。娘を売るだけではない。事変で出征する兵士に、「死んで帰れ」と、肉親が声をかける。励ますのではない。戦死すれば、国から金が下りる。その金が欲しいというわけで、このため、戦死者の遺骨を親族間で奪い合う光景まで見られた。

このように追いつめられた人々の目に、広大な「無主の地」満州は、大いなる希望の土地に見えた。そこには、十年間、肥料を施す必要もないといわれる肥沃《ひよく》な大地が果てしもなくひろがり、豊かな鉱物資源が眠ったまま埋蔵されている。

西洋諸国に比べ、植民地らしい植民地を持たぬ日本にとって、こうした満州こそ、残されたただひとつの最後の植民地に見えた。しかも、関東軍の石原莞爾《かんじ》参謀たちは、これを植民地としてでなく、日本人をふくめたアジア諸民族の共存共栄の楽土にするという意気ごみであった。「五族協和」そして、「王道国家の建設」がうたわれた。日本軍の手で治安を確保した中で統一国家をつくり、諸民族協和して、繁栄をたのしむ――殺伐な戦争謀略とは不似合いなそうしたロマンチックな夢を、石原たちは抱き、これがまた、国民の多くに受け容《い》れられる夢にもなった。

もっとも、石原たちは、ただそうした青年のような夢にだけとりつかれていたわけではない。満蒙《まんもう》の領有は、石原の理論によれば、不可欠な軍事的要請であった。

石原は、遠からず日米を中心とする「真ノ世界大戦、人類最後ノ大戦争」が起ることを予見した。この大戦は、当然、持久戦となるが、そこで勝ち残るためには、日本の国力を総動員しただけでは足りない。満蒙の広大な土地と資源を利用し、そこで民族協和体制の下で巨大な生産力を開発しておく。それによって、はじめて「最後ノ大戦争」に勝ち残れると判断した。そのためには、戦争に訴えてでも、満蒙を日本の手中に確保しておかねばならない。その意味では、満州事変は、「戦争ヲ以《モッ》テ戦争ヲ養フ」ことでもあった。

折から、ソ連は国内の整備開発に追われており、中国は政治的統一が完了していない。満州で事を起すには、恰好《かっこう》のチャンスであった。

一方、中国側にしてみれば、満州における日本の諸権益の存在は、主権の冒瀆《ぼうとく》であり、領土を蚕食されることに他《ほか》ならない。

このため、排日運動が強まり、旅順・大連および満鉄の返還、日本領事裁判権・警察権の回収、日本側学校の撤収などを求める声が強くなった。

こうした風潮を受けた満州の諸省では、「国土盗売禁止令」などを出し、日本人や朝鮮人への土地売渡しを「盗売」として禁止し、従来貸し付けてある土地も回収にかかった。また、商業工業鉱業の各分野でも、日本企業を対象とする課税の強化、日本品の不買運動の推進などが行われ、在留日本人の間に動揺がひろがった。

すでに大連に対抗して、葫蘆《ころ》島に大規模な築港がはじまり、また、「満鉄包囲線」といわれる新しい鉄道網の建設も進められていて、この面からも日本の権益は形骸《けいがい》化させられそうであった。

このままでは、日本にとっての生命線である満州の諸権益は、すべて失われてしまう。幣原外交のような国際協調による消極的な姿勢では、世界の旧勢力の現状維持に奉仕し、中国や諸軍閥をつけ上らせるばかりで、日本の国益は空しく失われて行く。

松岡が国会で幣原に詰め寄ったのは、こうした情勢を踏まえていた。

「何とかしなければ」という危機感が現地にはみなぎっており、関東軍の突出は、屏《へい》息《そく》寸前の日本に活路を拓《ひら》いたという見方も強かった。大方の新聞論調がそうであり、議会が満場一致で満州国を承認したのも、そのためであった。

事変が起ってまもなく、中国（国民政府）は、この問題を、国際連盟に提訴しようとした。

これに対し、日本側は、

「これは局地的問題であり、日本政府としては不拡大方針を固めている。日中両国間の直接交渉で解決しよう」

と押しとどめたが、中国側は、

「事変の展開を見ると、日本軍の計画的行動は明らかであり、もはや手のつけられぬ状態である」

として、国際連盟に訴え出た。

当時の幣原外相は暗然としながらも、なお駐日支那公使を招いて、懇々と翻意するように説得した。

「貴国では柳条溝《りゅうじょうこう》事件をジュネーヴへ提訴したそうだが、これは迂闊《うかつ》な話だ。連盟の席上では、東洋の事情を知らん国が議論して、雄弁討論会の観を呈する。そうなると、どの国も悪かったといって頭を下げるわけにはゆかん。やはり自国を弁護して、強気な演説をしなければならない。それでは話が纏《まと》まるものではない。これはどうしても日華の間で直接交渉によるのが最善の道だと思う。何《いず》れにしてもジュネーヴに訴えるまでには、すべての外交手段を尽すべしということが連盟の規約に示されている。外交の手段を尽さないで、いきなり連盟にかけるのはよくない。国際間の問題にする前に、直接利害関係の両国の代表者が、たがいに顔と顔をつき合せて、心と心とで交渉するならば話の纏まらぬことはあるまい」*

その後の国際連盟における問題の展開は、果して幣原の心配通りになった。

日本と満州との特殊な関係というものがよく理解されないままに、日中両国の全権は、はげしく議論をやりとりした。そして、関東軍の暴走が続いているだけに、日本の全権は、いつも苦しい立場に立たされた。

広田の一期先輩の佐藤尚武《なおたけ》（駐ベルギー大使）も全権の一人であったが、たとえば佐藤が、

「由来連盟の規約は、その前文にも掲げられているように、組織され、統合された国にたいして適用さるべきものである。しかるにわれわれはいま、統合されたというに

しては幾多の欠陥のある国を相手として、紛争が起きたのである。もしこれが欧州諸国のごとき統合された法治国であるならば、何も実力によりわれわれの権利、利益を守る要なく、規約に規定してあるとおりの解決方法を採ればよいのであり、わが国もその場合、必ずそうしたであろうが、今日の場合、そういう態度は採れないのである」

と述べると、たちまち中国代表から手痛い反撃を受けた。

「日本代表は中国をけなして統合を欠く国だという。しからば日本のごとき、陸海軍が気違いざたともいうべき行動に出て、それを政府が制御し切れないような国が果して、統合された国といわれるだろうか。外交代表が理事会の席で約束を重ねるその片っ端から、これをホゴにしていくような日本が、組織された国として容認されるであろうか。もし中国が日本の侮辱するがごとき不統一の国であり、いたるところ無秩序、無政府の国とするならば、日本はなにゆえに中国の政府相手に交渉することを強要するのであるか。なにゆえに国際連盟をして紛争解決に当らしめることを欲しないのか」

と。*

国際連盟では、この問題を討議するに当って、非加盟国であるアメリカをオブザーバーとして理事会に出席させることを、日本の反対を押し切って、十三対一で可決した。

ただ、アメリカ代表は、しばらくは日本の幣原外交を信頼し、むしろ、リットン調査団の派遣などで時間をかせぎ、静観の態度に出ようとした。中国側による満州の治安確保にも限界があると見て、国際連盟もまたアメリカに同調、不拡大をうたう日本の出方をしばらく見守ろうとした時期もあった。

こうしたとき、日本の全権団をとまどわせる出来事があった。

「国際連盟の決議文の中に『国際連盟は日本軍の撤兵を要求しない』という一項目をおりこむよう、理事会に要求せよ」

という幣原外相からの訓令が届いたのだ。

せっかく国際連盟が静観しようとしているとき、こうした強硬な要求を突きつけては、ぶちこわしである。

だが、これは調べてみると、外務省の白鳥敏夫情報部長が、陸軍からの申し入れをそのまま鵜呑《うの》みにし、勝手に外務大臣訓令として書き送ってきたことがわかった。

白鳥は、満州建国まもなく、アメリカ人記者に、

「日本はいつ満州国を承認するか」

と質問されたとき、

「日本はいそぎはしない。建設すべき運河をそこには持たないから」*

という辛辣《しんらつ》な答えをして、相手を憤慨させた。アメリカがパナマ運河建設に当って、パナマに革命を起させ、新政権をいち早く承認した事実を皮肉ったのだ。

そうした挑戦《ちようせん》的な言動をする男が情報部長であったし、政界や軍部の積極派が、こうした男を支持していた。

下剋上《げこくじよう》は、もはや軍部だけではなくなった。外務省の省内に、平和外交をゆさぶる革新（右翼）派が登場、「皇道外交」などを唱えるようになっていた。

一方、国内の世論は、最初の中《うち》は、この国際連盟の動きに対して、大きな反応を示さなかった。国際連盟の性格がよく理解されず、主としてヨーロッパ諸国がヨーロッパ問題を話し合う機構ぐらいに考えられていたからである。

だが、国際連盟における日本非難が強まり、日本の孤立化が悲壮な調子で伝えられるようになると、世論も反発し、硬化した。

国民は、満州事変が関東軍の謀略であることを知らず、一方的に中国軍の不法攻撃によってひき起されたものと信じている。暴戻《ぼうれい》な支那軍をこそ徹底的に糾弾すべきであるのに、日本を非難するとは何事か。

かつてシベリヤ出兵に反対し、軍機密費の不正を摘発するなど、反軍的姿勢を貫いてきた中野正剛《せいごう》あたりまで、民政党代議士としてかなりの情報をつかんでいていいはずなのに、

「柳条溝の鉄道を眼前において破壊されたときに、守備隊が決然起《た》って大和魂《やまとだましい》本然の姿を現わしたのである。向うがやったからこっちがやったのである」

などといい、あるいはまた、

「満蒙において侵略を受けたるものは日本であって支那ではない。侵略せるものは支那であって日本ではない」*

といったりするほどであった。

さらにまた、日本は、「東洋の盟主」である。事情も知らずに東洋のことに干渉するなという反感もあり、国際連盟を横暴とする空気がつくられていた。

国際連盟からの脱退をうたう国民決起大会などが開かれた。頭山満、中野正剛、徳富蘇峰《そほう》らの弁士を立てた日比谷公会堂での大会には、熱狂した民衆が押し寄せ、開会二時間前に超満員という有様であった。

国際連盟の事態静観も、永くは続かなかった。

錦州占領、さらに上海事変の勃発《ぼっぱつ》で、いよいよ日本の侵略の意図は明らかになった

と、はげしい非難が日本に集中した。幣原の退陣も、日本の平和外交に対する信頼を失わせた。

日本全権団は孤立した。演説は、野次と嘲笑《ちようしよう》で迎えられた。

その全権団に松岡洋右《ようすけ》が加わり、首席全権となった。森恪《かく》、白鳥敏夫ら積極派が推進した人事であった。

松岡は、はじめから連盟脱退の意向で出かけたのではない。でき得る限り決裂を回避する建前であったが、満州では連盟の希望とは逆方向の既成事実が積み重ねられており、連盟は硬化し、一方また国内の世論もまた強硬になっている中では、松岡の果す役割は限られていた。

悲劇的な使命ともいえるのだが、松岡にはしかし、彼なりの抱負と計算があった。

かつて松岡が報道担当の随員として参加したパリ会議では、全権の西園寺などは料理人から腰元まで日本から連れてくるという優雅な旅行で、それでいて、会議ではろくに発言もせぬ「サイレント・パートナー」ぶりで、松岡を失望させた。これで日本を代表されていいのかと、切歯扼腕《やくわん》の思いをした。

まして、パリ会議とちがい、今度は日本が討議の対象となる会議である。日本の意見を率直に、また堂々と世界に訴え、世界の目をさまさせねばならぬ。政治家の気概とは、そういうものであるべきであり、それは外交官僚にはできない相談である。

苦学してアメリカの田舎の大学を出た松岡は、英語には自信があった。

こうして、昭和七年十二月八日、連盟総会にのりこんだ松岡は、原稿なしで、一時間二十分にわたり熱弁をふるった。

それは、「十字架上の日本」とでも呼ばるべき内容の演説で、連盟諸国が満蒙における日本の特殊な立場を理解せず、あるいは曲解しようとするのは、かつてキリストに偏見を抱いて迫害した人々と同じあやまちをくり返すものだという趣旨の反論で、松岡は、

「諸君はいわゆる世の輿論《よろん》とせらるるものが誤っていないとは、果して保証できようか。我々日本人は、現に試煉《しれん》に遭遇しつつあるのを覚悟している。ヨーロッパやアメリカのある人々は、今二十世紀における日本を十字架にかけんと欲して居るのではないか。諸君！　日本はまさに十字架にかけられようとしているのだ。然《しか》し我々は信ずる。かたくかたく信ずる。僅《わず》かに数年ならずして、世界の輿論は変るであろう。而《しか》してナザレのイエスがついに世界に理解された如《ごと》く、我々も亦《また》、世界によって理解されるであろう」*

などと、高らかに論じ立てた。

松岡は、悲憤慷慨《こうがい》の色をかくさず、自らの言葉に酔うようにして、たたみかけた。他の外務官僚の全権にはできぬ大演説であった。

流暢《りゆうちよう》な英語を駆使したため、松岡の一言一句は、すぐそのまま場内の空気に反映し、総会場は静まり返った。

そこには、これまでの国際会議には見られぬ日本代表の姿があった。はじめて日本が声を上げて吼《ほ》え立てた。

だが、その結果は、日本にとってマイナスであった。

理解を深めるどころか、そのたとえはキリスト教国民に不快感を与え、いっそう日本に対し露骨な反感を持たせることになった。

リットン調査団の報告にもとづき、満州を中国主権下に在る自治権を持つ特殊地域とし、日本の撤兵を要求するという案が出された。

中国側の主張で、この案は、総会の討議にかけられ、出席四十四カ国中、賛成四十二カ国、反対一(日本)、棄権一（シャム）で可決された。

松岡は憤然と席を立ち、二十名の日本代表団を率いて退場した。

帰途、松岡はまずイタリヤに寄って、ファシスト党党首ムッソリーニに会い、さらにイギリスからアメリカに廻《まわ》った。

アメリカでは、ルーズベルト大統領と会い、また放送や新聞を通して日本の立場を訴えたあと、西海岸に廻り、出身校であるオレゴン大学を訪ね、また、留学中の恩人のために墓碑を立てた。そして、松岡を出迎えた日系市民たちに対しては、

「良い日本人である必要はない、良いアメリカ人たれ」

と、さとした。

それは、アメリカでの苦学時代に得た松岡自身の教訓であったばかりでなく、それから先はじまるであろう日米間の不吉な時代を予感した言葉でもあった。

国際連盟での松岡の活動は、白鳥情報部長らの手によって、増幅して日本に伝えられた。横暴な諸列強に対し、堂々と日本の意見をたたきつけ、彼等の鼻をあかしたというので、松岡に対する人気は、にわかに高まった。

そして、松岡がゆっくり帰途に時間をかけている中、この人気は沸騰《ふっとう》し、やがて横浜に帰り着いた松岡は、国民的英雄として凱旋《がいせん》将軍を迎えるような熱烈な歓迎を受けることになった。

これより先、広田の帰国と前後して、吉田茂もまたイタリヤ大使を免じられ、帰国した。

吉田のローマ在勤は一年半。これという出来事もなく、退屈な日々の連続であった。加えて、イタリヤではファシスト党が擡頭《たいとう》し、これが吉田には、関東軍のはびこる満州を思い出させ、愉快ではなかった。

吉田は平和主義者ではないが、吉林での関東軍との衝突の一件以来、一種の反軍感情を持つようになり、その点は、同じ積極外交論者ながら、松岡とはニュアンスを異にするようになった。

帰国した吉田に、外相内田康哉が、「駐米大使に出ないか」と、いった。気のない、それでいてどこか恩に着せるような言い方に、吉田は首を横に振った。

国際連盟脱退と、米国内における排日運動の激化で、日米関係は困難になることが予想された。このとき駐米大使に出ることは、「国民的英雄」として男を上げた松岡の尻《しり》ぬぐいに出かけるようなものであった。

それに吉田は、内田外相が満州国独立の承認など関東軍の所業をひとつひとつ後を追って正当化しているような気がした。かつて満鉄総裁をつとめた関係から、内田が関東軍に妥協的な男に見えた。こうした内田外相の訓令に従ってアメリカ大使をつとめるなどということは、吉田にはできそうにない相談である。

同期の広田は、鵠沼《くげぬま》にひきこもり、悠々《ゆうゆう》閑居している。吉田としても、しばらくは腰を落着け、日本国内の動きをじっくり観察しておきたくもあった。

内田は、それ以上、吉田に赴任をすすめなかった。もともと内田は、広田や吉田たちが外務省に入って五年と経たないころ、すでに第二次西園寺内閣で外務大臣をつとめた大先輩である。その後も、原敬内閣、高橋是清《これきよ》内閣、加藤友三郎内閣で外務大臣をつとめており、伯爵《はくしゃく》を授けられた外交界の長老であった。

それが、外交多難の折であり、また幣原の去った空白を埋める大物の外相候補も居ないというので、斎藤実《まこと》首相に懇望され、十年ぶりに「中継ぎ」として外相の椅子《いす》に引き戻《もど》されたのであった。

内田も、幣原のように派手ではないが、平和外交・国際協調を推進してきた一人である。先の外相時代には、諸列強と協力し、国際連盟の設立に力をつくし、また、国内の一部世論の反対をおさえ、ワシントン軍縮条約やパリ不戦条約を締結させた立役者でもあった。

この不戦条約には、「人民の名において調印する」という一節があり、これが右翼や軍部にとりあげられ、大問題になった。

パリでの調印を終った内田が、国内での対策を考え、頭を抱えながら帰国の途につき、ロンドンまできたとき、オランダ公使であった広田が待ち受けていた。

広田はこのことを知り、部下に調査させ、人民の「名において」の原文である in the name of には、他にもさまざまの解釈の余地のあることを、資料を整えて教えにきてくれたのであった。

こうしたこともあって、内田は無事、不戦条約を批准《ひじゅん》にこぎつけることができた。

このような実績のある内田だが、すでに高齢でもあり、以前のような根気はなくなっていた。短気で怒りっぽくなってもいた。その上、耳が遠いため、声も大きく、話し方がけんか腰にひびいた。

十年ぶりに外相に戻った長老の内田にしてみれば、軍部や政党だけでなく、外務省内にまで「革新派」と称する強硬派が出てきているなど、腹の立つことが多かった。内田から見れば若輩にしかすぎない森恪らが、勝手に積極外交を推進し、その上で野党側に廻ると、満州問題について政府を攻撃してくるのが、小癪《こしやく》でもあった。

このため、内田は議会で森とやり合い、

「外国から圧迫を受けた場合、耐え得るだけの用意があるかどうか」

と、森に暗に政府の弱腰を危ぶむような質問をされたとき、かねての森への反感もあって、森の発言を封じこめるように、大上段に構えて答えた。

「日本が正しいと信じてやることに対し、万一他国の干渉があっても、それはやむを得ない。たとえ国を焦土と化してもやる」

言葉のはずみ、言わでもがなの文句であったが、この言葉が新聞に大きくとり上げられ、騒然とした話題になった。「武断外交の再来」との非難もあれば、喝采《かっさい》する声もある。いずれにせよ、内田の真意とは別に、その外交姿勢は「焦土外交」の名で呼ばれることになり、排外的・戦闘的な路線と烙印《らくいん》づけられることになった。

外務省内部でも、この老外相を悩ませる問題が続発した。

森恪らといっしょに毎夜のように赤坂で軍部と会食する白鳥に眉《まゆ》をひそめた有田次官や谷アジア局長らが、白鳥をスウェーデン公使に送り出そうとした。だが、白鳥は軍部を背景に抵抗、省内でも白鳥支持の若手がさわぎ出した。内田外相は迷った末、ようやく発令にふみきったが、それでも白鳥は動かない。このため、有田次官が辞職、重光葵《まもる》に代るという始末であった。

また白鳥は、外務省に考査部を設け、そこで参謀本部的な対外政策の審議立案を行うよう主張した。これは白鳥のアジア局への反発もあってのことだが、この主張が省内革新派の盛り上げで力を得、実現の方向に向った。

すると、枢密院《すうみついん》では、むしろ寺内内閣時代にあった外交調査会を復活させ、考査部をその書記局に当てるべきだという意見を出してきた。外交調査会は、枢密院や陸海軍代表を集めて主要な外交政策を審議した機関で、外務省の上に外務省をつくるようなものであり、先の外相時代に内田がさんざん苦労をなめさせられ、ようやく廃止に追いこんだ代物《しろもの》であった。

老外相は、白鳥のおかげで、ふたたびその亡霊のよみがえりにおびやかされることになったわけである。

このため、重光次官の下で、とにかく、まず白鳥をスウェーデンへ赴任させた。もともと内田は、毎日到着する公文書や電報のすべてに目を通し、自分の手で分類し検討するというタイプであったが、十年前とちがって、その量は膨大なものとなっており、一方、内田自身の肉体は老いて衰えている。

内外の問題が山積している上に、相変らずそうした執務ぶりを変えないため、内田はみるみる消耗し、健康を害し、ついに辞任することにした（辞任後、半年と経たぬ中、病没した）。

「中継ぎ」は終り、いよいよ「若い者」にバトンタッチすべき時である。その「若い者」は、軍部に抵抗でき、また省内をまとめて行ける人望と統率力のある人物でなければならない。

内田は、省内外の多くの人の意見をきいた上、広田をその人に選んだ。内田自身も、あの不戦条約の in the name of people の問題で、広田の誠実な人柄《ひとがら》に親しく触れた記憶がある。

「広田なら任せられる」と、思った。

外務省内では、広田の人望は圧倒的であった。誠実な人柄は、右にも左にも偏せず、敵がない。それを欠点と見るひともあるが、こうした時代には、安心感を抱かせる人物でもある。

広田は重く慎重で、自ら抱負を吹聴《ふいちょう》して廻るわけではない。十分な識見を持ちながら、着実に石を積み上げて行くタイプである。しかも、いざとなれば、政治力もある。また情報部を担当したので、新しい時代に対応できる感覚もある。外部の近衛《このえ》文麿《ふみまろ》や、軍事参議官である松井石根《いわね》中将など、思わぬ人の口からも、広田の名が出ていた。広田には清新なものが感じられた。

五　章

踊り踊るなら　チョイト　東京音頭　ヨイヨイ

この年（昭和八年）夏、西条八十《やそ》作詞、中山晋平《しんぺい》作曲の「東京音頭」が、東京を席《せっ》巻《けん》していた。小唄勝太郎《こうたかつたろう》のうたうレコードが、家で街でラジオでくり返し流され、都をあげて狂い出したように、大衆はこの歌を口ずさみ、あるいは歌に合わせて踊った。

花の都の　花の都の　真中で　サテ
ヤートナ　ソレ　ヨイヨイヨイ
ヤートナ　ソレ　ヨイヨイヨイ

夕日が沈むころ、広場や街角に組まれた櫓《やぐら》から、この歌が流れ出す。浴衣《ゆかた》姿の男女だけでなく、通りがかりの人々まで加わって、どこでも踊りの輪はふくれ上るばかり。短い夏の夜を踊り明かすところもあった。

歌詞に格別の内容があるわけでない。むしろ他愛なく、そして、どこか刹那《せつな》的なひびきのある歌。その歌に老若男女がうつつを抜かす有様は、幕府の崩壊寸前、「ええじゃないか」踊りが全国を風靡《ふうび》した光景を連想させた。

それは、世直し前夜の自暴自棄的な歌にもきこえたし、一方では、内務省や在郷軍人会あたりが国民の欲求不満解消のため、わざと流行させたのだといううわさを生むようなふしもあった。*

街々に軽やかでうつろな歌が溢《あふ》れているとき、しかし目立たぬところで、もうひとつの歌声が、低く不気味な力強さでうたわれはじめていた。

汨羅《べきら》の淵《ふち》に波騒ぎ
巫山《ふざん》の雲は乱れ飛ぶ
混濁の世に我れ立てば
義憤に燃えて血潮湧《わ》く

作詞者は海軍中尉三上卓。

権門上《けんもんかみ》に傲《おご》れども
国を憂《うれ》ふる誠なし
財閥富を誇れども
社稷《しやしよく》を思ふ心なし

歌の題は「青年日本の歌」だが、「昭和維新の歌」と呼ばれた。青年将校たちが愛唱し、兵士や学生たちに、その歌の輪はひろがった。

昭和維新の春の空
正義に結ぶ丈夫《ますらを》が
胸裡《きようり》百万兵足りて

散るや万朶《ばんだ》の桜花

歌に内容があり、行動への明確な決意があった。そして、この決意の歌さえもはや必要でないと、自ら歌への別れを告げる。

やめよ離騒《りそう》の一悲曲
悲歌慷慨《こうがい》の日は去りぬ
われらが剣今こそは
廓清《かくせい》の血に躍《をど》るかな

すでに昭和五年十月、橋本欣五郎《きんごろう》中佐をはじめとする佐官クラスの現役将校と、大川周明ら民間右翼が桜会を結成。一部軍首脳の了解の下に、首相官邸爆破、国会包囲を伴うクーデターを計画したが、翌年三月に発覚。「三月事件」と呼ばれた。

その年十月、ふたたび橋本ら桜会の急進分子によってクーデターが計画されたが、幹部の豪遊などから内部対立が生れ、密告から発覚。だが、首謀者たちは、馴染《なじみ》の芸者つきで軟禁処分を受けるにとどまった。

昭和七年二月、右翼が前蔵相井上準之助を暗殺。三月、また別の右翼が、三井合名理事団琢磨《だんたくま》を殺した。

五月十五日、この歌の作詞者三上卓ら海軍士官六名、陸軍士官候補生十一名、右翼十名が、首相官邸・牧野内大臣邸・警視庁・日本銀行などを襲撃。逃げもせず、「射《う》つのはいつでもできる。話をきこう」という犬養毅《つよし》首相を、「問答無用」と射ち殺した。

さらに昭和八年七月、右翼が大挙して、「昭和維新」の名の下に政府転覆をはかろうとする神兵隊事件が起っていた。

広田が外相として呼び出されたのは、こうした内外ともに騒然としつつある時期であった。

鵠沼《くげぬま》に腰を落着け、「党派や立場に関係なく世界情勢を眺《なが》める」ことを信条に、悠々閑日月《ゆうゆうかんじつげつ》を送っていた広田としては、予期していなかった人事であった。

むしろ、同期の吉田茂の方が、外相の椅子《いす》に色気があった。

駐米大使を蹴《け》った吉田は、その後、重光次官の斡旋《あっせん》で特命全権大使として、ゆっくり欧米を一巡してきた。そして、帰国後は、斎藤首相に報告したのはもちろん、近衛公に接近。また、立場のちがう幣原《しではら》を訪ねたりしていた。鈴木喜三郎政友会総裁にも会見を求めた。いずれも進んで御意見番を買って出た恰好《かっこう》で、このころ、何かといえば吉田の名が出るほど、政界上層部での動きが目立った。

また、国民的英雄となった松岡洋右《ようすけ》あたりも、やはり西園寺《さいおんじ》公を訪ねたり、新党結成をもくろむなど、これまた活躍が目立ったが、吉田も松岡も、一向に外相候補のリストには現われず、広田の起用となった。

広田は、「ソ連に長く居て、疲れているから」と辞退したが、斎藤首相の要請は強く、とにかく鵠沼から腰を上げねばならなくなった。広田は考えた。

斎藤内閣は「中間内閣」と呼ばれ、斎藤首相自身が海軍の長老であり、また、軍の若手に人気のある荒木貞夫中将が陸相として控えている。その一方、高橋是清・中島久万吉《くまきち》・永井柳太郎・鳩山一郎など政党関係者も大臣に多い。その中で、外相としての抱負を生かせられるものか。

広田は、斎藤首相に会って、次の二点をたしかめた。

「第一に、今後の外交は、『いよいよ信を国際に篤《あつ》くし、大義を宇内《うだい》に顕揚する』という連盟脱退の詔書の精神に則したものにすべきだと思うが、どうか。

第二に、外交政策は外務大臣を主動者とし、首相は外務大臣にでき得る限りの協力をしてほしい」

これに対し、斎藤首相は、

「それはむしろ望むところだ」

と答え、広田の入閣はきまった。

物来順応――重い役割に向って、広田は腰を上げた。

風車、風の吹くまで昼寝かな。その風が吹いてきた。はげしく強まるであろう風が。

短かった「昼寝」を終り、風車は思いきり回転しなければならない。

広田は鵠沼から出て、原宿の家へ移った。同潤会アパートの裏手に在る生垣《いけがき》に囲まれた敷地二百坪ほどの家である。外相官邸はあるが、表立つことのにが手な妻の静子のことを思い、原宿を本拠とし、週末だけ鵠沼へ帰ることにした。

広田は、各国大公使を招いて新任の挨拶《あいさつ》をしたが、アメリカ大使グルーに対しても、ていねいに出迎え、両手でグルーの右手を包んで、あたたかな握手をした。そして、

「アメリカに対して、いま格別の問題はない。両国それぞれがお互いの特殊な立場を理解し、誤解や猜疑《さいぎ》を生むことのないよう努力したい」

と、アメリカに対する外交方針を説明。

「思いがけなくこのポストについた自分には、日米の親善関係を促進させる役割が与えられていると信じる」

と、いった。

それが「外交辞令」でなく、誠意のこもったものであることを、グルーは短い会談の間に感じた。

それまでの内田外相が、耳の遠い高齢のせいもあって、会見ぎらいであり、グルーが持ちこむ問題に対しても、ほとんど、「よく知らぬ」「考えてみます」というそっけない返事しかしなかったのにくらべ、この広田が外相である限り、じっくり腰を落着けて話し合ってくれるであろうし、また、今後は日本の外務省へ行くことがたのしみになるだろうとさえ、グルーは感じた。

ただ、だれもが広田を好意的に迎えたのではない。

広田は、外務次官である重光をそのまま留任させたが、その重光が、広田に警戒心を抱き、西園寺公の秘書である原田熊雄に、

「大臣更迭《こうてつ》について、枢密院《すうみついん》、殊《こと》に金子子爵《ししやく》と新外務大臣とは同郷であるから、大臣がその辺からの掣肘《せいちゆう》を受けても、これに拘泥《こうでい》しないよう公爵から一言注意していただきたい。だいたい新大臣はどちらかといえば右傾に近いから、その辺も公爵あたりからついでによく注意しておいて下されば、非常にいい」*

と、ひそかに依頼した。

原田は西園寺公に重光のこの言葉を伝えたが、西園寺は何の反応も示さなかった。

なるほど、広田は一高在学中から、頭山満はじめ福岡出身のいわゆる「郷土の先輩」たちと交際してきた。そのため右寄りにも見られた。だが、それは、ひとつの過程であって、いつまでも郷党意識にとらわれている広田ではなかった。

広田の外相就任を機会に、福岡では、「非常時日本外交の立役者を励まそう」と、弘毅会なる後援会を結成、県公会堂に四百人あまりが集まって発会式を開いたが、かんじんの広田は出席せず、また、それ以後度々開かれた弘毅会にも、広田は代理を送っても、自分はほとんど出席することがなかった。

重光の心配は、考えすぎであった。広田は、郷党などというよりも、役割に生きた。いまは、風を切って廻《まわ》る風車であった。

この年の暮、考査部設置構想について、枢密院の審査委員会が開かれた。

席上、金子堅太郎子爵らは、

「外務省に、閣僚以外の重臣三、四人を以《もっ》て、顧問を作るなり、また或《あ》るいは外交調査会のようなものを作るなり、とにかくこの三十五、六年の危局に対して、外務省もなんとか充分な備えをしなければならん。それには我々を使ったらいいだろう」

といった高圧的な調子で、政府に迫った。

これに対し、外交については外務省を主動者とすると広田に約束した斎藤首相は、

「そういう御忠告を容《い》れることは不可能である。とにかく責任ある当局者を信頼してもらうよりしようがない」

と突っぱねたが、そのあと、広田が立ち、

「昔、伊藤公、山県《やまがた》公などの元老のおられた時分は、重大な案件は各元老にお話しして決めた場合もあったけれども、今日は西園寺公には元老として充分直接間接お話し申上げているが、第一、西園寺公以外に重臣といわれると、どういう人を指すのか*」

と、詰問するようにいった。

金子らは答えにつまり、また大いに腹を立てたが、枢密院内部にも、金子たちに反対する勢力があり、政府側で根廻しが行われていて、結局、金子たちの意見は通らず、この問題は立ち消えとなった。

考査部構想は規模を縮小し、外交政策立案のための資料蒐集《しゅうしゅう》・調査を行う調査部を、外務省内に設置することで納まった。

白鳥が火をつけ、内田老外相を悩ませた難問は、こうして回避され、外務省全体が胸をなで下ろした。

広田の入閣後まもなく、斎藤内閣では、国防・外交など重要な国策について、首相・蔵相・外相・陸相・海相の五人の大臣だけで協議する五相会議が、五回にわたって開かれた。

首相の斎藤は、明治から大正のはじめにかけ五代の内閣に海軍大臣をつとめた海軍の長老。蔵相の高橋も、これまた大正はじめから、兼任を入れて蔵相をつとめること六度目。大正十年には、首相にもなっている政界の長老で、二人とも七十を越していた。政党政治色を拭《ぬぐ》った挙国一致内閣というので、老軀《ろうく》を押してつとめている形であった。

これに対し、陸相の荒木貞夫、海相の大角岑生《おおすみみねお》は、軍の権威を背景にして、意気さかんであった。非常時意識がまた二人の軍大臣をはりきらせていた。

三年後の一九三六年（昭和十一年）には、ワシントン条約の期限がくる。かねて大いに不満のあった条約である。破棄に持ちこみ、そのあげく日米開戦に至るかも知れぬと、大角海相などは、異様なほどの緊張にとらえられていた。

荒木の陸軍は陸軍で、対ソ懸案は軍事的圧力を用いて解決すべきだという強硬な意見で、このため、もし開戦となれば、機を失わず、ソ連の極東兵力をたたくべきである。そのための国防力強化を急がねばならぬという考え方であった。

荒木は、陸軍きってのロシヤ通とされていた。また荒木は、はじめて「皇軍」という呼び方を使うなど、いわゆる皇道派の指導者であって、国家改造と対外強硬策を主張してきている。森恪《かく》、平沼騏《き》一郎《いちろう》ら、右寄りの政界人とも親しい。

荒木はまた直情径行で、純粋さを好む性格で、このため青年将校たちから慕われ、発覚したクーデター計画では、しばしば荒木の名が軍革命政府の首班としてあげられていた。荒木もまた、たとえば五・一五事件の犯人である将校たちについて、「犯罪そのものより、動機の純粋さを理解してやるべきだ」と公言しており、いつも青年将校たちと気脈を通じているようなところがあり、みごとな八の字ひげをはやしたその風貌《ふうぼう》どおり、こわもてする将軍であった。

枯れた長老二人と、鼻息荒い将軍二人。その中に、新任の広田外相ひとり、ぽつねんと置かれた。

広田と荒木は、ほとんど歳《とし》は同じだが、荒木が世間によく知られたある種の偶像であるのに対し、広田は世間的には無名。風の吹くまで「昼寝」していた外務省出身の男というに過ぎなかった。

このため荒木は、五相会議の席でも、「この若僧の外務大臣め」といわんばかりに広田を無視し、文字どおり口角泡《あわ》をとばす勢いで、ひとり国事を論じ立てた。

もともと、この五相会議は、「ふつうの閣議では、政党出身閣僚がまじって、審議が〈不純〉になる。高度の国策は五相だけで高次元から考えるべきである」という荒木の提案ではじめられたものであった。

それだけに、荒木の熱の入れ方もひとしおで、早速、陸軍部内で作成させた「皇国国策基本要綱」なるものを提出、これを中心に会議を進めるよう要求した。

これは、対外的には戦争の危機が迫り、国内では国民生活の不安がたかまっているという認識の下に、国防力の拡大強化と、非常時に即した強力な政治改革を行おうというもので、荒木の皇道派的理念を強く政治の上に反映して行こうとするものであった。

広田は、これに反発した。

「開戦の危機というが、いったいどこに戦争の危険性があるのか。軍部は最悪の場合のみ考えすぎる。むしろ問題は、どうしたら、最悪の場合を来《きた》させずにすむかに在る。つまり、外交が先決であり、何より外交的努力に力を傾注しなくてはならない」

広田のこの論理に対しては、軍部の両大臣とも、反対のしようがなく、黙る他《ほか》なかった。

広田は、たたみこんだ。

「戦争は外交の行きづまった果てに起る。だが、いま日本の外交は、どの面でも行きづまってはいない。なるほど国際連盟こそ脱退したが、そのため格別、どこかの国と事を構えるという状況ではない」

荒木の意見が観念的なのに対し、広田は具体的に問題を詰めて行った。

「対米関係では、目下、懸案となっているような重要な問題はない。また、対支関係では、国民党によってほぼ中国が統一されたため、かつてのように分裂国家を相手にしたときとちがい、外交交渉が進めやすくなっている。

また、国民党上層部には、知日派親日派の要人も多く、日本側が誠意を示せば、中国側もそれなりに態度を改めてくれると思われる。現に、満州国の独立は既成事実として暗黙の中に認めようとする方向に在った。

ここにおいて日本としては、権益を要求するより、むしろ治外法権の撤廃など、友好的な政策を他国に先んじて進め、協和の実をあげて行きたい」

問題は対ソ関係である。そのひとつに、東支鉄道の買収交渉があった。

東支鉄道は、ロシヤによって建設され、ロシヤと中国で共同運営してきたものだが、満州国の成立によって、ロシヤとしては経営がやり辛《づら》くなった。一方、ソ連の国家財政も逼迫《ひっぱく》しており、その埋合せということもあって、ソ連側は東支鉄道を満州国に売却しようということになり、交渉がはじまっていた。

日本はその交渉の仲介役というわけだが、実質的には日本が買うことになる。ソ連側が最初に約二億五千万円という巨額の売値をつけたこと、また、満州国官憲が同鉄道のソ連人従業員を逮捕するという事件がありソ連側が硬化し、交渉は行きづまり状態に在った。

このため、関東軍の一部では、

「外務省は何をしている。大砲の二、三発もぶちこめば、タダでとれるものを」という声まで出ていた。

広田は、この点について、

「このため戦争になったら、どれほど高い買収費につくかおわかりでしょう」

と、荒木をたしなめた。

軍が苦心して独立させた満州国を保持育成するためにも、ソ連との間に円満な外交関係を樹立しておかねばならぬことも、荒木に納得させた。

こうした議論を重ねて行く中、荒木や大角は、むしろ広田に押され気味になった。あるときの五相会議では、荒木が対ロシヤ戦を、大角が対アメリカ戦を想定し、強引に国防論に話を持ちこもうとした。

だが、これに対し、広田はくいさがった。

「ロシヤならロシヤだけが戦争の相手で、他の国とはすべて親善関係ということが、今後、果して考えられるだろうか」

広田は、疑問を投げかけた。

その場合、アメリカとイギリスは同盟を組みそうだし、またアメリカとソ連が組み、さらに中国をもその仲間にひき入れることも考えられる。

そこまで見通しての国防論議なのか。また、その場合、果して対抗できる国防力を日本が備え得るものなのだろうか。

対ソ戦、あるいは対米戦のみそれぞれ想定して立案してきた軍部両大臣には、すぐには明確な返答ができなかった。

広田は、派手に相手をやりこめるタイプではない。じわじわと理を尽し、肚《はら》を割って話そうとする。このため、荒木も、「この若僧の外務大臣め」といった最初の印象を改め、まともに議論に応じ、その結果、広田のペースにのせられて行った。

大臣としては新任でも、広田には、永い「昼寝」の間に蓄えてきた見識と、客観的な観察がある。外交責任者としての役割に生き切ろうとの決意がある。

風を待って廻り出したこの広田の「風車」に、単純で人のよい荒木はふり廻された。

陸相主導型ではじまった五相会議が、いつのまにか、外相主導型になっていた。

二人の老人、斎藤首相と高橋蔵相は、この新任外相の健闘に目を細めた。とりわけ、「だるまさん」の愛称のある高橋は、歳に似合わぬまるい童顔をなおまるくして、広田を見つめた。

高橋は広田に同調し、両軍部大臣をたしなめたり、ときには突き上げたりした。財政の責任者としても、高橋は軍部の積極論には批判的であった。

「日本は積極的に戦争をしかけるというのでなく、外国から見くびられず、また外交交渉が腰抜けにならない程度に、防禦《ぼうぎよ》的軍備を整えておく。つまり、国防は防禦的国防でなければならない」

と、軍部のとめどもない膨張要求に、ひとつの枠《わく》をはめた。

老人二人も、「外交が先決である」という立場を変えない。このため、会議を重ねるにつれ、将軍たちは、いよいよ守勢に追いやられた。

荒木が外交問題を避け、国内不安を口にし出すと、広田外相はこれに対しても、反撃を加えた。

「不安の根源は、満州問題によって日本がひき起した国際的波瀾《はらん》に在る。従って、国民の不安を解消するには、各国と親善関係を確立し、対外関係を静穏なものにすることが肝要である。軍の望むような国防力強化は、各国に好戦的印象を与え、マイナスでしかない」

このころ、アメリカなどが日本に対し、関税引上げや貿易制限を行おうとする動きがあり、これが経済界にひとつの不安をひき起していた。

高橋蔵相は、広田の主張を受けるようにして、五相会議に続く内政会議で、荒木たちを非難した。

高橋は、そうした原因が「実は日本の陸海軍――すなわち軍部が、一九三五、六年を危機なりと称して、地方でも中央でも、まさにロシヤやアメリカと戦争でも始まるかのような口吻《こうふん》で刺戟《しげき》していることにある。そういう風なことが対外的に響いているようだ」とし、

「現に外国が――アメリカでもヨーロッパでも、できるだけ平和的に行こう、すなわち、あらゆる意味において戦争を避けようと思っている矢先に、日本に好戦的の気分があるという空気が、非常に悪い感じを与えて、それが貿易の上に現われてくるのである。軍部は言動を慎まなければならん。なにも一九三五年や六年が危機でもなんでもない」

と、荒木にたたみかけた。

このため、荒木は顔色を変え、

「そんなことはない。今日軍部はなにも戦争しようと思うんじゃないけれども、しかし準備はしておかなければいかん。危機でないことはない」*と、拳《こぶし》をふるわせた。

「危機」を強調していたものが、「危機でないことはない」と後退したわけである。

こうして、五回にわたる五相会議は幕を閉じ、次のような申し合せが発表された。

一、外交は、国際協調の趣旨にもとづき、とくに、隣国中国、アメリカ、ソ連に対しては、親善関係を増進すべき諸方策を講ずるようにする

二、国防力の充実は、安全感を脅《おび》やかされず、また外侮を蒙《こうむ》らぬ範囲で、財政の事情を顧慮して決める

三、諸政の刷新をはかるとともに、国民精神の作興を期する

それは、最初、世間が予想したのとはちがい、極めて穏健なものであった。荒木の高姿勢より、広田や高橋の意見が色濃くにじんでいる。荒木の考えは、わずかに第三項で、具体性を持たぬまま、申訳的に列挙されただけであった。

五相会議を突破口としようとした軍部強硬派の目論見《もくろみ》はくずれた。「皇国国策基本要綱」は無視され、その精神も骨抜きにされた。

荒木をホープとしていた若手将校たちの荒木に対する不満はたかまり、中には、深

夜、塀《へい》をのり越えて、荒木をたたき起し、「大臣就任前に約束したことは、いったいどうなったんだ」と、つめ寄る者もあった。さすがの荒木も頭を抱えこみ、神経衰弱をうわさされるようになった。

一方、林銑十郎《せんじゅうろう》大将や真崎甚三郎《じんざぶろう》大将には、

「ぜひ辞《や》めたらどうか。というのは、こんな内閣では全くしようがないじゃないか。もし留《とど》まっているんなら、何かもっと仕事をしなければだめだ。こんなような状態では、まことにしようがないじゃあないか」*

と、さかんに辞職を迫られた。

このため、荒木は、ついに、軽い肺炎をわずらったのを理由に、陸軍大臣を辞任する羽目になり、林がその後任になった。

荒木自身も心外なら、世間もまた、荒木の時ならぬ辞任におどろいた。そして、この強持《こわもて》した武人陸相の退陣は、諸外国では好感を以《もっ》て迎えられ、緊張緩和に役立つ結果になった。

アメリカ大使グルーは、その日記に書いた。

「広田は誠実に対外関係改善に全力をつくしている。彼は主として軍部を比較的静かにさせ、また新聞に鎮静的影響を及ぼすことによって、合衆国との間によき雰囲気《ふんいき》を

つくることに成功しつつある。……荒木が陸軍大臣を辞職したことは、自由主義者と政党の勝利を意味するものと一般に感じられており、今までよりは公然とサーベルを鳴らすことがすくなくなるだろうと思われる」*（一九三四年一月二十三日）

と。

こうした広田の外交姿勢に刺《し》戟《げき》されるように、平和主義勢力が息をふき返し、議会では、国防費をめぐって政党の軍部批判が活発になった。

もっとも、党利党略のにおいの濃い質疑も多く、大臣としてははじめて議会に立った広田は、そのやりとりにうんざりし、疲れを感じたりした。

広田は、諸外国との親善増進に積極的に動いた。各国大公使には進んで会い、また部下や出先を督励し、きめ細かく国際協調の実を積み上げて行こうとした。

その中で、広田がいちばん力を入れているのは、対ソ問題であり、とくに懸案となっている東支鉄道の買収交渉であった。

この交渉は、ソ連側の言い値約二億五千万、満州国側の付け値が五千万と、甚《はなは》だしい開きがあるのに加え、いくつかの日ソ間の紛争も災いして、内田外相時代以来、すでに一年半以上も中絶したままになっていた。

広田は、ソ連側と満州国側、つまり関東軍に積極的に働きかけ、昭和九年二月、ようやく交渉再開にこぎつけた。

このとき、ソ連側は、歩み寄りを示すかのように、譲渡価格を二億円に改めてきた。これでも日本側には巨大な負担である（当時、国家予算は一般会計で二十億前後であり、しかも、その三分の一を公債発行でまかなっている状況であった）。

ただ、ソ連側の大幅の譲歩を評価し、満州国側が交渉を進めにかかると、ソ連側はすぐまた、ソ連人従業員に対する退職金三千万を追加要求してきた。都合二億三千万で、ふり出しに近い額に戻《もど》った。

満州国側、つまり、軍部は硬化した。

「ソ連には本当に売る気がないのではないか」

と怪しむ声も出た。広田はその声を交渉の席に持ち出し、ソ連側代表のユレーネフにぶつけた。

ユレーネフは、「いや、本気で売りたい」とあわて、「まだ五百万円ぐらい高いでしょうか」

「いや、一億円は高い」

と広田。二人は顔を見合せた。

広田は、真剣であった。開きは大きすぎるが、何としてでもまとめ上げる決意である。交渉が決裂すれば、その後の運営には紛争の頻発《ひんぱつ》が目に見えており、日ソ開戦の危険さえ考えられる。逆に交渉が成立すれば、満州を中心に大局的な平和が保証されることになる。

広田は、ソ連側に譲歩を要求して説得を続けるだけでなく、軍部や政界上層部とも話をつけなければならなかった。

高橋蔵相らは広田を応援し、また、軍でも、参謀本部関係は交渉継続を望み、なおいくばくか買収金額の上積みに応じようという態度であった。が、皇道派を中心とする対ソ強硬派は、交渉打ち切りを強く主張していた。

折からソ連では五カ年計画の失敗がうわさされており、ここで東支鉄道を巨費で買収すれば、ソ連を経済的危機から救ってやることになる。つまり利敵行為になるとして、買収絶対反対を唱えた。代りに軍隊を動かそうというのである。

ソ連側を説得するだけでなく、国内のこうした勢力をなだめながら、とにかく交渉をまとめて行こうというのである。荷の重い、そして、根気の要る仕事であった。広田はその役割に耐え、黙々と努力し続けた。

そうした広田の姿について、アメリカ大使グルーは、友人あての手紙に書いた。

グルーはまず、日本の外交が、日本の新聞用語でいうなら、内田の「向う見ず政策」から広田の「外交による国家防衛」へと転換したこと、また、広田が諸外国との融和政策の発展にみごとな良識と能力を見せ、荒木を辞職に追いやり、軍部を外交から締め出そうとしていることを伝えたあと、

「この数カ月間、広田は間断なく、また私の見るところでは真摯《しんし》に、中国、ソ連、英国、および合衆国と取引する友好的な基礎を建設することに努めました。彼の打った手は、新聞の反外国主義の調子が即座に穏やかになったことや、日ソ間の諸懸案を一つ一つ解決しようという努力が再び取り上げられたことに現われ、また広田が私との会談で、日米関係を改善に導く何らかの可能的通路を見出そうとする熱心さを見せたことによって、強調されました。広田が本心からの自由主義者で、小村、加藤以来の名外相だと考える人もいました」

ただ、グルーは手放しの広田礼讃《らいさん》に終ることなく、次のように書き加えた。

「それにもかかわらず、広田の温和が内容的のものでなく、表面的で戦略的だと信じる人も多数あります。日本の大陸における冒険の支持を誓い、『東洋平和を維持する使命』を深く信ずる者でなければ、昨年就任できなかったであろうことは確実です。われわれは正《まさ》しくここに根の深いアンチテーゼを見出します」*

同じ平和外交でありながら、かつて幣原《しではら》が置かれた立場との微妙なちがいを、グルーはグルーなりに認識し、その行方《ゆくえ》を、半ば期待、半ば警戒心を抱いて、見つめるのであった。

天羽《あもう》声明事件というのがあった。

天羽とは、かつて広田のソ連大使時代、参事官をつとめ、満州事変勃発《ぼっぱつ》をきいて狼《ろう》狽《ばい》し、平静そのものの広田とくらべ、どちらの反応が本当なのかと、記者団をとまどわせたひとである。広田は、白鳥に代え、この天羽を外務省情報部長に起用していた。

問題になったのは、定例記者会見における天羽の談話であった。このとき天羽は、「日中間に紛争をひき起す原因となるような外国の介入は、断乎《だんこ》排撃する」という趣旨の話をしたのだが、これを、神経質な記者が、日本のモンロー主義宣言、中国からの英米駆逐論ととった。国内の右寄りの新聞が歓迎する一方、外国の新聞はこれを批判的に大きくとり上げ、アメリカなどからは、非難めいた質疑がくるさわぎとなった。

これは、広田の真意にないことで、広田は改めて自ら記者会見を行い、また外国大公使にも会って、「中国の主権を尊重するとともに、第三国の既得権益を侵害するものでない」ことを強調し、このさわぎを収拾した。

これもまた、広田外交の置かれた微妙な立場を象徴する事件といえた。

一方、政界上層部でも、広田の地味でねばり強い努力を買う空気が強まった。斎藤首相や高橋蔵相がそうだし、元老の西園寺《さいおんじ》もまた、この新任外相の健気《けなげ》ともいえる精励ぶりに目を細めた。

当時、興津《おきつ》に居る西園寺を訪ねることは、政治家にとっても官僚にとっても憧《あこが》れとされており、その「興津詣《もう》で」の約束をとりつけるまでが一仕事であった。かつての広田のライバル佐分利は、フリー・パスで「興津詣で」ができ、その点ひとつでも大物視され、大いにうらやまれていたものである。

ただ、広田自身は、一度も「興津詣で」をしたこともなく、また、しようともしなかった。

そして、外務大臣になってから、はじめて、上京した西園寺とその駿河台《するがだい》の私邸で会った。

広田の報告をきき終った西園寺は、それに対し、格別の質問も意見も述べなかった。それは、広田に任せ切っているという感じであって、その代り、西園寺はしみじみした口調で、広田に語った。

「広田さん、わたしは、一つの処世哲学のようなものを、持っているんです。それを騎手にたとえて申すと、トットと馬を駈《か》けさせて、障碍物《しょうがいぶつ》を飛び越えようとしますか……調子がよければ、むろん、そのまま飛び越えます。しかし、馬が何かに驚いたり、足並みに狂いが生じた時は、もう一度はじめからやり直すことにしています。外交交渉もこれによく似ています」*

思いもかけぬ西園寺の体温を感じさせる言葉であった。西園寺は外相を三度つとめたこともあり、その経験からにじみ出た励ましの言葉でもあった。

帝人事件のため、斎藤内閣は倒れ、代って、斎藤の推薦で、やはり海軍の長老である岡田啓介大将が首相となった。性格としては、前内閣同様挙国一致の中間内閣で、広田・林・大角《おおすみ》など四人の主要な大臣は、そのまま留任となった。昭和九年七月のことである。

留任した広田は、すぐまた、東支鉄道買収交渉再開のため、奔走した。買収その言い値二億に対し、付け値五千万。金額に開きがありすぎるだけでなく、関係筋をものにも強硬な反対がある。絶望的な状態であったが、広田はあきらめず、関係筋を根気よく説得して廻り、仲介者として妥当な金額を一億二千万円（従業員の退職金は別）と割り出し、骨折った末、これを満州国側に納得させた。

こうして交渉は再開されたが、ソ連大使ユレーネフがこの妥協案を蹴《け》り、「さらに高額を申し出ない限り、この交渉を打ち切る」と、高飛車に出た。

軍隊を動かしてタダ同然に乗っ取る気もあった満州国側としては、「せっかく大奮発して妥協案をのんだのに、ソ連は何をいうのか」と、こちらはこちらで憤慨し、その代表(日本人)は、引き揚げてしまった。

またしても、交渉決裂であった。

それでも、広田はまだあきらめない。西園寺の言葉ではないが、「もう一度はじめからやり直す」つもりで、各方面との折衝を続けた。

広田には、ソ連側が、本国のきびしい訓令によって、それ以上歩み寄る可能性のないことがわかった。ソ連側にしてみれば、二億五千万であったものを二億にしている。それを一億二千万では、とてものめないというのである。

とすると、満州国側にさらに譲歩を求めなくてはならない。相手が軍部であり、譲歩を屈辱と感じているだけに、この折衝は厄介《やっかい》であった。ふつうの外務大臣なら投げ出しているところだが、広田はなお、ねばり続けた。折衝を重ねた末、さらに二千万円上積み、ただし三年払いとするというところまで、満州国側に歩み寄らせた。

そのあと、広田はユレーネフにたて続けに何度も会って、この案をのむよう熱心に説き続けた。

ユレーネフは、広田の根気に負けた。

というより、ユレーネフ個人は、すでにアメリカ大使グルー同様、広田の理解者の一人になっていた。ユレーネフの広田評を、グルーは記録している。

「ユレーネフ氏は広田氏を大いに推賞し、自分は彼を心から尊敬しているといった。広田は有能な、なかなかこすい交渉者だが、日本軍部の送話口であるにすぎない内田伯爵《はくしゃく》にくらべれば、はるかに気持のいい話し相手だとのことである」

ユレーネフは、ついに広田案をのみ、こうして大綱についての合意が成立、細目の検討がなされた上、昭和十年三月、交渉は妥結、調印を見た。一年余にわたり、五十六回の会談をくり返した成果であった。

交渉成立の効果は大きかった。

鉄道をめぐる紛争の種がとり除かれただけではない。その同じ月、ソ連は、ウラジオストックとハバロフスクに満州国領事館を開設することを許可してきた。満州との国交関係を事実上、認めてきたわけである。

ただ、日ソ間の懸案は、これですべて片づいたわけではなかった。

ソ連としては、満州国という形で、満州に日本の支配を認め、そのため東支鉄道も売却したのだが、その代り、ソ満国境に要塞《ようさい》工事を行い、兵力を増強した。これが関東軍を刺戟《しげき》し、一年間に百を越える国境紛争が起った。

もともとソ満国境は、四千三百キロの長さに及ぶ上、国境線の不明確なところも少なくない。紛争の頻発《ひんぱつ》激化から重大事態に発展することも予想された。

これに対し、ソ連は、相互不可侵条約の締結を求めてきたが、日本の複雑な政情では、とても応ずることはできない。

だからといって、広田はそのまま突っぱねるのでなく、不可侵条約は得られなくとも、実質的にその実をあげようと、国境紛争処理委員会の設置を提案した。衝突を防止し、また武力による解決を避けて、すべて平和裡《り》に交渉によって解決しようというのである。

だが、この案には、関東軍が強く反対した。関東軍はソ連不信に陥っている上、「国境そのものが確定していないのに、紛争処理委員会を設けるのは、意味がない」という理由からである。

広田はなおあきらめなかった。

それなら、一方で国境線を確定する作業を進めながら、発生した紛争は紛争で処理するようにすればよい――この論理で、国境画定と紛争処理の二つの小委員会を持つ委員会を設けることにした。

こうして関東軍の反対は封じられ、同委員会は日ソ間で話が進み、次の広田自身の内閣のとき、発足することになった。

昭和十年一月の議会で、広田はかなり明快な発言をした。前年はじめての大臣としての登壇では、馴《な》れぬせいもあって、疲れをおぼえたが、今度は進んで自分の抱負を表明する場にして行った。

広田は、日本の外交姿勢をはっきり「協和外交」と規定した。それは、日本と近隣諸国とのせまい友好関係を指すのではなく、世界的な規模での平和を志す言葉であった。

「国際連盟脱退により孤立化が深まるのではないのか」という貴族院での質問に、広田は答えた。

「連盟は一つの会議の場所で、その会議に列席しないからといって、会議を組織する各国との国交がそのまま断絶するというような意味のものではない。日本としては今日、世界いずれの国とも最も密接な関係を保って行くべきで、一言にしていえば、万邦協和というような気持で、外交を進めるべきであると思う」

また衆議院では、政友会の芦田均《あしだひとし》が、

「政府の国際情勢に対する認識は、楽観的に過ぎないか」

と質問したのに対し、広田外相は次のように断言した。

「私は日本の前途を楽観はしていない。むしろ楽観することはできない。各国の軍備状況を見ると、たとえいずれの国の間にも、直ちに戦争または紛擾《ふんじょう》を起すことはないとしても、各国が巨大なる費用を使って、軍備の拡張に努めている今日の現状では、日本が如何《いか》に平和の方針をもって進むとしても、やはり根本において軍備の充実は必要であると私は確信している。しかし、将来戦争の恐れがあるかと申すに、少なくとも私が今日の信念をもって申せば、私の在任中に戦争は断じてないことを確信しているものである」*

私の在任中に戦争は断じてない――これは、強く大きなひびきを持つ言葉であった。地味な広田に似合わぬ言葉であり、「あの広田さんが――」と、外務省部内でもおどろき、「いいすぎではないのか」という声も出た。

これは外務官僚の言葉ではなく、政治家の言葉でもあった。ただし、その政治家も、松岡のように大衆への演出を考えるタイプでなく、求道者《ぐどうしゃ》的な国士タイプの政治家である。風車が風を切ってけんめいに廻っている中、広田には、そうした政治家としての姿勢が身についてきたともいえた。それに、広田としては、これだけはどうしてもいっておきたい言葉であった。その信念で自分を金縛りにし、同時に、だれにもその気持になって欲しいという願いもある。

また、広田には、対ソ交渉でつけた自信があり、また対中国関係でも、親善回復に向って着実に石を打って行く自信があった。外交先決で、どこまでもねばり強く平和工作をやり抜いて行く決意でもある。そうした思いのすべてをこめての「戦争は断じてない」の宣言であった。

この演説から一週間と経《た》たぬ中、中国では国民政府主席の蔣介石《しょうかいせき》が日本記者団と会見し、「広田外相の演説に誠意を認め、十分にこれを了解する」と発言。日本における対華優越態度、中国における排日感情が共に清算されるのが親善の道であり、蔣自身としても、反日運動を押えることに努力すると述べた。

行政院長の汪兆銘《おうちょうめい》もまた、これに呼応するように、広田演説を「われらの従来の主張と大いに合致するもの」とし、「われらの大いに欣快《きんかい》とするところである」と、歓迎した。

この後、国民政府は、全中国の新聞通信社に、以後、排日的な言論活動を慎むよう、厳重な命令を下した。

広田はただ演説の上で、「協和」「親善」をうたっただけではなかった。日本の中国に対する外交姿勢は、それまでの高圧的な態度から一変して、融和的となった。満州問題については、気長に解決を待つこととし、その他諸懸案についても、中国側に同情的な立場をとって折衝するようになった。治外法権の撤廃なども、積極的に検討させた。

こうした協和外交の姿勢をさらに決定的な形で示したのは、昭和十年五月、在華日本代表をそれまでの公使から大使に昇格させたことである。

広田は、これをほとんど軍部に連絡せず、閣議にかけた。軍部大臣はおどろき、強い不満を示したが、「これは専《もっぱ》ら外交権限に属すること」という広田の強い主張に押し切られ、閣議決定を見てしまった。

公使から大使への昇格は、相手国を重要な国交関係のある大国として遇することである。当時、アメリカ、イギリス、ドイツをはじめ世界の列強は、中国を軽視し、公使しか置いていなかった。そうした国々を出しぬき、日本がいきなり大使交換へふみ切ったわけである。

この広田の決定を、南京《ナンキン》総領事須磨弥吉郎《すまやきちろう》が早速、国民政府へ通告した。

「もう日が暮れかかった初夏の夕、ぼくは有野通訳官とともに汪行政院長官邸を訪れた。唐有壬《とうゆうじん》外交部次長も同席で、この朗報を話すと、二人の顔は紅潮したが、汪院長は相当の昂奮《こうふん》をかくし得ない面持《おもも》ちで、しかも静かに、持前の流れるような声でいった。

『これで、両国は東亜の大道を手をとって歩けるのです』

ここまでいって、直ちに中国も同様昇格の措置をとりますといい切った。

ぼくらが辞去する時、院長、次長二人で車のところまで送った上、院長自ら戸を開けてぼくらを車の中に入れた」

須磨の伝えるそのときの情景である。

各国は、おどろき、あわてた。そして、日本の後を追い、先を争うようにして、次々に中国駐在代表を公使から大使に昇格させた。中国としては、一気に外交上の地位が高まったわけで、国民政府は広田外交を大いに徳とした。

こうした広田の協和外交の努力を、軍部はにがにがしく眺《なが》めたばかりか、その足をすくうような妨害工作をはじめた。

大使昇格が実現した直後、天津の日本租界における親日要人のテロ事件などを口実に、関東軍は長城を越えて、中国北部へ侵入した。

また、張家口《ちょうかこう》の近くでは、土肥原賢二少将の指揮する関東軍特務機関が、中国側とトラブルを起した。そして、その結果、梅津・何応欽《かおうきん》協定、土肥原・秦徳純《しんとくじゅん》協定と、名称こそちがうが、いずれも、出先中国軍の撤退・停戦地域の拡大、排日機関の排除などの要求を中国側に突きつけ、軍事力の重圧の下に協定を結ばせた。満州国の周辺に、満州に準じた自治政府をつくらせようという謀略のはじまりである。

出兵の口実となった日本租界のテロ事件は、実は日本側（支那派遣軍）参謀長が黒幕になって進めたものといわれ、また土肥原の特務機関は、土匪《どひ》を使って事件を起させるのが常套《じょうとう》手段で、このため、土肥原でなく「土匪元」といわれるほどであった。

国防費増大のおかげで、この土肥原機関の機密費は、外務省全体の機密費総額に匹敵するといわれ、この巨額の資金をばらまいて、情報の蒐集《しゅうしゅう》や謀略の遂行に当っていた。

このため、当然のことながら、彼等は中国については外務省の出先以上の情報をにぎっているという自信があり、このことが、いっそう外務省無視の姿勢を固めさせた。

関東軍の南下がはじまったとき、国民政府から外務省あて、外交交渉による解決を提案してきた。

広田は、桑島東亜局長を参謀本部へやり、担当の第二部長岡村寧次《やすじ》少将と折衝させたが、岡村は外務省側の要求を頭からはねつけた。

「事態は軍司令官の権限内に在る統帥《とうすい》事項に関するものであって、外交交渉に属するものではない。軍としては、軍司令官による現地解決主義に任せる」

〈外務省は黙って居れ〉といわんばかりであった。さらに岡村は高圧的につけ加えていった。「問題は蔣介石の偽装親日に在る。蔣にいって、即刻、対日二重政策を改めさせよ」と。

その年一月、広田は国会において、「わたしは蔣介石の日華関係改善に対する真意を毫《ごう》も疑わない」と言明していた。岡村の言い分は、そうした広田に対する挑戦《ちょうせん》であり、また嘲罵《ちょうば》でもあった。

こうした日本軍部の動きは、中国側を刺戟した。

「日本こそ二重外交である。広田の協和外交は偽装ではないか」

と、それまで積み上げてきた広田の努力を疑うような声さえ出てきた。そのあげく、親日派であった汪兆銘行政院長は狙撃《そげき》されて重傷を負い、また慶応大学出身でやはり親日派であった唐有壬外交部次長も暗殺された。土肥原の特務機関の暗躍は続き、ついに北支の一画に、冀東《きとう》防共自治政府など、日本の息のかかった自治政権をつくり、いよいよ問題をこじらせることとなった。

土肥原と同期で関東軍参謀長の板垣征四郎少将も、内蒙古方面に同様の工作をはじめた。

外務省に対し高圧的な発言をした岡村少将も、やはりその仲間の一人。在中国日本大使館付武官でありながら、大使館付どころか、大使以上に何かにつけて日本代表のような顔をして発言する磯谷廉介《いそがいれんすけ》少将も、彼等の仲間の一人であった。

磯谷の発言は、事ごとに中国政府を非難罵倒《ばとう》し、あるいは中国への列国の政策を攻撃するものばかりであった。

同期であり同志である四人の少将が、こうして武力を背景に、互いに競い合い助け合って火種をばらまいて廻る。このため、中国の排日分子がますます過激化すると、彼等は待っていたように、「形勢不穏」として軍隊を集結させた。

こうして中国は、軍人野心家たちの謀略の場に変って行った。

広田は、陸軍中央を動かし、関東軍あて厳重戒告など出してもらったが、現地の勢いは止まりそうにない。

広田は、このため、二重外交の非難を解消し、協和外交の基本路線を確立しておく必要を認め、東亜局に陸海軍事務当局と折衝させて案をつくらせ、最後に総理を交えて協議した末、外務・陸・海の三大臣の了解事項として決定を見た。いわゆる「広田の対華三原則」と呼ばれるものである。

一、支那側をして排日言動の徹底的取締りを行い、かつ欧米依存より脱却すると共に対日親善政策を採用し、該政策を現実に実行し、さらに具体的問題につき、帝国と提携せしむること。

二、支那側をして満州国に対し、窮極において正式承認を与えしむること必要なるも、差当り満州国の独立を事実上黙認し、反満政策を罷《や》めしむるのみならず、少なくともその接満地域たる北支方面においては、満州国との間に経済的および文化的の融通提携を行わしむること。

三、外蒙等より来る赤化勢力の脅威が、日満支三国共通の脅威たるに鑑《かんが》み、支那側をして外蒙接壌《せつじょう》方面において右脅威排除のためわが方の希望する諸般の施設に協力せしむること。

中国への一方的な要求ばかりのようだが、すべて「協和」をめざす穏健なものである。広田の狙《ねら》いは、むしろ、これによって、軍の行動に枠《わく》をはめることにあった。

広田は、蔣作賓《しょうさくひん》駐日大使を呼んで、この三原則への協力を求めた。

国民政府にもその趣旨がわかり、これにほぼ同意する旨《むね》の回答を広田に手渡すとともに、「相互の独立尊重・友誼《ゆうぎ》の維持・外交手段による解決」をあらためて提起してきた。

一方、外務・陸・海の三省からは、それぞれ担当の責任者が現地に赴き、出先にこの原則を説明した。

陸軍では、例の岡村少将が大連に出かけ、各機関の将校たちを集め説明したが、はげしい反対と抗議のため、立往生する始末。高姿勢であった岡村をさらに突き上げるほど、現地の若手将校の暴走気分はたかまっていた。

彼等は、広田の平和外交に不満であった。彼等の頭は、満州国、そして、第二の満州国の幻想にとらえられていた。

〈なぜ、即刻、蔣介石に満州国を承認させせないのか。蔣はいまや一押しすれば倒れそうな状態に在る。蔣が心にもなく親日的なのは、そうした弱い立場上、日本を頼りにせざるを得ないからだ。だから、日本外交は軍と一体になって、蔣に圧力をかけ、満州国を承認させるべきである。いまは、外交が軍の線に一致すべきだ〉

若い参謀連中は、野心に燃え、こわい者知らずであった。

彼等は天皇の軍隊であることを強調し、何かといえば、統帥権の独立を持ち出す。それでいて、天皇―中央の命令に対して、忠実でなかった。彼等はいう。

「満州事変は天皇の御意志に背いて起したかも知れぬが、しかし、満州建国によって、結局は天皇の御威光を増すことになったではないか」

と。その証拠に、満鉄路線を爆破することで事変を惹《ひ》き起した責任者は、先の張作《ちょうさく》霖《りん》爆殺のときと同様、処分らしい処分も受けず、かえって名をあげ、栄進している。自分たちも中国に居る間に、ぜひ一仕事しておきたい。強圧的に出て事が起れば、それは願ってもないことだし、謀略も必要である。その結果、城壁に日の丸を立て、万歳を高唱し、また次の城壁をめざして進む日が来れば——。

陸軍の中央は、このことに心を痛めていた。

「中央は絶対にそういうことをさせないつもりでいる。ただ出先に相当乱暴な連中が二、三居るから、何をやるかわからない」

そう嘆いていた陸軍省の永田軍務局長は、白昼、省内で殺された。しかも、その暗殺者の中佐は、そのあとも、平気で任地に赴くつもりでいた。

少壮軍人によるテロ事件、クーデター未遂事件がそれまでも頻発《ひんぱつ》していたが、処罰は軽かった。軍首脳の中には、こうした軍人を志士扱いする動きがあり、このため、首相を暗殺しても、刑期四年。それも皇太子降誕の恩赦に浴し、二年半で出所してくる有様であった。

軍人たちをさらに鼓舞したのは、この年はじめから起った天皇機関説攻撃である。美濃部達吉博士の貴族院における演説をとらえ、天皇を国家の機関とする美濃部の考え方は、日本の国体の本義に反する不敬思想として、軍が攻撃の火の手をあげた。ロンドン軍縮会議のとき、美濃部は憲法学者として、軍縮は統帥権の干犯にはならぬと言明。それ以来、軍ににらまれていた。

その美濃部を葬《ほうむ》るとともに、天皇を絶対不可侵の現人神《あらひとがみ》とすることで、天皇の軍隊としての軍自体の不可侵性を確立するねらいもあった。

天皇御自身は、こうした軍の動きに不興を示され、

「一体、陸軍が機関説を悪く言うのは頗《すこぶ》る矛盾じゃあないか。軍人に対する勅諭の中にも、朕《ちん》は汝《なんじ》等の頭首なるぞ、という言葉があるが、頭首と言い、また憲法の第四条に、天皇ハ国ノ元首ニシテ……という言葉があるのは、とりもなおさず機関ということであるのだ」*

と、むしろ機関説を支持され、

「軍は機関説が皇室の尊厳をけがすというが、かくのごときことを論議すること、それ自体が、皇室の尊厳を冒瀆《ぼうとく》するものである」

と、本庄侍従武官長を叱《しか》られ、陸軍大臣へ伝達するよう命じられた。

だが、天皇の御意向に反して、皇道派である林陸軍大臣はじめ軍はますます機関説攻撃を強め、重臣の幾人かを名指して攻撃するパンフレットまで在郷軍人会を通し、

全国にばらまいた。

「軍部においては、機関説を排撃しながらも、このように自分の意思にもとることを勝手にやるのは、朕を機関説扱いにするものではないか」

と、天皇は激怒されたが、そのお言葉どおり、軍は天皇を機関として利用する形で、暴走し続けた。

在郷軍人会や右翼団体と組み、現人神としての天皇が絶対主権を持つのが国体の本義だとする国体明徴運動を展開。これを国民運動に盛り上げ、ついには、政府攻撃をもくろむ政党まで巻きこんでしまった。

政府は、これを学説でなく用語の問題だとし、美濃部博士に弁明させようとしたが、美濃部は応ぜず、結局、美濃部を貴族院議員辞任にまで追いつめて、事件は落着した。これによって、天皇についての議論をタブーとする空気が定着し、天皇の軍隊は統帥権独立の名の下に、いよいよ専横をきわめることになった。

このころの広田の日課。

毎朝五時ごろ起き、各新聞を丹念に読む。

「考えずにそのまま受けとっていいのは、死亡広告ぐらいだ」

と、冗談をいったこともあるが、時間をかけ、考えながら読む。

そのあと、柔道の動きを織りこんだ自己流の体操を、ひとり掛声をかけながらやる。「パパのは柔道踊りだ」と、子供たちは笑うが、広田は大まじめである。健康には、つとめて気を配っている。朝風呂《あさぶろ》も欠かさない。

ただし、食物については、一切、注文もしなければ、苦情もいわない。外務省での昼食は、きつねうどんときまっていた。酒は家へ帰ってから、息子と一本を分けて飲む程度。煙草《たばこ》は鉈豆煙管《なたまめぎせる》につめて、ふかした。宴席などへ出ることは好まず、部下と飲みに廻《まわ》るということも少なかった。飲むなら、家へ連れてきて飲んだ。来客は多かった。

就寝前にも風呂に入り、そのあと、中学時代から愛蔵している古びた論語を、一日のしめくくりとして読み、十時から十一時に床に就いた。

外務省では、広田は決裁が早いので、評判であった。机の上に未決の書類を残しておかぬ主義である。毎日、午前二回、午後二回、部下たちに書類を持って来させ、要点を報告させる。

「うん」「うん」と、うなずきながらきき、終ると、「それとそれを置いて行け」と指示し、すぐ読んでおく。

また、「きみはどう思う」「どうしてそう思う」と、質問をたたみかける。部下をいじめるためではなく、後進を育てるような質問で、たとえば、欧米局員に対しては、こんな風にいう。

「きみの答えは、欧米局員としての答えだろう」

「はい、そうですが」

けげんな顔をすると、広田はおだやかに語りかける。

「きみ自身が最後の責任者として、外務大臣として考えなくてはだめだ。この大使にはどういう訓令を出すべきかといった立場から考える。それを考えるためには、欧米局にきている電報だけ読んだのではだめだ。他の局へきている電報まで目を通すのだ」

勉強し直して、次に報告に行く。広田はまた、「うん」「うん」とうなずきながら、きいてから、

「よく勉強してきたが、まだまだだ」

「といわれますと、どんなところが……」

再びけげんな顔をする部下に、広田はいう。

「日本には、衆議院貴族院の他に枢密院《すうみついん》という権力を持つ存在がある。この枢密院に

対してどう説明するか、また枢密院はこの問題をどう見るだろうか、そこまで頭に置いて考えなくてはだめなのだ」

広田は慎重であった。できるだけ多方面の情報を集め、各方面とのバランスを考えながら事を進めて行くやり方で、極端に他の方面を刺戟《しげき》したり、あるいは強い反対をひき起すようなものは、実際には力になり得ないという考え方であった。

部下の報告が気に入らぬときは、広田は鉈豆煙管をとり出して、しきりに煙草をふかし、高い音を立てて煙管で机の端をたたいた。

部下に勉強させる一方、広田は、札つきの怠け者でどうしようもない男に対しても、解職などの手段に訴えることはなかった。

このため、人事は停滞気味で、文句をいう管理職に、広田はいった。

「きみの考え方は、まだ若いよ。人間短所を見たら、どんな人間だってだめだ。逆に、長所を見て使うようにすれば、使えない人間は居ないんだ」

と。

外務省全体として広田外相は圧倒的に支持されていたが、若い人の間には、広田を不満とする向きもあった。とくに松岡や白鳥の流れを汲《く》み、皇道外交を唱える若手たちは、外の時流と呼応し、外務省の「革新」を叫んだ。

広田は、彼等をきらった。

「目先ばかり見て、勢いのいいところにつこうとする。ああいう軽率な連中に国事を任せては、日本はどこへ行くかわからん」

と、憂《うれ》えた。

また、これとは逆に、統帥権に対し外交大権を持ち出し、軍と対抗しようという若手もあった。だが、広田は、そうした形で事を構えるのは、闘争のための闘争になるとして好まず、彼なりの工夫で、外務省の地位向上を図るつもりであった。

たとえば、当時、待命の大公使が、吉田茂をふくめ十一名居た。

広田は、彼等を集めて懇談会を持つとともに、彼等に国内各地へ出かけ、外交問題講演会を開かせることにした。軍が国防問題講演会や国体明徴講演会を全国で開いていることに対する明らかな、そして、実効のある対抗策であった。

広田はまた、彼等を特命大使として諸外国を巡回させ、日本の協和外交の姿勢を説明させることや、世界各地の日本大公使館に侍従の御差遣を仰ぐという計画も立てた。これも、軍への侍従武官御差遣に対抗し、外交官の士気向上を図ろうというものであった。

もっとも、外交界の先輩すべてが、平和外交を支持していたわけではなかった。

二期先輩の松岡洋右《ようすけ》は、

「関東軍のやり方は手ぬるい。もっと強硬に、北京・天津あたりへまで進むべきである。中途でやめると、かえって支那から馬鹿にされるだけだ」

と、軍部も顔負けするほどの意見を触れ廻り、広田外交を軟弱と非難するのであった。

広田は、心外であった。

広田としては、直接、中国と条約を結び、中国の領土保全を世界に声明することこそ、当面の外交の目標と考えていた。関東軍や支那派遣軍の蠢動《しゅんどう》は、もっての外であった。

「陸軍の出先は、何をやっているんだか、わけがわからん。実に困ったものだ」

そういうのが、このころの広田の口癖であった。

広田はまた遠い目つきで、

「長州のつくった憲法が日本を滅ぼすことになる」

と、側近につぶやいた。

統帥権の独立を認めた明治憲法が、いつか大きな禍《わざわ》いとなることを、広田は予感していた。

ただ、広田は嘆いてばかりいたのではない。「私の在任中、断じて戦争はない」といった広田は、それだけの地道な根廻しを続けていた。

参謀本部や軍令部に出かけ、ロシヤに戦争する意志がないことを、強調して廻った。

また、中国における陸軍出先の行動については、何度となく陸軍大臣に注意し、また閣議に持ち出した。

「絶対に長城を越えてはならぬし、駐留を許された停戦地域内でも、むやみに兵を動かしてはいけない。軍を動かすのは、必ず大命によること。つまり、閣議で決定し、国策に一致した場合に限る」

この持論を、広田はくり返した。

こうした広田に、高橋是清蔵相などは、「なかなかしっかりしている」と眼を細めたが、それだけに軍部には憎まれた。

「外務大臣は、平和ばかりを強調して、国防を無視している。閣議でも、軍部大臣を押えつけにかかっている」

こうした非難が軍の中に起っていることを、広田はある師団長から人づてにきいた。

軍の過激派ににらまれればどういうことが起るか、広田にもわかっていた。

だが、広田は、「最後の肚《はら》はきまっている」といって、態度を変えなかった。

六章

昭和十一年二月二十六日未明、前夜半から積った三十年ぶりの大雪を踏んで、皇道派の青年将校の率いる千四百の将兵が叛乱《はんらん》を起した。

彼等は数隊に分れ、機関銃まで乱射しながら、首相官邸、内大臣私邸、蔵相私邸、侍従長官邸、教育総監私邸などを襲撃、斎藤内大臣、高橋大蔵大臣、渡辺錠太郎《じようたろう》教育総監、および警官ら五名を射殺、鈴木貫太郎侍従長に重傷を負わせた。岡田首相、牧野元内大臣などは危うく難を免《まぬか》れた。

叛乱軍は、その後も警視庁、朝日新聞社などを占拠、都心を制圧した。

この朝を、広田はひとり外相官邸で迎えた。

妻静子は、外相夫人として派手に振舞うことは、にが手。それまでも、外相主催のパーティなどにやむを得ず二度ほど出たばかり。娘たちも、体が丈夫ではない。こうしたことから、広田は家族を原宿の同潤会アパートの裏手にある家に置き、忙《いそが》しいときは自分だけ外相官邸に泊りこんでいた。

事件勃発《ぼっぱつ》の報《しら》せに、広田は、他の閣僚と連絡をとり、急いで参内《さんだい》した。これも襲撃を免れた後藤内相が臨時首相代理となり、閣議は宮中で開かれた。

軍は戒厳令を布《し》くことを主張。広田は、他の大臣たちと、これに反対した。

〈戒厳令は一種の軍政であり、歓迎すべきものではない。それに、叛乱は軍内部の問題であり、軍の指揮系統によって鎮圧すべきである〉という考え方からであった。

だが、軍以外にも叛乱関係者があること、また、叛乱が相当の規模に及び、一刻も早い鎮圧が望まれるということから、戒厳令は施行され、二十九日になって叛乱部隊の帰順を見た。

西園寺《さいおんじ》は、後継首班に近衛文麿《このえふみまろ》を奏薦した。近衛は西園寺が最後の切札として温存しておいた首相候補であった。ただ、軍部に受けがいいのが、心配といえば心配であった。

参内し、組閣の大命を拝した近衛は、考慮の時間を頂きたいと述べて、いったん退出。再び拝謁《はいえつ》して、健康上の理由をあげて、辞退した。大命を受けながら拝辞するというのは、異例のことであった。

新首相の臨むべき事態は、それほど困難を予想させた。

事件そのものは一応鎮圧されたが、不穏な空気は消えていない。新首相にとっては、よほどの政治手腕と、それにもまして、覚悟が必要であった。

近衛に逃げられた重臣たちは、鳩首《きゆうしゆ》協議した。軍部は、右翼的な平沼騏一郎《きいちろう》や、あるいは末次信正《すえつぐのぶまさ》海軍大将の起用を望んでいた。

だが、その期待を裏切って、重臣たちが選んだのは、広田であった。広田の外務大臣時代の協和外交の実績や、軍部に対する毅然とした態度、その安定した政治姿勢が、一木喜徳郎《いちききとくろう》枢密院議長などに高く買われたためであった。

西園寺からその意向を示された近衛は、自分が辞退した責任もあって、広田説得に全力を注ぐこととし、まず、広田と親しい吉田茂を使者にたてた。吉田は、政治好きであるばかりか、重臣牧野伯の女婿《じよせい》でもあるところから、広田選出に至る事情もよく承知している。

事件より一週間、三月四日の真夜中のこと。世間話にでも来たのかと思った吉田の口から思いがけぬ用向きをきかされ、広田は黙りこんだ。

瞑目《めいもく》したまま、しばらく考えたあと、広田は、「お受けする気はない」といった。「自分には、そうした力があると思えないし、内政で腕をふるった経験もない。自分は外交官として、一生を終るつもりでいる。それに、政治的なことは得意ではない」

吉田は極力説得したが、広田は首を縦に振らない。

このため吉田は、次の朝、近衛の邸《やしき》へ三人が集まり話し合うことにした。広田は吉田と組んで近衛の出馬を求めるつもりで出かけたが、吉田は近衛について広田説得にかかった。とくに近衛は、何としてでも広田に引き受けさせようと、熱心に説いた。

その熱意に打たれながらも、広田が、他に適任者が居ると、軍人の名をあげにかかると、吉田が手を振って遮《さえぎ》り、意外な言い方をした。

「だれか背広を着たやつがいいというんだな。ちょっと形式論理だが」

広田は虚をつかれた思いで、吉田の言葉をくり返した。

「背広を着たやつ……」

「そう。軍人や軍人に類するやつはだめだというんだ」

背広を着たやつ——広田は、その言葉を、何度も口の中でくり返した。

吉田一流の言い方で、うまくしてやられそうな気もするが、近衛の居る前であり、吉田の創作とは思えない。元老か重臣のだれかの言葉であろう。

それは、広田の心を動かした。

〈その言葉どおり、自分はただの背広を着た男でしかない。そして、もしそれが新首相の条件だとするなら——〉

軍服を着た男が、元老たちの気に入らぬことは、広田にもわかる。近衛や平沼は、背広の男かもしれぬが、しかし、彼等には、背広よりも実はタキシードや大礼服がよく似合いそうである。それにくらべ、広田はタキシードも大礼服も似合わない。背広なら似合うし、背広姿が自分でも気に入っている――。

〈だれか背広を着たやつ〉というのは、非凡な男でなく、平凡でいいから、また庶民の出でいいから覚悟のある男をということではないのか。

広田はそこに、平凡な男としての役割を感じた。すでに風が吹きはじめている。もはや昼寝に逃げこむことは許されない。どんな風にすり切れるか知らぬが、風車として廻《まわ》るだけ廻ってみる他ないのではないだろうか――。

電話が鳴った。近衛が受ける。相手は、西園寺の秘書原田であった。電話のあと、近衛はいった。

「実は、いまこうしてあなたを説得していることを西園寺公が御存知で、『広田は受けてくれるか』と、心配のあまり、電話をかけさせて来られたのです」

西園寺公からの電話は、そのあとも、三十分おきぐらいにかかってきた。

そのこともまた、広田の心を動かした。

自分のような者の出方について、西園寺公がそれほどまで気にかけて居られるのか。それにまた、西園寺の心痛は、天皇の御心痛にもなる。それほどまで広田にこの役割を求めて居られるなら、広田としては、恐懼《きょうく》してお引き受けする以外にない。

こうして正午近くになって、広田は大命をお受けする旨《むね》、近衛たちに答えた。近衛からの報せに、西園寺はよろこび、早速、参内して、天皇に広田を奏薦。その日の午後四時には、広田はお召しを受けて参内、天皇から組閣の大命を拝受した。

このとき、礼装に威儀を正し、伏目になって直立している広田に、天皇は新首相への注意を与えられた。

「第一に、憲法の規定を遵守《じゆんしゆ》して政治を行うこと」

「第二に、外交においては無理をして無用の摩擦を起すことのないように」

「第三に、財界に急激な変動を与えることのないように」

その三カ条は、歴代新首相に天皇が与えられる御注意として、すでに広田が耳にしていたものであった。

だが、広田に対し、天皇はさらにもう一カ条つけ加えていわれた。

「第四に、名門をくずすことのないように」

広田は、思わず眼をあげた。お言葉をたしかに耳にしながら、信じられない気がした。その御注意の意味を、できることなら伺ってみたかった。

新しい大きな役割に生きようと、はずんでいた気持に、ふいに冷水を浴びせかけられた感じであった。愕然《がくぜん》とし、また索漠《さくばく》とした思いで、広田は礼服の肩を落して宮中を出た。

広田は、西園寺、牧野、木戸、近衛など、「名門」の顔を思い浮べてみた。いや、身近の外務省関係も、「名門」ぞろいであった。幣原も、死んだ佐分利も、吉田も、すべて名門の娘を娶《めと》ることで、名門につながっている。

あるいは、多くの首相を出した陸海軍の大将たち。彼等もまた、軍部という新興特権階級の中から出てきた新しい「名門」といえた。

見廻してみると、そうした中に、広田ひとりが素裸になって立たされている感じであった。

〈背広を着たやつ〉は、ふつうには、宰相としての資格がないのだろうか。宰相としては、きわだった新参者であり、枠《わく》をはめておく必要があるというのだろうか。

国民の中ではひとにぎりの存在でしかない「名門」が、政治の中枢では圧倒的多数の形になっている。そこに、実は今度の事件の遠因があったともいえる。

青年将校たちには、兵士たちの背後にある東北の農民の生活の荒廃を見かねて蹶起《けっき》した面があった。底辺の民草が忘れられているという怒りである。そのため彼等は、腐敗した政財界の打倒を叫び、国家改造を夢見ている。

「名門」を中心にした既成の秩序は、この事件に衝撃と恐怖を受けた。

〈背広を着たやつ〉広田を起用したものの、広田はもともと石屋の伜《せがれ》、広田の妻もまた貧しい家の出である。その上、広田は郷党の先輩ということで、頭山満なども親交がある。

その意味で、この平民宰相は、両刃《もろは》の剣であった。何かのきっかけで、革新を叫ぶ時代の嵐《あらし》に加担することになりかねない。「名門」たちは、その不安を隠せないでいる。

だが、それにしても……。

新首相となって帰ってきた広田に、「おめでとうございます」の声が浴びせられた。

だが、広田は、ぶすっとした表情で、ただ、「うん」というだけ。その夜おそくなって、広田は三男の正雄にはじめて天皇のお言葉の話をした。

「自分は三カ条は閣僚たちにも伝えるつもりでいる、だが、四カ条目は自分だけにいわれた言葉のように思えるから、自分の胸に秘めておきたい」

広田は、そういってから、

「それにしても、陛下は自分が草莽《そうもう》の身だからいわれたのだろうか。また陛下の御意志でいわれたものか、それとも、側近の者が陛下のお言葉を借りていったものか」

思いまどうようにしていったあと、ぽつりとつぶやいた。

「いずれにせよ、自分は五十年早く生れ過ぎたような気がする」

広田の内心のとまどいとは別に、風車はすでに廻り出していた。いや、広田自身、風車となって、はげしい回転をはじめた。

まだ首都は戒厳令下に在り、武装した兵士たちが都心を制圧していた。首相官邸は兇弾《きようだん》や犠牲者の血に汚れ、後始末がすまず、利用できない。

こうした異様に重苦しい空気の中で、広田は外相官邸を組閣本部にして、腰をすえた。吉田茂を外務大臣に起用することにし、とりあえず、組閣参謀になってもらった。二人で選んだ閣僚候補者や、近衛その他の推薦する候補者が次々に官邸にやってきた。

当時の衆議院は、民政党四四パーセント、政友会三六パーセント、無所属・小会派二〇パーセントという構成であった。

広田内閣は、性質上、それまでの数代の内閣と同様、超党派の挙国一致内閣となる。当然、主要政党からの入閣協力を必要とし、この面での折衝は、広田は吉田に任せた。

組閣の最大の焦点は、軍部大臣に在った。

陸海軍大臣は、予備役をふくめた陸海軍軍人に限られ、文官は就任できない。このため、軍部はそれまでもしばしば、結束して陸海軍大臣候補者を出すのを拒否することで、組閣を妨害し、あるいは、内閣を流産させたりしてきた。

広田に対し、海軍は協力的で、海軍大臣にはまず永野修身《おさみ》海軍大将がきまった。

問題は、陸軍大臣である。新内閣の大きな課題は、不祥事件を起した軍の粛正、つまり、粛軍にある。

広田は、杉山元《はじめ》参謀次長らと相談した。杉山は郷里に近い小倉の出身で、広田とはかねて知遇があった。

「勇猛果敢に粛軍のできる人がいい」

という広田に、杉山は、

「それなら、これまで軍の中央に因縁《いんねん》のなかった男の方がいい」

と、朝鮮軍司令官などしていた寺内寿一《ひさいち》大将の名をあげ、いたずらっぽくつけ加えていった。

「その上、彼はお坊っちゃんだしね」

世間知らずだから、広田の希望にそって、思いきった粛正もやってくれるだろうとのふくみであった。

閑院宮参謀総長、川島義之《よしゆき》前陸軍大臣、西義一《よしかず》教育総監もこの人事に賛成した。新陸軍大臣は、この陸軍三長官の一致した推薦によるという建前であり、この結果寺内も就任を承諾した。

非常時局のため一刻も早くというので、組閣工作は夜を徹して行われ、一日経《た》たぬ中に、主な閣僚リストができ上った。

だが、そのとたん、陸軍は、「広田の選んだ閣僚の何人かに怪《け》しからぬ分子がいる」と、妨害工作をはじめた。

三月六日の早朝、大臣気どりで、お坊っちゃんの寺内大将が陸軍省に登庁すると、すでに陸軍の首脳たちが会合しながら待ち受けていた。彼等の前には、好ましからざる閣僚候補のブラック・リストがあった。

吉田茂（外相）——自由主義者の重臣牧野伸顕の女婿である。

川崎卓吉（内相）——党人であるのに、内相にすえるのはけしからぬ。

小原直《なおし》（法相）——天皇機関説に対して厳格な態度をとらなかった男である。

下村海南——自由主義的な東京朝日新聞副社長である。

中島知久平《ちくへい》——軍需産業に関係があり、政党に資金を出している。

こうした候補を選ぶ広田の時局認識には大いに疑問があり、軍部は広田に同調できない。従って、寺内の入閣は辞退する——。

寺内は、その結論を持たされ、広田のところへ出かけた。ロボットであり、使い走りである。

広田は、寺内の翻意を促したが、これは寺内自身で判断できることではない。

陸軍省に戻《もど》った寺内は、新内閣の顔ぶれについて、「依然として自由主義的色彩を帯び、現状維持または消極的政策により妥協退嬰《たいえい》を事とする」という非難の声明を出した。

陸軍大臣抜きでは、内閣は成立しない。組閣は暗礁《あんしょう》にのり上げた。

こうした事態が予想されなかったわけではない。

在日アメリカ大使グルーは、外相としての広田を高く評価した一人であった。

「私にとっては、日本人の中の最善のタイプのある者よりも、さらに立派だといえる人は、世界のどこにもいないと思える。私は広田をその一人として認めたい気持がしている。もし彼が軍部に邪魔されることなく、事をなし得たら、彼はこの国をもっと安全な、公正な水路に導き入れて行くことと信じる」

と、日記に記したほどだが、広田に大命降下ときいて、また記した。

「私は大いによろこんでいる。広田は強く、安全な人間で、ある程度まで陸軍の機嫌《きげん》をとらねばならぬだろうが、対外問題については、国内のある分子を懐柔する必要はあっても、出来得る限り賢明にそれを扱うことと信じる。また彼は合衆国との友好関係を欲し、その方向に出来るだけの努力を払うことと思う。もし私自身が政府の首班を選択するものとすれば、米国の利益を念頭において、広田以上によろこんで選ぶ人間はない」

だが、そのグルーもまた、広田が吉田を外相とする顔ぶれを選んだときいて、

「それは、とりも直さず、牡牛《おうし》の前で赤い旗を振り回すことのようだ」

と、おどろき、危懼《きく》を示した。そして、事態はグルーの危懼どおりに進展したのである。

広田自身、ある程度、軍部の横槍《よこやり》は覚悟していた。だが、だからといって、はじめから軍部の気に入るような組閣をするつもりはなかった。とにかく最高のメンバーをぶつけてみたい。

広田は吉田らと相談し、その吉田をふくめ、考えられる限り最高で清新なメンバーを、自分の内閣にそろえた。軍が横槍を入れるなら、それはそれで軍の横暴を世間に見せることになるだろうとの判断であった。

だが、軍の横車は、広田の予想以上であった。不祥事件に謹慎するどころか、軍服

た。軍靴《ぐんか》で雪の首都を制圧した勢いにのるようにして、軍は背広を着た首相に襲いかかった。

その日の中にも新内閣発足かと、明るい気分の溢《あふ》れていた組閣本部の外相官邸は、一転して重苦しい空気に包まれた。しかも、そうした外相官邸の中を、山下奉文《ともゆき》、武藤章《あきら》ら軍刀をつった陸軍省の連中が、わがもの顔に歩き廻り、靴音《くつおと》を鳴らして広田に詰め寄ったりした。

官邸の窓の下には、憲兵が巡回し、門には銃剣を持った兵士が立っている。

広田は、その官邸の一室に、吉田はじめ組閣参謀たちを集めて協議した。

広田は組閣を投げ出したかった。

軍の横暴になぜ甘んじなければならぬのか。どこまでいやな思いを重ねればすむのか。

だが、すでに元老筋からは、「忍べる限り忍んで、組閣を全うするように」との強い要請が来ていた。

「軍政同然の状態の中で、しかし、文官の手で新しい内閣をつくり上げる――それだけでも、新内閣の意味がある。逆に、ここでもし断念でもすれば、今後各方面により悪い影響を与えることになる」

と諫《いさ》める声もあった。

このため、協議の結果、この際は隠忍自重して、軍の要求について納得できるものは譲歩し、人選を練り直すことになった。

再び組閣工作がはじまったが、吉田はその日限りで組閣本部を去り、二度と姿を見せなかった。奉天総領事以来の軍との張り合いが裏目に出た形で、先の天皇機関説による美濃部攻撃といい、軍をあげての執念深さを思い知らされる一件であった。

吉田の妻が、原宿の広田の家に何度もやってきて、「主人がふきげんで困ります」と訴えたが、広田としては、当面、この旧友のために打つ手はなかった。

小原、下村も入閣を辞退し、川崎が商工大臣に転ずるなどして、新しい閣僚名簿がつくられた。三月八日の深夜のことである。

広田はこれを組閣参謀や内定していた閣僚たちに示し、

「それでは、これでよろしいでしょうな」

と締めくくろうとしたとき、寺内大将が「ちょっと」と遮《さえぎ》った。

寺内はその部屋を出、山下・武藤ら軍務局員の居る別室へ行った。そして、三十分ほどして戻ってくると、

「これには、民政・政友の両党から二名ずつ大臣が入っている。これでは政党政治に

他ならない。政党出身者は各党一名ずつに限ると、軍からかねて希望していたはずであり、一名ずつに減らさぬ限り、軍は承知できない。陸軍大臣を辞退する」

寺内は、にわかにいかめしい顔になっていった。そして、それが最後通牒《つうちょう》だといわんばかりに、寺内は軍務局員らと車を列《つら》ねて陸軍省へ引き揚げて行った。

広田は唖然《あぜん》とした。

陸軍の横暴がそれほどまでとは思わなかった。天皇という神輿《みこし》をかついだ現代の荒法師たちが、内閣の中にまで、土足でおどりこんであばれ廻っている感じであった。

それも、一度ならず二度まで。

各政党出身者を一名にしようが二名にしようが、そこまで軍部に注文をつけられる筋合いはない。広田も、さすがに憤然とした。「組閣を全うするように」との要請もわかるが、もはや隠忍自重も限度だと思った。これ以上、折れ合う余地はない。

広田は、書記官長に予定していた藤沼庄平を呼んだ。その藤沼もまた、「自由主義者だから追い出せ」と、軍務局長に文句をいわれていた男であった。

藤沼は、陸軍省の寺内に電話をかけた。

「組閣遂に成らず、軍部、組閣を阻止するということを明日の新聞に発表致しますが、御承知願います」*

電話の向うで、寺内があわてた。

「きみ、ちょっと待ってくれ」

そして、何かささやき合う声があって、

「すぐ、また電話するから」

しばらくして、寺内から電話があった。

「いまから特使に持たせてやる一文に賛成してくれるなら、明日の組閣に同意する」

特使と称する武藤章中佐が声明文なるものを持ってきたのは、九日の午前一時半であった。いかにも精力的な若い中佐は、まるで敵地にのりこんできたように、眼をつり上げ、こわい顔をしていた。

持参した声明文なるものは、

〈叛乱《はんらん》については、軍部だけが原因ではない。政治が腐敗しており、政党が反省し、庶政の改革が必要である〉

といった趣旨のものであった。

広田は苦笑した。やんちゃ坊主を相手にしている感じであった。

抽象論であり、いますぐどうこうするというものではないが、広田は念のため、武藤を帰し、その声明文に手を入れて、寺内に届けさせ、ようやく話がついた。午前二時半のことであった。

そして、それから三時間後、広田は家からモーニングをとり寄せ、明治神宮へ参拝に出かけることにした。戒厳令下、まだ叛乱のほとぼりはさめていない。側近たちは反対したが、広田はきかなかった。

護衛もつけず、秘書官一人だけを連れて、広田はまだ薄暗く朝霧のこめる中を、明治神宮参道を歩き、神前にぬかずいた。組閣を報告し、加護を祈る。まわりには、ただ冷たい霧が玉砂利を濡《ぬ》らすだけで、人影もなかった。

九日夜、親任式が行われることになり、広田は大礼服に着替えた。

広田は礼服がにが手であった。「チンドン屋のようだ」といい、このときは、「まるで仁丹の広告のようだな」と、照れた。

式が終ってから簡単な初閣議。そして、外相官邸に帰ったのは、午後の十一時半過ぎであった。

多勢の友人知人、外務省や同郷の先輩後輩が待ち受けていて、祝盃《しゆくはい》を上げる。

広田の複雑な心中とは別に、だれよりも上機嫌だったのは、郷里から上京してきた八十八歳の父徳平であった。

「三十五日さん」といわれた働き者の「石屋の広徳」こと徳平は、山羊《やぎ》のように白い顎鬚《あごひげ》をなでながら、新聞記者に問われるままに語っていた。

「あれは素直な子で、一ぺんも殴ったことはなかたい。勉強が好きじゃったけん、勝手に勉強させたばっかりで、あのとき石屋ィでもしとけば、今頃《いまごろ》、相当な親方になっとったかも知れませんたい。修猷館《しゅうゆうかん》を出るとき、館長さんが、〝軍人にするか、役人にするか〟と聞かっしゃったけん、〝何でも好きなもんになりまっしょう。お国のためなら、馬ィなりと、牛ィなりと、なりまっしょう〟と返事したら、館長さんも往生してござったよ。アハハ……」

＊

広田は父親のよろこぶ姿を見て、石屋の子から出て位人臣を極めたという思いを味わった。死んだ母タケや次男の忠雄に、この姿を見せてやりたいとも思った。

だが、それはそれだけのことで、広田個人としては、宰相になったよろこびよりも、難局をどうのり切るかという緊張感の方が強かった。

だいいち、首相官邸は、壁や床が血に染まり、夥《おびただ》しい弾痕《だんこん》に見るかげもなく、とりあえず外相官邸を臨時首相官邸とする他ない始末であった。非常時ということを、広田はだれよりも身にしみて実感した。

もともと浮かれた華やかなもののきらいな広田としては、そうした時局柄《じきょくがら》もあって、いっそう自ら祝う気にはなれなかった。

郷党意識の強いと見られた広田だが、郷里福岡で開かれた祝賀会にも、ついに出席しなかった。外相就任時に結成された後援会にも御無沙汰《ごぶさた》したままである。首相就任を祝って、酒その他の祝い物が届いたが、広田はその一部に自分の金を添えて孤児院に廻《まわ》し、また菰《こも》かぶりの酒は、池袋の日雇労務者のたまりへ届けさせた。

早速、「新首相の人気とり」と、からかう新聞もあった。

「どうしてこんなことを書くのかなあ」

広田は、情けなさそうに首をかしげた。

「いつの世にも、下積みで苦しんでいる人々がある。そういう人々に眼を向けるのが、政治ではないのか。政治は理想ではないのだ」

そんな風にも、つぶやいた。

広田は、〈背広を着たやつ〉である自分が、石屋「広徳」の倅《せがれ》であったし、いまも石屋の倅であると思う。総理というのは、ただ肩書だけのことである。

孤児たちも、労務者たちも、広田には仲間であった。「名門」云々《うんぬん》の一件もあって、広田の心は、いっそう彼等を親しいものに感じていた。

それにしても、多難な門出であった。火中の栗《くり》を拾うとは、このことであった。

秘書には、三男正雄の他に、名古屋出身の新聞記者上りの男を使い、福岡からの自薦他薦の秘書候補たちをがっかりさせた。また広田は、外務省からも、秘書官などを出させなかったが、それには広田なりの配慮があった。

第二の二・二六事件が、いつ起るかも知れない。

「将来のある若者を、ぼくと運命を共にさせるわけには行かんからな」というのである。広田は、はっきり死を覚悟していた。

吉田茂が忌避されたため、広田は一月ほど外相を兼任したあと、駐華大使であった有田八郎を外相に抜擢《ばってき》した。そして、外務省を去る日、広田は高等官以上を広間に集めて別れの挨拶《あいさつ》をしたが、その中で、広田はいった。

「総理という仕事を、自分は最後の御奉公と思って引き受けました……」

人垣《ひとがき》の中から、

「あたりまえじゃないか。これ以上のポストがあるものか」

などとつぶやく声もあった。

広田の気持がわかってはいなかった。広田のいう「最後」とは、人生の最後、つまり兇弾《きようだん》に斃《たお》れるのを覚悟して、という意味であった。

広田は正雄にいった。

「自分は粛軍をやり、正邪のけじめをつける。この内閣はそれだけでいいんだ」

言葉としては簡単だが、それは深刻なはね返りを予想させる事業である。

ただ広田はそれだけはやり、そこで終っても悔いはないと思った。もしそれ以上に寿命があるならというニュアンスで、広田はつけ加えた。

「それ以外にもしやるとすれば、庶政一新で、いろいろな不平をどんどん吐き出させるようにしたい」

粛軍自体は軍内部のことに属し、統帥権独立《とうすいけん》という制約もあって、広田が直接手を下せない部分もある。だが、広田としては、できる限りの膳立《ぜんだて》をするつもりでいた。お坊っちゃんで中央に縁のない寺内を陸相に据《す》えたのが、その第一歩であった。そして、この寺内を督励し、まず大規模な処分と人事刷新を行わせた。

事件当時の陸軍次官・軍務局長・陸軍大学校長などは退官または更迭《こうてつ》となり、さらに全軍的な責任を問うとして、軍事参議官全員が辞職し、寺内ら若手三大将をのぞく大将全員が現役を退いた。そして、これに関連して、合計三千名に及ぶ大規模な人事異動が発令された。

事件の当事者については、迅速《じんそく》な軍事裁判が行われ、首謀者の将校十五名に死刑が執行された。それまでにないきびしい刑罰であった。

こうして、形としては、一応、思いきった粛軍が断行された。ただ、これを軍部が全面的に反省の意を示したためとることはできなかった。かねて軍部内に派閥争いがあり、この事件を契機に、統制派が皇道派を徹底的に締め出そうとしたことが、内部的に粛軍の大きな推進力となっていた。

粛軍の一環として、軍部現役大臣制への復帰という提案が、陸軍から出された。最初、陸海軍大臣は現役の将官に限られていたが、これでは現役軍人の発言力を絶対的なものにし過ぎるというので、大正二年、山本権兵衛内閣のとき、予備役の将官をも含めることに改めた。

それをまた、いまとなって旧の現役大臣制に戻《もど》そうという軍部の言い分は、

〈この事件の責任をとって予備役に退いた大将たちが、また大臣として復活してきては困る。それでは派閥争いが再燃するし、粛軍を徹底して遂行できなくなる〉

というものであった。

広田としては、当面、粛軍を目的としている以上、突っぱねるわけに行かない。閣議にかけると、これといった反対論もなく、また西園寺公の意見も、

「どうせ陸軍大臣のいうことをきかなければならないのなら、なるべくあっさりきいてしまったほうがいいじゃないか」

ということなので、広田は了承した。

もっとも広田はこのとき、それまで、陸軍大臣候補者は、陸軍大臣・参謀総長・教育総監という陸軍三長官の一致して推薦した者に限るという内規があったのをはずさせ、現役将官の中から総理が自由に選任できるということにさせ、寺内に承諾させた。また必要なら、予備役の適任者を現役に復帰せしめる道のあることも認めさせた。

こうすれば、組閣者の立場としては、むしろ選択が自由になるとさえいえる。広田としては、名をすて実をとった取引で、とくに軍部に屈したという印象はなかった。(このことが、軍部暴走への追随として、後年の東京裁判で弾劾《だんがい》される材料になろうなどとは、知る由《よし》もなかった。)

三月中旬、一木枢密院《すうみついん》議長が辞職し、その後任に、広田は平沼騏一郎《きいちろう》を推した。平沼は首相候補にも再三名の出たことのある政界の大物だが、右翼団体との接触があり、軍部の受けもよかった。それだけに元老や重臣筋からは忌避されていたのだが、その平沼をあえて推薦したのには、広田一流の考え方があった。

そうした人物は不遇にしておくと、かえって策動して、悪い影響をまき散らす。むしろ、責任ある地位につけてしまった方が、自重して軽挙妄動《もうどう》しないという見方である。

広田は、平沼の就任の条件として、右翼団体と一切のつながりを絶つよう約束させた。ここでも、名をすて実をとろうというのである。

首相として親しく天皇にお目にかかるようになって、広田はいろいろとおどろくことがあった。

天皇とお会いするときには、天皇との間に置かれた小机に目を落し、直接、お顔を見ないようにして話すのが、しきたりになっていた。もっとも、「名門」中の「名門」である近衛だけは、足を組んでお話しするということを、広田はきいていた。

まだ冬の寒さの残る一日、天皇は風邪《かぜ》をひいて居られたが、それでも、小机をはさんで、きちんと腰かけられた。

十畳ほどの広さの部屋には、暖房といっては、電気ストーブがひとつ置かれているだけ。そこに金盥《かなだらい》をのせ、湯気を立ててあった。

ヨーロッパの王室の生活を見ている広田には、「これでいいのかな」と、思わず首をかしげさせる光景であった。

〈この天皇には、欲とか、羨《うらや》みとか、そうした個人的な情念は、何もないのではないか〉と、打たれる思いもした。

だが、その天皇が、予算編成期の近づいた夏のある日、広田を召され、

「大元帥としての立場からいうのだが」

と前置きされて、陸海軍予算の必要額をいわれ、首相としての善処を求められた。

広田は茫然《ぼうぜん》として、お答えする言葉を知らなかった。

天皇は最後に、「国会で審議して決めるように」と、つけ足されはしたが、広田のおどろきは消えなかった。大命降下の日、「名門」についての御注意を頂いたときと同じようなとまどいを感じた。

これは、天皇御自身の御発意によるお言葉なのか。それとも、軍部が天皇のお口を借りていわせたのか。統帥権の独立というが、それがいまや行政権の頭上に立ち、天皇を通して頭ごなしに命令してくる感じであった。

粛軍が一段落すると、軍部はふたたび高姿勢に転じはじめていた。

ワシントン・ロンドンの各軍縮条約の廃棄に伴い、海軍では西太平洋の制海権確立を目標に、建艦費を中心にする膨大な予算要求を出した。これと競争するように、陸軍もまた、ソ連を仮想敵国視する形で、満州国の完成、広域国防の充実をうたって、巨額の軍事費を要求してきた。

一方、広田は広田で、新内閣のスローガンである「庶政一新」を実行するため、各省に、その線に沿う建議立案を求めた。

「庶政一新」は、粛軍の延長線上に当然浮んでくる課題であった。青年将校の蹶起《けっき》は、政党政治の腐敗堕落、大衆生活の窮乏などに端を発している。このため、この種不祥事の再発防止のためには、思いきって庶政を刷新する必要があった。

それはまた、平民宰相である広田に似合いの課題に思えた。

庶政一新とは、つまるところ、背広や作業着や野良着を着た人々の生活を充実させ、前途に希望を持たせることであり、そのために必要な改革を用意することである。

広田の掛声に応じ、各省から提出された議案は三十を越した。いずれも予算を伴い、軍事予算と合わせて編成審議されるべきものだが、件数が多過ぎて、整理の手がつけられない。

このため、広田はまず、首相・蔵相・外相・陸相・海相の五相で会議を持ち、項目を整理し、予算編成を円滑に進めるための目安とすることにした。これが、広田内閣の七大国策・十四項目と呼ばれるものである。

一、国防の充実

二、教育の刷新改善

三、中央・地方を通じる税制の整備

四、国民生活の安定

(イ)災害防除対策、(ロ)保健施設の拡充、(ハ)農漁村経済の更生振興および中小商工業の振興

五、産業の統制化

(イ)電力の統制強化、(ロ)液体燃料および鉄鋼の自給、(ハ)繊維資源の確保、(ニ)貿易の助長および統制、(ホ)航空および海運事業の振興、(ヘ)邦人の海外発展助長等

六、対満重要国策の確立、移民政策および投資の助長等

七、行政機構の整備改善

一方、陸海軍は、お互いに競争し合うばかりではというので、いわば縄《なわ》ばりを分け合うような形での国策大綱案なるものをつくり、これが外交とも関連のあるところから、外務省事務当局を加えて練り直し、「国策の基準」とした。

たとえば、「国策の基準」一の(三)には、陸軍の主張をとり上げ、

「(三)満州国の健全なる発達と日満国防の安固を期し、北方蘇《ソ》国の脅威を除去すると共に英米に備え、日満支三国の緊密なる提携を具現してわが経済的発展を策するをもって大陸に対する政策の基調とす」

続いて、

「㈣南方海洋殊《こと》に外南洋方面に対しわが民族的経済発展を策し、努めて他国に対する刺戟《しげき》を避けつつ漸進的平和的手段によりわが勢力の進出を計り、もって満州国の完成と相俟《あいま》って国力の充実強化を期す」

と、南進論の海軍の顔を立てる。

これに見合って、国防軍備整備の目安として、

「(イ) 陸軍軍備は蘇国の極東に使用し得る兵力に対抗するを目途とし、特にその在極東兵力に対し開戦初頭一撃を加え得る如く在満兵力を充実す」

「(ロ) 海軍軍備は米国海軍に対し西太平洋の制海権を確保するに足る兵力を整備充実す」

と、並記した。

これとともに、三省の事務当局で外交方針案も作成したが、これはそれまでの三省の主張を寄せ集めたもので、とくに目新しいものではない。

この両案は「極秘」として五相会議にかけられ確認を得た。他の閣僚も、予算編成上の参考程度のものと理解していた。つまり、これらは各省の言い分を合わせた一種の作文であり、予算審議のためのたたき台であった。

「庶政一新」という新しい看板をかかげたことでもあり、また膨大な軍事予算を整理

するためにも、在来のやり方では収拾がつかなくなる。審議の大枠《おおわく》というか、原則という程度に理解された。

こうした発想は、外相当時の広田の「対華三原則」と共通している。それぞればらばらに出先にひきずられるのでなく、ある程度のことをいわせておいた上で、原則なり基準なりという大枠をはめておこうという考え方でもある。

もっとも、広田は、七大国策の中、とくに直接「庶政一新」に関係のありそうな事項については、真剣にとり組んだ。

たとえば、教育の刷新改善。義務教育年限を六年から八年に延ばそうというもので、翌昭和十二年から実施することにした。また、地方財政立て直しのため、地方財政調整交付金制度を設ける。

経済関係では、豊富で低廉《ていれん》な電力が産業に寄与するし、国民の福祉増進にも役立つとして、その確保のため、発送電事業を国営に移す。その他、農村負債整理計画、災害共済保険制度の充実、母子保護法の制定など、下積みの人々に目を向けた政策を揃《そろ》えた。

そして、各省を急がせて法案を整備し、予算の裏づけをとり、国会審議を待つばかりの態勢を整えた。

こうした新規事業もあって、国家予算は総額約二十八億と前年比二二パーセント増の大型となり、外交にも内政にも「積極」という言葉が頻繁《ひんぱん》に使われる風潮となった。

「積極外交」については、軍には軍の思惑《おもわく》があったであろうが、広田は、欧米などに対するという関係は変らず、ソ連と中国に対するそれまでの一般的な政策をスピードアップするという意味に定義した。「積極」という名で軍の期待を満たし、実質的には、たとえば対中国関係は先の対華三原則に沿って改善をはかるという目算であった。

広田は、こうした自分の姿勢について、親しい部下に次のように漏らしたことがある。

「軍部は野放しのあばれ馬だ。それをとめようと真向《まっこう》から立ちふさがれば、蹴殺《けころ》される。といって、そのままにしておけば、何をするかわからん。だから、正面からとめようとしてはだめで、横からとびのって、ある程度思うままに寄せて、抑えて行く他《ほか》はない」

そういってから、広田はにがい顔で笑い、

「もっとも、この馬には鞍《くら》もなく、とびのるのがたいへんだし、裸馬だから、いつ振り落されるかも知れん。しかし誰かがやらなくちゃいかん。そう思って、自分はとびのったのだ」

広田が首相になってからも、妻の静子は相変らずパーティなど晴れがましい席にはめったに顔を出さず、ひっそり邸《やしき》を守っていた。

ピアノを教える女教師がきて、娘たちのひくピアノの音が、ひととき官邸の庭に流れる。夏の暑い日など、静子はレッスンの間中、団扇《うちわ》で女教師の背に風を送り続けた。どこにも首相夫人という肩書を感じさせない静子であった。

首相になってからも、柔道踊り・朝風呂《あさぶろ》からはじまる広田の日課は変らない。来客は多くなったが、はじめての客は、外交官出身の新首相が、鉈豆煙管《なたまめぎせる》で刻み煙草《たばこ》を吸うのにびっくりする。煙草盆の小抽斗《こひきだし》から、広田はゆっくりした手つきで刻み煙草をとり出し、煙管につめて、マッチをする。ときには、指先で器用にこよりをひねって、煙管を掃除した。それが板についていた。

夕食の席には、晩酌《ばんしゃく》の日本酒が一本。寡黙《かもく》と見られる広田も、家族の中ではよくしゃべった。

「まず一杯のみながらどうだ」

と、息子たちと一本の酒を分け合うこともあった。

夕食が終ると、広田は玄関脇《わき》の部屋へ出かけ、「やらないか」と、護衛の警官たちをけしかける。そして、警官たちが碁を打つのを横から観戦し、日曜日などは半日近く玄関脇へ入りこんでいることもあった。

子供たちのトランプあそびも、横でにこにこしながら眺《なが》めているが、自分は加わろうとしない。そして、ひとりでカードを並べ、「ああ、だめだった」などとつぶやきながら、ペイシェンスをくり返した。

週末になると、格別の用がない限り、一家はとび立つように鵠沼《くげぬま》の別荘へ戻《もど》った。鵠沼の家は近くを走る小田急の音がうるさいので、どこか近くの別のところへ移ろうと、土地を探した。

片瀬山に恰好《かっこう》の土地があった。だが、その地主が、「広田さんなら、坪十円でいい」といったので、広田はとりやめた。広田は、十五、六円する土地ときいていた。

広田は息子たちにいった。

「政治家が土地を買うときは、よほど注意しなくちゃいかん。安かったら、絶対買っちゃいけない」

次に、竜口寺の裏山に、静かな土地が見つかったが、ただ水道が通っていなかった。すると、市が、「広田閣下が住まわれるなら、すぐ水道を引く」といった。

広田はそれをきいて、また買うのをやめ、結局、土地さがしを断念し、古い別荘に建て増しをはじめた。来客や護衛などで、二十人にも人数がふえることもあるので、結局、増築は二度も行う始末であった。

広田は、工事ができ上って行くのを見るのがたのしみで、朝とことこ出ていっては、じっと見ている。夕方には、大工の小屋へ入りこんで、いっしょにのんだりする。

「あちらが窮屈だから、行ってはだめですよ」

と、その度に、静子がはらはらしていた。

その別荘で、広田は日曜の午後を、きまって新聞記者たちとの話し合いに当てた。東京では、あわただしくて、じっくり話ができないが、ここなら、だれにも邪魔されない。お互いに腹蔵なく話し合おうというのである。広田の方で別に記者の選《よ》り好みをするわけでなく、各新聞社が交互に当番の記者を出していた。

気候のよいときは、庭に椅子《いす》を持ち出し、緑陰清話としゃれることもあるが、ふつうは座敷で向い合う。広田は和服を着、膝《ひざ》に両手をのせて端坐《たんざ》した。そして、二時間でも三時間でも納得の行くまで話す。

松風の音の中で、首相を相手に、率直に、何のケレン味もなく、天下国家を論じ合う——それは、記者たちの心を洗う時間ともなった。

帰る途中、記者たちは、

「風が体の中を吹き抜けるみたいだ」

「まるで中国の隠士と話している感じだ」

などといい、また鵠沼の別荘へ来るのをたのしみにした。

もっとも、口の悪い記者たちのことである。別荘などといわず、「掘立小屋」と呼ぶ者も居た。増築したとはいっても、それは首相の別荘というには、あまりにも質素過ぎたためである。

「政治家は金をばらまかなけりゃだめですよ」

と、広田に忠告めかしていう記者もあったが、広田はきき流した。

広田には政治資金がなく、また、それを求めようとしなかった。資金を求めることは、広田の倫理観が許さぬし、また「自ら計らわぬ」生き方に反することにもなる。

広田は、生涯《しょうがい》ただ一度だけ資金集めを手伝ったが、それは福岡にアジアの留学生の寄宿舎をつくる動きが出たときで、広田ははじめて自分の名刺を持たせ、めぼしい実業家を廻《まわ》らせた。

このとき、たとえば三井では、すぐ希望する金額の倍額を出した。「広田さんからお金の無心をされたのは、はじめてだから」といって。

広田はよく娘たちを連れ、あるいは静子といっしょに海岸まで散歩に出た。

「ママ、散歩に行くか」

「はい、あんさま」

静子は広田を、福岡弁で「あんさま」(あなたさま)と呼んでいた。

まだ娘たちが幼なかったころ、

「ママたち、レンアイ?」

と訊《き》かれ、照れくさそうに、それでもにっこりうなずいた二人。そのままずっと互いに歳《とし》を重ねて、いま広田五十九歳、静子五十二歳。仲のよい平凡な初老の夫婦の散歩姿であった。

砂地にひろがる小松林を縫い、海岸に出ると、すぐ先に、椀《わん》を伏せたような江の島が浮んでいる。新郎の広田が、新妻に貝細工の指輪を買ってやった思い出の島である。その後、広田はオランダ公使から戻るとき、ダイヤの指輪を買ってきたが、その指輪は、いつも静子の指に光っていた。

風の中でそのダイヤを見ると、広田には、オランダの風車の音がきこえてくるような気がする。そして、大きな風の中でいまは風車となって廻り続けねばならぬわが身を思いやった。

遠い目で水平線を見ている広田に気づき、静子は何とはなしに不安になる。このまま鵠沼に居て、もう二度と永田町の官邸へは戻りたくない衝動を感ずる。
だが、もちろん静子はそれを口に出せない。
初老の夫婦は寄り添うようにして、砂をまく風の中で黙って佇《たたず》んでいた。

後年、広田ばかりか、日本の運命に暗いかげを投げかけることになる計画のひとつが、このころ、はるかなドイツで着々進められていた。それは、外交交渉でありながら、統帥権《とうすいけん》独立のヴェールにかくれ、広田も外務省当局も、かなり具体化するまで知らされていなかった。

話はドイツの武器商人の仲介で、ナチスの要人が在ベルリンの大使館付武官大島浩《ひろし》少将に持ちかけるという形ではじまった。大使館付とはいっても、日本の陸海軍武官たちはそれぞれ別に武官府という事務所を持ち、大使の目の届かぬ存在になっていた。

話の要旨は、ドイツと日本は置かれた国際環境がよく似ており、また、共にソ連に脅威を感じている。従って、両国で何らかの友好関係を結び、互いにソ連を背後から牽制《けんせい》することで、ソ連の脅威に対抗しようというものである。

陸相をつとめた父親が若い日ドイツに駐在していたこともあって、大島はドイツびいきではあったが、この協定は、ドイツ側に有利でも日本に得る所は少ないと、大島ははじめは乗気でなかった。だが、ドイツ側の熱意に押されて参謀本部にとりつぎ、接触をくり返している中、話がかたまってきた。

ドイツ側の希望する軍事同盟などでなく、一国がソ連から攻撃されたとき、他の一国はソ連を有利ならしめるような行動をとらないようにしようという防禦《ぼうぎょ》同盟的なもの。それも、表面には出さず、またソ連の名を避け、コミンテルンの浸透に対し情報蒐集《しゅうしゅう》などで協力し合って防ごうという防共協定という形をとることにした。

外務省がこの交渉を知り、事情説明を陸軍に強硬に求めたときは、大島が交渉をはじめて半年以上も経《た》ち、すでに話が相当程度、煮つまっていた。

外務省は当惑した。担当の東郷茂徳《しげのり》欧米局長は反対。しかし、有田外相は、「薄い墨で書く程度のつながりなら」ということで、賛成した。

武者小路駐独大使あて、五月はじめに出された訓電にいう。

「日独関係は諸般の事情よりこれを緊密にする必要あり。もしドイツ側において希望するなら、貴大使御出発前お話しした通り、さし当り両国間に事項を限定せずして、漠然《ばくぜん》たる約束をしておくこと時宜に適す」と。

共産主義の浸透を防ぐということが、自明の国是のようにされていた時代であった。

また、満州事変以後、関東軍の動きに備える意味もあって、ソ連側は極東兵力を事変前の三倍近くに増強、国境には軍事施設の構築が目立つなど、いわゆる「北の脅威」が増大していることも、事実であった。さらにまた、国際連盟脱退以後、世界の孤児となった日本には、孤立感から脱却して安心を得たいという国民感情もあった。

首相広田のところへは、寺内陸相・有田外相の二人がそろってやってきて、ある程度まとまったこの話を持ち出した。

「仮に協定を結ぶとしても、当のソ連はじめ他国に刺戟《しげき》を与えるものであってはいけない。絶対に戦争を予想してはいかんし、また戦争という言葉を使うこともいけない。それに防共を趣旨とするなら、イギリスなどにも呼びかけて、加盟させるように努力すべきである」

と、広田はいった。

陸軍は、イギリスとの協定工作には反対であったが、外務省は強硬にイギリスとの交渉を要求して譲らず、お膳立《ぜんだて》は軍部で進めても、協定締結は外務省の仕事であるだけに、ついに軍部も折れた。

フランスはドイツと犬猿《けんえん》の仲なので避け、オランダ、ベルギーからギリシャあたりにまで、この協定に参加する気はないか、駐在大公使に打診するよう訓令を出した。

同時に、各国の反応を心配し、駐在大公使にそれぞれ意見を具申するように命じた。

もちろん、最大の期待は、イギリスの参加に在った。

だが、イギリスは動かなかった。というより、まず、イギリス駐在の日本大使が動こうとせず、逆に、真向から防共協定に反対する旨の長文の電報を打ち返してきた。

この本省の訓電を無視した駐英大使は、吉田茂であった。

軍部の妨害のため、外相を断念させられた吉田のため、広田は、異例の人事だが、駐英大使のポストを用意した。

駐英大使は、当時、大公使中、トップの序列にあるばかりでなく、貴族的な空気の好きな吉田には、イギリスはいちばん肌《はだ》に合う世界の「名門国」でもあった。

吉田は、広田の心づかいを受け入れて赴任した。ロンドンでは、いやな軍部の顔を見ることもない。葉巻をくゆらせ、悠々《ゆうゆう》と大物大使生活をエンジョイしていた。

その吉田の目から見れば、ヒットラーのドイツや、ムッソリーニのイタリヤは、成り上り者ののさばる新興国である。吉田は価値も認めなければ、信頼もしていなかった。

へ彼等は現状打破を叫び、世界の新秩序建設などと、反英米の色彩が濃い。だが、英米の持つ資源・経済力・軍事力などは圧倒的であって、ドイツなど問題にならない。

そのドイツと組めば、損得勘定からいっても、日本の得る所はない。むしろ、日本の外交の柔軟性を残すべきなのに、なぜ協定を、それも軍部の音頭とりで結ぶのか。いまは薄墨色の協定でも、いつかは政治的・軍事的に深められて行く。そんなばかな話を、おかしくって、イギリス相手にとりつげるものか〉

という吉田の考え方であった。

参謀本部からの命令で、駐英大使館付武官の辰巳《たつみ》栄一中佐が吉田説得に当ったが、逆に吉田に説き伏せられてしまった。このため、大島武官がわざわざドイツからイギリスに出向き、長時間にわたって吉田に談じこんだが、けんか別れに終った。

そのあとの晩餐《ばんさん》の情景を、辰巳中佐は伝える。

「吉田さんは、それまで三時間もむずかしい会談をしていたなんてどこ吹く風でニコニコとよもやま話をされているのに対し、大島さんは、それこそ苦虫をかみつぶしたような顔で、『辰巳君、オレはあす帰る』というんですね。わたしは、せっかくロンドンに来られたんですから、あらためて武官府で食事でも——とすすめたんですが、『いや、オレは帰る』ときかないんです。仕方がないので電話で飛行機のキップを予約したんですが、大島さんは翌朝、サッサとベルリンへ帰られましたよ。

大島さんが帰られたあと、わたしは吉田さんに『どうでした』とうかがったら、

『君に話したのと同じさ』というご返事だったが、『あれはだいぶドイツにカブれているなあ』と言われたのが印象的でした」＊

仮に吉田が動いたとしても、イギリスののってくる可能性は少なかった。事実、その後、イギリス外相は、反共産ブロックの形成には反対の旨《むね》、議会で述べている。

外務省は、しかしこの協定に参加させることが不可能だとしても、中国におけるイギリス権益尊重などをうたい、イギリスとの友好関係を確保する何らかの協定を結ぼうとし、吉田大使に訓令を出したのだが、吉田はイギリス側に声ひとつかけなかった。大物大使の手によるにぎりつぶしに遭っては、外務省としては、イギリスに対する工作を見送る他なかった。

こうして、イギリスとの友好保持に賭《か》けた広田の期待は、旧友を起用しておいたことがかえって仇《あだ》となって、きっかけさえつかむことができず、消失した。そして防共協定は、吉田の危懼《きく》どおり、日独伊三国だけの軍事同盟に向って傾斜して行くことになった。

広田は外相時代、省内の若い人を集めて話をしたとき、

「いまは外交といっても、陸軍とどういう風にかかわって行くかということしか、や

ることがない。自分が心を砕くのも、そこに在る」

と打ち明け、しんとさせた。

首相となってからも、外交は一応有田に任せたものの、同じ思いを味わうことに変りはなかった。

このころ、懸案であった日ソ漁業協定（期限八年）が、辛抱強い折衝の結果、ようやく妥協を見、仮調印の運びとなった。

ところが、たまたまソ連側は防共協定の動きを知り、にわかに態度を硬化させ、調印を拒否してしまった。外交上の努力は一気に御破算になり、漁業関係者は大きな衝撃を受けた。

広田や有田は、防共協定の意図を釈明するなど、けんめいにソ連側に働きかけた。

その結果、ソ連側は、一年ごとの暫定《ざんてい》取り決めなら応ずるということになり、辛うじて話をまとめることができた（一年ごとの暫定協定形式は今日まで続いている）。

これも、広い意味での軍の尻《しり》ぬぐいである。

一方、中国に対しては、積極的に国交調整をはかることにし、そのためには、軍が北支につくった自治政権の解消が前提になるとし、軍に対して説得をはじめた。

ところが、こうした外務省の努力を嘲笑《ちょうしょう》するように、関東軍は内蒙古で、また別の自治政権擁立の策謀にかかった。

関東軍の田中隆吉《りゆうきち》大佐が指揮し、板垣参謀長が後ろ楯《だて》になり、徳王をかついで軍を起したのだが、この傀儡軍《かいらいぐん》は十一月二十四日、綏遠《すいえん》で中国軍のために惨敗《ざんぱい》してしまった。

このため、排日運動はいよいよ勢いを得て燃え上り、国民政府も硬化し、ここでも、外務省の積み上げてきた努力が、水の泡《あわ》になった。

この年の秋、巨額の工費と十九年の歳月をかけた国会議事堂が完成した。官庁街を見下ろし、白くそびえ立つ巨大な殿堂は、議会制国家の新しい象徴であった。そして、背広の似合う男広田が、この殿堂に最初に登壇する首相となった。だが、議会制民主主義そのものをゆさぶる暗い影が、すでにこの殿堂にも入りこんでいた。

昭和十二年度の予算案が上程されるに当って、広田はいった。

「これが最善の案かどうか、よく審議して頂きたい」

議員たちの間からは、失笑が漏れた。

彼等の耳には、率直というより、失言に近い幼稚な言い方にきこえた。政府提出の予算案は、当然、最善のものであるべきである。それを自ら、「最善のものかどうか」と、へり下る必要はない、と。

笑った議員たちには、広田がその言葉にこめたニュアンスがわからなかった。天皇の口から申し渡された軍事予算、これが国家予算の半ばに近い。そうした制約の下につくられた予算案を、「最善の案」といいきって提出するには、広田にはためらいがあった。気が重くもあった。

だからこそ、国会で徹底的に洗い直し、最善でなければ組み替えるぐらいの気持で審議してほしい。場合によっては、阻止され流産になってもいいという気持さえあった。

国会での火の手は、別の方角から上ってきた。

先に広田内閣の七大国策がつくられたが、その最後の「行政機構の整備改善」は、とくに寺内陸相の強い要求で、後からつけ加えられたものであった。庶政一新をはかるとしても、窓口となる行政機構が旧態依然のままでは困る。まず行政機構の改善をはかるべきだという要請である。

一応、もっともな言い分なので、広田は七大国策の最後に加えたが、そのとき、広田は寺内に「陸軍には具体的に何か意見があるのか」と訊《たず》ねたが、寺内は即答しなかった。

もともと、この七大国策の中には、軍の要請によって織りこまれたものが少なくない。

広田は「財界に急激な変動を起さぬように」との天皇のお言葉もあることであり、こうした項目については、特別委員会や調査会を設け、ゆっくり時間をかけて研究調査からはじめるという形で、意識的に実施をひきのばす作戦をとった。

こういう広田を見て、「広田内閣は何もやらない」と非難する声もあったが、その点、西園寺《さいおんじ》は広田の本心をよく見抜いていた。

「斎藤も岡田もいずれもまあぐずぐずやっておると言われた。広田もやはりそう言われるだろうが、自分はもしそういう革新派の連中がかれこれ言うんなら、そんなら一つ軍部と喧嘩《けんか》でもしてやる気がそういう連中にあるかといえば、それだけの気力のある者はない。また喧嘩する気でやる内閣が出なければ結局駄目《だめ》だろうが、今はそういうものはとても出ない。だからまあやっぱり広田のやっておるように持って行くより致し方あるまい。結局喧嘩すれば憲法なんか飛んで行ってしまう。今でも半分ぐらい飛んでいるんだから、何と言われても、まあゆっくりだんだんにやって行くより致し方あるまい」*

だが、軍はこれにしびれをきらすようにして、九月の末、陸海軍大臣が連れ立って、「行政機構改革共同意見書」なるものを、広田に突きつけてきた。

それは、陸軍省の佐藤賢了政策班長が起案したもので、国策統合機関の設置、外務・拓務両省の統合、農林・商工両省の統合、内務省の改組など、「根本的刷新」と自ら称するに足るきびしい改革要求を列挙した上、立法機関である議会制度についてまで、

「国運の進展ならびに議会の現状に鑑《かんが》み、議会法、選挙法を改正し議会を刷新す」

との要求をかかげていた。

これは、軍部が議会権限の縮小をたくらむものとして、各政党を強く刺戟し、軍部批判の声が強まった。

こうした中で、昭和十二年一月二十一日、第七十議会が再開された。そして、政友会の浜田国松代議士が、雛壇《ひなだん》にいる寺内陸相をにらみつけながら、軍部を痛烈に攻撃する演説を行なった。

寺内陸相は、就任早々の第六十九議会においても、民政党の斎藤隆夫代議士からはげしい軍部弾劾《だんがい》の演説をあびせられていた。

ただ、このときは、二・二六事件直後であり、寺内は一言もなく、ただ針の筵《むしろ》に坐《すわ》

らされる思いに耐えるばかりであった。

そのとき以来、政党政治に対する反感が、寺内の中では内攻していた。いまはすでに粛軍を終っている。むしろ政党こそ何の反省も刷新もしていないという思いがあり、この坊っちゃん陸相は浜田代議士にくってかかった。

「軍人に対しいささか侮辱されるような感じのするお言葉がある」

と。

一種、すごみをきかせた形であったが、これがまた代議士たちには、言論を封殺しにかかる高姿勢に映った。

浜田はすぐやり返した。

「どこが侮辱されているか。……私のいかなる言辞が軍を侮辱したか、事実を挙げなさい」

寺内は返事に窮し、

「侮辱するが如《ごと》く聞える」

と、いい直した。すると、浜田はまたその言葉をとらえ、たたみかけた。

「侮辱したことをいうたと最初にいっておいて、今度は侮辱にあたるような疑いのあるというところまでとぼけてきた」

と、その無責任さを責め、

「速記録を調べて僕が軍隊を侮辱した言葉があったら割腹して君に謝する。なかったら、君割腹せよ」

と、はげしく詰め寄った。

議論の上では、明らかに寺内の負けであった。

だが、このあと、事態の収拾をはかろうとする広田に、寺内は、政党が時局について認識不足であるとして、国会の解散を要求。さもなければ、陸軍大臣を辞職するといきまき、広田の説得にも応じようとしない。

広田としては、国会を解散する理由も意志もなかった。そして、くり返し解散を要求してくる寺内をはねつけ、閣内不統一を理由に、内閣総辞職を行うこととなった。

総辞職によって、国会上程中の議案は、審議未了となった。電力国営法案、地方財政調整交付金法案など、いずれも持ち越されて、次の内閣で実現を見ることになる。

義務教育年限の延長も、持ち越された。

だが同時に、巨額の軍事費を中心とする国家予算もまた、広田内閣の手で成立させることなく終った。そのことで気の重かった広田は、知人ににが笑いしてつぶやいた。

「とにかく、あの予算をつぶす結果にはなったよ」

新しい内閣で、本当に最善の案かどうか、もう一度練り直してくれと、いいたい気持であった。

広田内閣の最後の置土産となったのは、文化勲章の制定である。

あるとき夕餉《ゆうげ》の席で子供たちと話しているとき、「軍人や役人ばかり勲章をもらうのはおかしい。学者や芸術家にも、別の勲章を上げていいのに」と、正雄がいった。ときどき突飛なことをいう正雄だが、広田はなるほどと思った。

それまでの勲章は、軍人・官僚・政治家などの占有物といってよく、しかも勲章の等級を人間の価値尺度とするような歪《ゆが》んだ世界を生んできている。少しでも上の勲章欲しさに、軍人たちは暗躍したし、広田の身近な官僚の世界でも、似たようなことが多かった。幣原の勲三等事件なども、そうした空気の産物であった。

「武」や「吏」の世界だけでなく、「文化」の世界だけに別の勲章を出す。しかも、等級のない勲章を——。それは、暗黙の裡《うち》に、それまでの「武」中心の世界を牽制《けんせい》することになり、人心を新しくするのに役立つはずである。

また、等級を一切設けないことも、それまでの勲章の世界に安住している人間たちへの無言の批判となるであろう。

広田は賞勲局に命じ、この「文化」のため勲章制定に意欲的に動いた。当然、勲章を占有視している軍部の妨害が予想されたが、広田は、何が何でも実現しようと思った。

このため、ぐずといわれている広田だが、いち早く参内《さんだい》して天皇に御説明し、御内意を得た上で閣議にかけるという強行手段に訴えた。

天皇はよろこんで賛成された。

「政治上のことでないから、自分の意見を述べてもよいだろう」

といわれ、リボンの結びの桜について、

「桜は軍人がいろいろ用いているから、右近の橘《たちばな》、左近の桜だから、橘にしたらよかろう」

とのアイデアを出された。

広田は、そのお言葉を心の中で何度もくり返した。

天皇はまた、「文化は永遠であり、散りぎわの美しさを示す桜で代表させるべきではない」という意味のこともいわれた。

こうして、白く簡素な橘の花が、文化勲章に用いられることになった。

もっとも、文化勲章の発表を二月十一日に予定していたため、内閣総辞職により広田は自らの手で発表する機会を失ったが、広田はそれでも満足であった。

首相を退いた広田は、とぶようにして鵠沼《くげぬま》の別荘へ帰り、以後、よほどの用がない限り、東京へは出なかった。

風の吹き止《や》んだ後の風車。もはや、永遠の昼寝の心境である。かつて一度はその生活に入ろうとしたのだが、すべての党派や立場にわずらわされずに時局を眺《なが》め考える人間の暮しをしたいと思った。

国士でも、隠士でも、浪士でもいい。風の中の羽毛のように軽やかな生活だけが、望みであった。

このため広田は、

「位階勲等のすべてを返上したい。恩給もまた返上したい」

と、申し出た。

「恩給まで返して、どうして食って行くのか」

といわれ、広田は、

「もしできることなら、どこかの田舎の学校の先生をしたい。それもだめなら、習字でも教えて生活する」

と、まじめに答えた。

小松林の中の「掘立小屋」で、子供相手に手習いの師匠となって暮す。「五十年早く生れ過ぎた」などと悔む生活に比べれば、わるくはない。

だが、返上の希望は受け入れられなかった。前首相のそうした行動は、無用な臆測《おくそく》を生み、時節柄、穏当でないというのだ。

このため広田は、平凡な恩給生活者として老後を送ることとなった。

七　章

後継内閣の首班に、軍部は近衛《このえ》を希望した。「近衛以外に人なし」という熱の入れ方であった。

当の近衛もまた、「大命が出たら、死んでもやらなくちゃいかん」などと表面では元気なことをいっていたが、その実、首相奏薦の実際の根廻《ねまわ》し役である木戸や原田に対しては、「どうか自分を出さないでくれ。絶対に自分は困る」と、たのみこんでいた。

こうした事情もあって、後継内閣首班には、宇垣一成《かずしげ》陸軍大将が奏薦された。

宇垣は浜口内閣の陸相や、朝鮮総督をつとめ、政治的手腕もあり、軍人の中では穏健な考え方の持主で、政界上層部にも信頼を持たれていた。

だが、軍部、ことに磯谷《いそがい》（廉）軍務局長、佐藤（賢）政策班長、中島今朝吾《けさご》憲兵司令官など軍中央の幕僚たちは、はげしく宇垣に反発した。

宇垣が陸相当時、三月事件（クーデター未遂）について厳重な処分を怠り、それが以後、クーデター事件を誘発させることになったという言い分だが、その底には、宇垣が、大正十四年、四個師団を整理した当事者であり、軍人でありながら軍縮を考えるけしからん政治的人間だという反感があった。

磯谷らは、伊豆長岡から上京する宇垣の車を品川付近で待ち伏せてとらえ、宇垣に大命を拝辞するように迫った。

だが、すでに天皇のお召しを受けたことであり、宇垣は彼等の進言を斥《しりぞ》けた。そして、組閣工作に入ろうとして、壁にぶつかった。陸軍が大臣を出そうとしないのだ。

「陸軍三長官で三人の候補者を選んで交渉してみたが、だれも受けたくないといっている」

というのが、陸軍の言い分であった。

宇垣がその三人以外の候補者の名をあげると、「停年近いからだめだ」と、はねつける。広田と寺内のとりきめた軍部現役大臣制を早速、悪用してきたのだ。

広田はこれをきくと、早速、人を出して、宇垣に助言した。

「陸軍大臣は、三長官の推薦によらなくとも、首相が選んでいい約束になっている」

と。

宇垣は、この助言に励まされ、立ち直った。そして、宮内大臣に会い、

「宇垣の選ぶ陸相候補者を陛下が親しく任命なさるようにして頂きたい。もし、それがだめなら、宇垣の陸相兼摂ということで、陛下のお認めを頂きたい」

だが、宮内大臣は首を縦にふらなかった。

「それは前例のないことであり、そこまで陛下をわずらわされてはおそれ多い」

こうして宇垣は、天皇のお召しを受けながら、天皇の股肱《ここう》である軍人たちに阻《はば》まれ、組閣を断念させられた。

温厚な近衛も、さすがにこのときは腹にすえかね、寺内に書き送った。

「政策に就いて是非を論ずる場合ならいざ知らず、大命降下の後において大命を承れる人その者を拒否するというのは大義の上において甚《はなは》だ穏かならざるよう存ぜられ候。無論こういうは別に宇垣内閣の成立を希望するという意味にては無之《これなく》、賛否を論ぜず、好悪《こうお》に拘《かかわ》らず、国体の上より大権を仰ぎ大義を論じ候《そうろう》のみ。凡《およ》そ国家大義名分より重

きはなし。もし今ここに僅《わず》かの汚点を印する時は将来或《あるい》は上下顚倒《てんとう》、秩序紊乱《びんらん》の勢を馴致《じゅんち》せんこと深憂に堪えず」*

こうした状況では、軍部の気に入りの人間しか、現実に内閣を組織することができない。

このため、陸軍大将林銑十郎《せんじゅうろう》が次期首班となった。

林内閣は、軍人内閣であるだけでなく、軍部内閣であった。内閣の最大の課題は、前内閣での寺内以来、軍が狙《ねら》っていたことだが、政党政治に一大打撃を加えることであった。

このため、予算案が通過すると、林はいきなり議会を解散した。解散は、政党の泣き所である。しかも、準備の隙《すき》を与えず、理由も気配もない解散なので、政友・民政などの政党では、大さわぎとなった。

これに対し軍部は、昭和会を御用政党として全面的にバックアップし、一方では、広田と同郷の中野正剛《せいごう》が「全体主義に則《のっと》る」ことを綱領とする東方会を組織し、前議員など二十名を公認とし、既成政党排撃を唱えて打って出た。

中野は、広田内閣当時、「東亜の安危をにない世界の平和に寄与するの一大精神が充実して居れば」、出兵も干渉も構わぬという考え方から、広田が「欧米依存の範を示し―「非常時の肉薄に直面することを避けて、もっぱらこれを逃避せん」*とするものであるなどと、きびしい論難をくり返していたが、この選挙の結果、前回より約一割の得票を失った（それでも、福岡一区では最高点であった）。そして、東方会からは十一名の当選にとどまった。

また、軍部が期待をかけた昭和会は一向にふるわずわずかに二十議席、逆に政友・民政両党が百七十、百九十と、ほぼ現状を維持した上、軍部に対し批判的であった社会民主主義の社会大衆党が三十七名獲得という躍進ぶりを示した。

このため、林内閣は、国会運営の自信を失った。そして、無責任にも、国会で衝突を避け、早々に五月の末、総辞職してしまった。「食い逃げ内閣」といわれる所以《ゆえん》である。

後継首班候補者は、皆無といってよい状態であった。ひとり近衛を除いては。

軍部はもちろん、近衛を望んだ。

近衛は早くから現状打破を唱える国家革新思想の持主であり、軍部と共鳴する積極主義論者である。また、名門中の名門の出であり、長身美男の宰相として、国民的人気も圧倒的となるはずである。軍部としては、この近衛を担《かつ》ぐことで民心を操縦し、軍部の意図をよりよく実現できるという野心もあった。

もし近衛以外というなら、軍は杉山陸相の登用を望んだ。ここで軍人を首相に出さないと、選挙の結果、軍が政党に屈伏したという印象を内外に与えるという理由からである。

陸軍大臣が首相になられたのでは、いよいよ軍部独裁への道を開くことになる。このため、元老や重臣筋は近衛説得につとめ、近衛もはじめは辞退していたが、すでにこれまでも再三わがままを通して辞退したことであり、また宇垣内閣流産のときには、憤激して大命の重大さを説いたいきさつもあり、ついに、首相を引き受けることになった。

陸軍は、近衛を「軍をあげて応援する」といったが、組閣がはじまると、早速、大蔵大臣の人選などについて注文してきた。そして、近衛の推す候補と陸軍の推す候補がもみ合う形になり、結局、そのいずれでもなく、大蔵官僚である賀屋《かや》興宣《おきのり》の登用となった。

いちばん注目されたのは、外務大臣の人選であった。

近衛は最初、外相には永井柳太郎をと考えた。だが、国際関係が極めて微妙である上、軍部との摩擦も予想される状況のところへ、外交政治家として未知数の永井ではという不安が元老筋に強く、近衛もまた自信がもてなくなった。そのあげく、この際、安心感を持って外交を委《ゆだ》ねられるのは広田しか居ないという声が、強くなった。近衛もまた広田を希望するようになり、広田以外に外相候補は考えられぬという空気になった。

広田説得がはじまった。広田を最終的に動かしたのは、元老西園寺《さいおんじ》の意見を受けた原田の説得であった。

原田はいった。

「公爵《こうしゃく》も外交のことは非常に心配しておられるし、近衛公もぜひ貴下の御奮発を願いたいと言っておられるようだから、どうかこの際一つ御承諾願いたい。そして願わくば春秋に富む近衛公を援《たす》けて、非常な不評判、非常な失敗なしにぜひなんとか責任を全うさせてやってもらいたい＊」

広田は、「自分が入ったのでは、若い近衛がやりにくかろう」とためらったが、近衛自身が切望していると知って、ついに腰を上げた。

若くはなやかな「名門」宰相の盛り立て役に廻《まわ》るわけである。首相までつとめた身にうれしい人事ではなかったが、広田は体面や思惑を払いすてた。

元首相であろうとなかろうと、自分はただの〈背広を着たやつ〉でしかない。その自分を国が必要とするなら、たとえ一段下ったポストであり、困難が予想される仕事であろうとも、進んで応ずべきである。ふたたび風が立ちはじめた以上、風車は「昼寝」をあきらめて、回転しなくてはならぬ。

広田はこのころ、揮毫《きごう》を求められると、よく「物来順応」と書いたが、その心境での再度の外相就任であった（この最後の入閣が、広田に死の罠《わな》を仕掛けることになろうとは、知る由もなかった。もちろん、万一その予感があったとしても、広田はこの役目を引き受けたであろうが）。

広田の入閣をきいて、西園寺は大いによろこんだ。

一方、近衛は左右両翼にわたって交際範囲が広いため、自薦他薦の閣僚候補者が目白押しになった。中野正剛なども近衛と極めて親しくしてきただけに、入閣を大いに期待していた一人であった。

だが、近衛は、大谷尊由《そんゆう》、有馬頼寧《よりやす》などといった異色の新人を入閣させたが、中野には声をかけなかった。

その上、近衛は風見章《かざみあきら》を内閣書記官長に起用した。風見は中野と同年同月同日の生れで同じ早稲田の同期、また同じように新聞記者上りということから、宿命的なライバルとされていた。それだけに、中野の失望は大きかった。さらに、かねがね批判してきた広田が外相として復活したことも、中野にはおもしろくなかった。

せっかく、現状打破を唱える近衛が首相になり、北条時宗《ときむね》的な勇気をふるうべきときだというのに、広田が外相では、またまた英米追随の現状維持となり、対華三原則のお題目ばかり百万遍唱えているようなことになるのではないか、と。

だが、事態は中野の見通しとちがって急展開し、広田外交をのみこみにかかった。

七月八日未明、広田は外務省からの電話で、北京《ペキン》郊外の蘆溝橋《ろこうきょう》で日中両軍の衝突が起ったことを知らされた。

夜間演習中の日本の支那駐屯《ちゆうとん》軍の一部隊に対し、中国側の第二十九軍が不法射撃を浴びせてきたのがきっかけだという。

広田はすぐに登庁した。

早朝の外務省に、堀内謙介《けんすけ》次官、東郷欧米局長、石射東亜局長を集めて対策を協議し、「事変の不拡大と、早急な現地解決」の二点に方策をしぼった。

外務省内では、「また軍人のやつが」という声が圧倒的であった。

天津《てんしん》軍と呼ばれる日本の支那駐屯軍の首脳部は、比較的冷静であったが、若手の幕僚たちには第二の満州事変、満州建国を夢見る連中が多く、また、関東軍からの働きかけもあり、さらに特務機関やいわゆる支那浪人の暗躍もあって、華北からは目を放せない状態に在った。「七夕《たなばた》のころ、華北で第二柳条溝《りゅうじょうこう》事件が起きる」という不気味なうわさが東京にまで流れ、陸軍省軍務課の高級課員が、ひそかに現地の空気を探りに視察に出されたところであった。

一方、前年秋の綏遠《すいえん》事件における中国軍の大勝で、中国側にも抗日の気勢は上り、また、西安事件で蔣介石《しょうかいせき》が共産党に歩み寄り、抗日統一戦線の方向へ踏み出したこともあって、学生層を中心に抗日分子の動きが、活発になった。

当時、華北地方では、梅津・何応欽《かおうきん》協定などにより、中央軍である国民政府軍は河北省以南に退き、地方軍閥であった宋哲元《そうてつげん》の第二十九軍が布陣していた。宋哲元はまた北京で、日本と蔣介石との中間的立場に在る一種の自治政権冀察《きさつ》政務委員会の首班をしていたが、日本軍が徳州・石家荘《せっかそう》間の鉄道建設や鉄鉱山開発などを強要するため、一時、北京を離れていた。

また北京のすぐ近くの通州には、日本軍の傀儡《かいらい》政権といっていい冀東防共自治政府があり、この二つの政権の間でも、いざこざが絶えなかった。

この両政権とも形の上では親日的といっても、下部には抗日の気運が浸透してきており、この年に入ってからも、華北各地で、日本領事館警察官の監禁をはじめ、五件におよぶ日本人への暴行、六回におよぶ日本軍電話線の切断など、小事件が続発していた。

日本軍の駐留は、北清事変《ほくしん》（一九〇〇年）後の各国軍隊の駐留を認めた協定によるものであったが、北京だけでも、二千二百人と在留日本人の数が多く、この保護に当るため、日本軍の兵力も増加していた。

ただ、中国側にしてみれば、自国内に外国軍隊に駐留され、しかも、自国の中央軍は河北省以南に撤退させられている有様のため、不満が強まっていた。しかも、日本軍の行動が、常に中国軍を軽侮する形で行われており、行軍中の両軍がすれちがったとき、日本側の軍馬と中国兵が接触したことから発砲さわぎが起きるなど、文字どおり一触即発の空気であった。

こうしたところへ、増派された日本軍が、中国軍（第二十九軍）の目と鼻の先で、はげしい夜間演習をはじめた。日本軍恒例の検閲に備えるためであったが、それは日本側の一方的な事情でしかなく、中国側を刺戟《しげき》し、熱い空気をいっそう熱くしていた。このため、抗日分子が両軍の間で爆竹を鳴らすだけでも、両軍が銃声と錯覚して戦端を開く可能性が十分にあった。

抗日分子の策謀なのか、日本側の策謀なのか、蘆溝橋の最初の一発の銃声の真相は、いまだに明らかでない。ただ、銃声によって展開されたものは、起るべくして起った事件といえた。「蘆溝名月」で有名なマルコ・ポーロ橋のある一画が、こうして不幸な戦争の発火点となった。

このころ、日本軍は恵通公司という形ばかりの民間航空会社をつくり、国民政府の許可なしで、華北各地に勝手に飛行機をとばしており、主権侵害行為として、中国側から飛行禁止の通告を受けていた。

一方、外務省では、日中間の交流を円滑にするため、福岡・上海《シャンハイ》間に空路を開設することにし、南京《ナンキン》駐在の日高参事官に指示して、その交渉をはじめさせた。この前提としても、恵通公司の飛行中止が必要であり、軍部に強く働きかけているところであった。広田の外務省としては、この航空交渉を突破口にして、前年秋の綏遠事件以来とだえていた日中間の国交調整交渉を再開しようという段取りであった。

事件の勃発《ぼっぱつ》は、またしても、こうした外交上の努力を流産させた。

七月九日の臨時閣議では、杉山陸相が内地の三コ師団を動員、華北へ増派したいと、提案した。これに対し、広田は、事変不拡大・現地解決の方針を強く主張し、閣議の大勢も広田の意見を支持し、派兵案は見送りとなった。

広田は早速、南京・北京・上海などの現地出先機関に訓令を出し、また、在日中国代理大使を招いて、日本側の方針を説明、国民政府もこの線に沿って、現地解決を妨害しないよう要請した。

国民政府は共産党との関係など微妙な立場に在り、これが全国的な問題に発展すると、国民政府自身、動きがとれなくなる。また、日本側としても、関東軍を中心とする軍部が本格的に動き出せば、これまた統制がとれなくなる。局地的な問題として一刻も早く現地で解決しておかぬと、双方とも収拾がつかなくなるという不安があった。

現地では、両軍代表の折衝が続いていた。

だが、一日経《た》ち、二日経っても、一向に解決の報せは入って来ない。十日にはまた小衝突があり、一方、国民政府の中央軍が、北上を開始するといううわさが伝わってきた。

在留邦人や、増加したといってもわずか五千の駐屯軍の安否が気づかわれ、国内の世論も硬化してきた。

こうした空気の中で、十一日、緊急閣議が開かれた。

閣議前、広田は、外務省で堀内・東郷・石射の三人と会議を持ち、新しい情報のないことをたしかめ、また、外務省としては既定の方針を続けたい意向であることを話し合った。

十一日午前の閣議では、杉山陸相がふたたび動員案を持ち出した。もっとも、これは正確には動員案ではない。杉山陸相によれば、

「今すぐに動員準備に着手するというものではなく、動員準備のさらに準備案というべきもので、将来万一事態がこれ以上悪化する場合にはいよいよ動員準備に着手するということを内容として、今からその心組みをして置く意味のものに過ぎない」

という主張であった。

これに対し広田は、

「現地交渉が続けられている折であり、この間にも解決に至っているかも知れない。だから、いましばらくはこの案の審議そのものを行わない方がよい*」

と、くり返し主張した。このため、閣議は対立したまま、休憩に入った。

相変らず現地からの入電がないまま、午後、閣議は再開された。

杉山陸相は、事変不拡大・現地解決という根本方針には同調するという。仮に内地から三コ師団を派遣するとしても、その兵力は四万五千である。これに対し、北上する中国軍は二十万と予想される。こうして兵力関係を見ても、派遣軍はもっぱら在留邦人や権益の安全と自衛のために最小限必要な兵力にすぎず、戦局を拡大し、中国軍の制圧を狙《ねら》うなどというものではない。

「事変を拡大しない」

と、杉山はくり返し言明した。

ただ、軍の動員には少なくとも十日間という時間がかかり、緊急事態だからといって、いきなり下令しても、出兵できるものではない。せめて、動員準備のためのさしあたりの心構えなりとしておかないと、いざという場合、役に立たない。その意味でも、これは軍としては最小限の要求であり、これが容《い》れられなければ、陸相としての任務を遂行できないと、辞職をほのめかした。

閣議の空気は、微妙に変化した。

九日の閣議では徹底した自重論者であった近衛首相も、ぐらつき出した。

近衛は近衛で考えた。

〈陸相が辞職すれば、内閣は総辞職する他ない。そして、次にこの混乱した政局を受けて立つ新首相は、容易に見当るまい。この非常事態に、内閣がぐらついたのでは、かえって中国側に侮《あなど》られ、解決をおくらせることになる〉と。

そうして、閣議は長時間の議論の末、陸相提案を承認したが、これはあくまで「動員準備のさらに準備案」であり、「準備のためのさしあたりの心組み」でしかないこと、また、「もし派兵するとしても、在留邦人などの安全をはかる必要の生じたときに限ること」という二重の条件付であった。

実際に動員令を発令するには、さらに閣議での検討を必要とする。これは文字どおりの心組みであって、実際行動を伴わない。一種の名をすて実をとる妥協ともいえた。また、こうすることによって、内閣の結束を固くし、陸軍のみならず、国内各界の強硬派をなだめるという狙いもあった。

夕刻、政府声明が発表された。

「支那側の計画的武力抗日」を責め「政府は本日の閣議において重大決意をなし、北支出兵に関し政府として執るべき所要の措置をなすことに決せり」というもので、その「所要の措置」が、最悪の場合に備える「準備の心組み」であり、「準備のさらに準備案」であるなどというふくみは、文面からはうかがわれなかった。

むしろ、簡潔に強い姿勢を示すことで、沸騰《ふっとう》してきた国内の対支強硬論に応《こた》え、同時に、中国側を早急に交渉にひき出そうというもので、声明の本意は、その結びである「政府は今後とも局面不拡大のため平和的折衝に望みを棄てず、支那側の速やかなる反省によりて事態の円満なる解決を希望す」というところにあった。

近衛首相は、この夜、永田町の首相官邸に、政界・財界・言論界など各界の有力者を集めて、政府の決意を発表し、理解と支持を求めた。この場合もまた、「動員準備のさらに準備案」であり、「準備のためのさしあたりの心組み」でしかないというふくみは知らされず、毅然《きぜん》とした対決の姿勢だけが強く打ち出され、会場いっぱいの人々の歓呼を浴びた。

近衛は、そうすることで、これまでの広田をふくめた歴代首相のなまぬるい対中国姿勢とはちがった姿勢を示した。これまでのように軍部の尻《しり》ぬぐいをするのではなく、軍部を鼻白ませるような、先制の一手を打ったという感じであった。

昼間のハムレット的宰相が、こうして夜には、凛然《りんぜん》たる武断派的宰相の姿に変った。それは近衛側近の演出というだけでなく、スタンド・プレイを好む名門中の名門の人の人柄《ひとがら》にもよるものであった。そして、歴史はこの夜つくられた。

首相官邸で近衛が気炎を上げていたほぼ同じ時刻、現地では停戦交渉が合意に達した。第二十九軍が、責任者の処罰・同種事件の再発防止・蘆溝橋付近からの撤兵・抗日団体の取締り励行などの日本側要求を、ほとんどのんだからである。

それとは行きちがいに、近衛内閣の強硬声明が、また各新聞の強硬論が、世界に向って流れ出した。一日のすれちがいというより、ほんの数時間のすれちがいであった。交渉成立によって、せっかく現地の空気が静まろうとしていたところへ、強硬声明が伝わり、とくに「出兵」の文字が、国民政府を刺戟した。このため、国民政府中央軍は、大挙して北上を開始した。

十一日の閣議決定のあと、広田はその日の中《うち》にふたたび現地出先機関に訓電を送り、「不拡大・現地解決」を指示。また南京の国民政府に対しても、現地解決を妨げないようにという要請をくり返させた。

スタンド・プレイの近衛とちがい、広田は一刻も早く、でき得る限りの手段で、交渉の実現を積み上げておきたかった。

中央軍の北上を停止させるようにも交渉させたが、国民政府外交部からは、現地日本軍の原駐屯地への帰還・新たな軍隊増派の自粛を要求してきた。

広田は、重ねて同じ訓令をくり返すとともに、外務省事務局に命じて、双方の増援の動きを中止させることを骨子とした解決案をつくらせた。

まず、海軍に相談する。山本五十六《いそろく》次官はじめ事務当局も不拡大派であり、外務省案を受け入れた。

次にこれを陸軍に提示。陸軍側も承認したのだが、軍務局長が陸軍省に帰ったあと、あわてて取り消しに戻《もど》ってきた。「どうも、下の方の者が……」というのである。そして、別に陸軍側で解決案をつくってきた。

現地解決条件をさらにきびしくし、中国側の軍事行動を停止させる一方、日本軍の行動については約束を設けず、しかもこうした要求を期限つきで中国側に要求するという案である。いったん三省の次官・局長の間できまった外務省案をもはや検討しようともしない。

停戦交渉は軍事行動に関するものであり、外務省は統帥権《とうすいけん》独立を干犯するのかという態度である。

陸軍省では、外務省と接触する後宮《うしろく》軍務局長など少数が慎重派であるのに対して、杉山陸相はじめ幕僚たちのほとんどが積極派で占められていた。

これに対し同じ陸軍でも、参謀本部は対ソ戦第一主義から、中国に対しては自重論が強かったが、皇族を総長に戴《いただ》きながら、陸軍省を説得できないでいる有様であった。

参謀本部でさえ押さえられない陸軍省を、外務省が説得できるはずはなかった。

軍部が一本にまとまらないため、日本軍ではなく「二本軍」だというかげ口がきかれた。

笑話がある。蔣介石《しょうかいせき》が、「日本軍相手に交渉せよといっても、日本の軍部は複雑で、だれを相手にしていいかわからぬ」といったとき、蔣の側近が答えた。「三人だけははっきりしています。それは、大佐と中佐と少佐です」と。

佐官クラスの幕僚たちにひきずられ統制力を失った日本の軍部をからかった笑話である。

このときも、陸軍省の幕僚たち、それに呼応して、現地軍の幕僚たちが、強硬路線を突っ走りにかかった。

広田は、この間もまた、南京の日高信六郎参事官に訓電を発し、日本政府の真意を国民政府外交部に説明させ、事変不拡大に努力してくれるよう、重ねて要請させた。

だが、国民政府外交部の反応は、おそかった。国民政府部内でも、対日強硬論が主流になってきていた上、蔣介石が南京を留守にし、廬山《ろざん》の会談に赴いていたためである。

タイミングもわるかった。この廬山の会談は、かねてからの共産党の要求に従って開かれたもので、中国全土から共産党をふくめた政界財界言論界などの有力者百五十名が、はじめて一堂に集まった。議論の中心は、中国の国威回復に在り、満州分割にはじまる日本の大陸政策がはげしい非難の的にされていた。

そこへ、華北における事変の勃発《ぼっぱつ》、さらに、日本政府の出兵をふくめた強硬声明とあって、会議場の反日的な空気は、熱狂的なほどにまで高まった。

このため、蔣介石としても、

「今や中国は日本との関係において最後の関頭に直面し、これと一戦を交えるほかない事態に立ち至った」という「最後の関頭」演説をせざるを得なくなった。

そして、日本側の要求とは逆に、国民政府による地方政府への統制などを打ち出し、宋哲元の二十九軍を督励するため、参謀次長を派遣する事態にまでなった。


広田の外務省は、いぜんとして、現地解決を固執していた。

七月二十日、午前の閣議で、杉山陸相が内地部隊出兵の提案をしたのに対し、広田や米内光政《よないみつまさ》海相が反対し、この提案を見送らせた。

だが、その日の午後になって、中国軍がまた日本軍を射撃したとの報《しら》せが入ったため、この夜の閣議では、万一の事態に備えての動員準備案が承認された。ただし状況が好転すれば、途中からでも軍を引き返させるという条件付きである。

この閣議決定を不満とし、外務省の石射東亜局長は部下の課長と連名の辞表を、広田外相に提出した。

「君達は部下の連袂《れんべい》辞職などを戒しむべき地位に在りながら、連名の辞表を出すとは不都合ではないか」

「連署は便宜上そうしただけです。別々の辞表と見做《みな》して頂きます」

そうしたやりとりのあと、石射が動員準備案決定について苦情をいうと、いつもは温厚な広田が声をはりあげていった。

「黙れ、閣議の事情も知らぬくせに余計なことをいうな！」

だが、そのあと、広田はすぐいつものおだやかな口調に戻って、石射を説得した。

「動員は実施しても、事態急迫せざる限り出兵はしないと陸軍大臣がいっており、また現地の情勢は解決近きにあるのだから、しばらく成り行きを見守る事にして辞表は撤回してくれ。諸君の意見はよく了解しておる」

石射たちは辞表を撤回した。

＊

辞表を出したいのは、むしろ広田の方であった。連日の軍部とのやりとりに憔悴《しょうすい》している広田を見て、三男正雄が広田の心中を察するようにして、

「いっそ、やめてしまったら」

というと、広田は答えた。

「そういうことをすりゃ、自分はいいだろうけど」

と。

石射をひきとめたのも、同じ理由からであった。

もともと石射は、幣原《しではら》や佐分利の系列に属する男で、意地が強く、吉林《きつりん》総領事や上

海総領事時代には、軍と正面から衝突した硬骨漢であった。中国通であり、軍にも抵抗できるところから、広田は東亜局長の適材と見ていた。

その石射のことである。自分の感情を殺してでも、その役割に生きて、広田を助ける風車となって廻《まわ》ってくれなくては困る――。

二十二日、〈現地の状況が好転したため、内地部隊の増援を必要としない〉という支那派遣軍参謀長からの連絡が入り、杉山陸相は不満ながら、閣議への約束どおり、三コ師団の動員をいったん見合せることにした。

ただ、それは一時の小康状態であり、必ずしも本格的な和平を意味するものではない。国民政府中央軍の華北めがけてのあわただしい動きが、それを示していた。

近衛首相は先の政府声明のような強硬な態度を打ち出せば、国民政府は折れて出てくると読んでいた。軍部の強硬派がその目算であり、近衛もそれに同調したのだが、現実には、国民政府は折れて出るどころか、いっそう硬化し、蔣介石の「最後の関頭」演説のように真向《まつこう》から受けて立つ構えを示してきた。

近衛は焦《あせ》った。石原莞爾《かんじ》の進言もあり、蔣介石と会談するため、広田か近衛自身が南京へとぶことを考えた。

もっとも、首脳会談がすぐに事態を解決するとは、近衛も思っていない。

「政治的になるべく大きく解決したい。各国をして日本に領土的野心のないこと、徒《いたず》らに武力使用を欲せざることを知らせ、合理的な要求をして帰って来れば、もし事柄《ことがら》が不成立に終っても、日本の立場と意図が列国に明らかになるから、それでよい」*

広田は、近衛のこの考えには同調できなかった。

いま首相のいちばんの課題は、軍部を統制し、またある程度の譲歩を強《し》いて、「不拡大・現地解決」の強い一本の線にまとめ上げることである。強硬論を野放しにしておいたまま蔣介石と会談しても、蔣に相手にされないだろうし、仮に何らかの言質《げんち》をとられ、帰国後それができなくなれば、日本の国際的立場をいよいよ難かしくするばかりである。

問題は日本の陸軍である。近衛がのりこむ先は遠い南京ではなく、目と鼻の先にある三宅坂《みやけざか》の陸軍省なのだ。

近衛は個人的な密使として、宮崎竜介《りゅうすけ》を南京へ送ることにした。宮崎は、孫文の同志として中国革命で活躍した滔天《とうてん》の息子で、中国では信用が厚い。

ひそかに国民政府大使館を通して南京と連絡をとった上、宮崎を出発させたが、その暗号電報を軍に傍受され、宮崎は神戸で乗船するところを、憲兵に捕えられてしまった。

これが、組閣に当って「軍をあげて近衛に協力する」といっていた陸軍の仕業であった。

広田は、出先機関を督励し続けた。

南京の日高参事官が国民政府亜州司長（アジア局長）の高宗武と会い、さらに、前外交部長で蔣介石と親しい四川《しせん》省首席張群と会談。二十五日から三回にわたって交渉を重ねた末、

一、現地協定の実行

二、日本軍の撤兵声明

三、国民政府中央軍の南下（撤兵）開始

四、日本軍の撤兵開始

という段取りまで、とりつけた。

だが、華北では、このとき、これと行きちがうようにして、また事件が起った。

北京周辺からの第二十九軍の撤兵がおくれていたところへ、二十五日夜、廊坊で軍用電線修理中の日本軍が中国軍の射撃を受け、さらに、二十六日夜、居留民保護のため北京広安門に入ろうとした日本軍トラック部隊に対し、城門上の中国軍が射撃を浴びせかけた。

このため、支那駐屯軍は、「今や治安全く紊《みだ》れ居留民の生命財産は危殆《きたい》に瀕《ひん》するに至れり。素《もと》より北支治安の維持は日満両国の重大関心事たり。事ここに至りては和平解決の万策尽きて膺懲《ようちょう》の師を進むる外なし。真に遺憾とするところなり」という声明を発して、中国軍との交戦状態に入った。第二十九軍も徹底抗戦を叫び、国民政府に増援を求めた。

こうした形勢のため、二十七日、閣議はついに三コ師団の動員を下令した。すでに国内には、強硬論がみなぎっていた。開催中の臨時議会は、九千七百万円という戦費を即日可決したばかりか、さらに、華北派遣将兵に対する感謝決議まで行う有様であった。

華北では、戦火はさらにひろがった。

親日傀儡《かいらい》政権である冀東《きとう》政府は、傘下《さんか》に保安隊を持っていたが、この保安隊の通州に在る兵営を、関東軍飛行隊が誤爆した。

もともと保安隊下部には抗日的空気がひろがっていたところへ、この爆撃である。保安隊は憤激して、その夜、通州の日本居留民を襲い、二百六十名を殺害した。傀儡軍の叛乱《はんらん》だが、日本側はこれを第二十九軍の煽動《せんどう》によって起ったものとし、華北一円にわたって、いよいよはげしい戦闘に入った。

だが、こうした局面になっても、広田はなお停戦の希望をすてなかった。広田は、外務・陸軍・海軍の関係局長を召集し、あらためて、中国側の受諾できる停戦協定案の作成にとりかからせた。

陸軍もこれに応じた。軍部としても、戦局をどこで収拾できるのか、不安を感じてきていた。それに、天皇が近衛首相に対して、「もうこの辺で外交交渉により問題を解決してはどうか」といわれたことも、軍の強硬論にブレーキをかけた。

こうして外務省が中心となり、当面の停戦協定案と、その後の国交調整案がつくられた。停戦を早急に実現させるため、あくまでも中国側の受諾を眼目にしたため、軍部の反対を押し切り、日本側が大幅の譲歩を行い、中国側に対しては求めるところの少ない解決案であった。

広田は、強くこれを主張して、八月七日、陸海両相および近衛首相の承認をとり、この二案を持たせ、特使として在華紡績同業会理事長船津辰一郎を急ぎ上海へ出発させた。船津は、永年、外交官として中国に勤務しており、中国側に知己の多い男である。ただ、船津が着いたとき、それまで静養中だった川越大使が帰任したため、川越の希望もあって、実際の交渉は、川越大使に任された。

川越に対する極秘の訓令は、次のような文句にはじまった。
「帝国今次北支派兵の目的は七月十一日閣議決定の通りなるところ、二十九軍の不法行為によりこれが掃蕩《そうとう》のやむなきに至りたるも、徒らに膺懲を事とするはもとより我方の本意に非ず」
支那駐屯軍声明もそうであったが、このところ、日本側の声明も新聞論調も、「膺懲」の二字に満ち満ちていた。それをまず打ち消してかかるところにも、この協定に臨む広田の姿勢が明らかであった。
停戦条件の主なものは、次のとおりである。
(甲) 非武装地帯の設定
(乙) ㈠日本の駐屯軍兵力の自発的縮小
㈡塘沽《タンクウ》停戦協定、土肥原・秦徳純協定および梅津・何応欽《かおうきん》協定の解消
㈢冀察《きさつ》および冀東両政権を解消し、南京政府の行政下に置く
当面の停戦だけでなく、抗日の原因となりそうなそれまでの日本軍部の施策をきれいに清算しようというわけである。「従来の行懸《ゆきがか》りを棄《す》て」という言葉が、くり返し記された。
国交調整案については、それまでの広田三原則とほぼ同じで、「日本は内蒙および

綏遠《すいえん》方面において南京の勢力を排除するが如きことをなさず」「自由飛行を廃止する」などという点もあり、これもまた日本側の歩み寄りを示したものであった。

広田本来の協和外交への復帰である。広田はこの衝突を不幸な教訓とし、日中国交を根本的に改善するきっかけとしたいという意気ごみであった。ただし、広田はこの両案をとくに抱き合せとすることなく、停戦協定の妨げになるなら、国交調整案は後廻しにしてもよいという細かい指示までつけ加えた。

何としてでも、まず早急に停戦をというわけである。

川越大使は、亜州司長高宗武を上海の官邸に招き、訓電の趣旨を説明した。

川越は、欧米に在勤中も和服を着たりするなど、一風変った人柄で、静養先の青島《チンタオ》で事変勃発を知ってからも、本省の訓令を無視して、しばらく華北にとどまっており、議会で問題にされたこともある。上海へ帰任後、広田から船津に託された使命を奪うようにして代行したわけだが、広田の気持がそれだけ薄められて伝わり、各条件も十分具体的な形では提示されなかった。

それでも、高は一応の満足を示し、

「多少の困難はあると思うが、この程度の条件なら多分交渉成立の見込みがあると思う。自分は早速南京へ帰り、上層部と相談の上、その結果を携えて、再度、大使を来訪する」

と答え、急ぎ夜行列車で南京へ引き返した。八月十日のことであった。

だが、またしても、不幸な事態がその前日に起った。その上海で、日本陸戦隊の士官が中国側の保安隊に殺害されたのだ。さらに、中国軍は、昭和七年上海事変の停戦協定によって設けられた非武装地帯に進出。このため、海軍では佐世保から急遽《きゆうきよ》、陸戦隊を増派したが、このこともまた中国側を刺戟《しげき》、日本人居留地区に砲撃を加えてきた。

十二日夜、首・外・陸・海の四相会議。十三日朝には臨時閣議が開かれ、在留邦人保護のため内地二コ師団の上海派兵が承認された。

一方、国民政府も全国総動員令を下令。中国軍機が揚子江《ようすこう》上の日本軍艦に爆撃を加えた。南京・上海間の交通はとだえ、もはや、高が上海へ連絡に来ることはできない。

このため、広田は、十五日、南京の日高に打電、国民政府外交部に両案を提示させようとしたが、この日、日本海軍機が南京および南昌を爆撃したため、日高ももはや連絡のとりようもなく、大使館員はじめ在留邦人の総引き揚げとなった。

十五日午前一時まで続いた閣議のあと、政府は声明を発表した。

「帝国としてはもはや隠忍その限度に達し、支那軍の暴戻《ぼうれい》を膺懲《ようちよう》し、もって南京政府の反省を促すため、いまや断乎《だんこ》たる措置をとるのやむなきに至れり」

といった調子である。

「膺懲を事とするは、我方の本意に非ず」とした外務省案が出て、まだ半月と経《た》って

いなかった。そして、十七日の閣議では、「不拡大方針の抛棄《ほうき》」が決められた。

広田もこの閣議の空気の中に組みこまれた形となったが、ただ広田はいぜんとして、

停戦―和平への希望をすてなかった。

南京から引き揚げてきた日高参事官が天皇に御進講することになったとき、広田は

わざわざ日高に注意した。

「まだ和平の希望ありとの気持で言上するように」と。

広田はまた、信頼する有田元外相を特使として上海へ派遣した。しばらく上海に滞在させ、国民政府首脳との交渉の糸口をつかませるためであったが、戦火に妨げられて実現できなかった。

これまで「北支事変」と呼んでいたものが、「支那事変」と改称された。諸列強による経済封鎖などをおそれ、宣戦布告こそ出さなかったが、もはや「現地解決」では手のつけられぬ本格的な交戦状態であった。

このため、閣僚の中には、この際、御前会議を開いて、戦争遂行に関する不動の国

策を決定すべきだという意見が強まったが、広田は強くこれに反対した。〈事態は常に流動的であり、また、国民政府側との接触も十分にとれていない。ここで一挙に交渉の余地を失《な》くすようなことがあってはならない〉という考え方からである。

このため、不動の国策に代って、四相間の申し合せという形で、対処要綱がつくられた。

軍事行動の目途を「支那をして速やかに戦意を抛棄せしむる」ところに置き、「陸上兵力行使の主要地域は、概《おおむ》ね、冀察および上海方面とす」とし、北支対策については、「支那中央政府の下に、真に北支を明朗ならしむるをもって本旨とす」とするなど、外務省の意向を反映し、不拡大の基調を残したものであった。

だが、いったん動き出した軍は、もはや、それ自体で独走する勢いに在った。

中支派遣軍司令官として、松井石根《いわね》大将が起用され、その出発を近衛首相や杉山陸相が東京駅に見送ったが、そのとき、松井は杉山に、

「南京まで行くように陸軍をまとめてくれ」

と、くり返していい、近衛にも、

「どうしても自分は南京まで行くから、総理もこの点、了解して頂きたい」

といった。

近衛はおどろいた。中国の膺懲とか戦意喪失とかうたっても、派遣軍の目的は、もともと在留邦人保護にある。南京からはすでに日本人は総引き揚げしてきており、そこまで攻めて行くのは、派遣軍本来の任務を越えている。

「陸軍はほんとに南京まで行くつもりか」

心配になった近衛が杉山に訊《き》くと、杉山は、

「松井はああいうが、とても南京までは行けない。精々蕪湖《ぶこ》くらいで止まるだろう」＊

という返事であった。

だが、陸相の目算も越え、中支派遣軍は蕪湖はもちろん南京を越え、はるか奥地の漢口まで攻め上ることになる。

広田は、なお和平への希望をすてなかった。

もはや国民政府と直接交渉する道を絶たれた以上、第三国に橋渡しを依頼する他はない。この点について、首相・陸海両相の了解をとり、その心づもりで、各国大公使と接触した。また、日本をとりまく国際環境をこれ以上悪化させぬよう、軍部の尻《しり》ぬぐいにも精力的に動いた。

海軍機の南京爆撃により外国権益に被害が及ぶ危険についてアメリカ大使グルーからの警告があると、広田は再三、海軍当局に抗議をくり返し、国際法規の遵守《じゅんしゅ》などについて十分な保障措置をとらせた。

また、十月中旬、駐華イギリス大使ヒューゲッセンが、上海近郊で日本軍機と思われる国籍不明機に射撃され、重傷を負った事件については、事態をこじらせぬため、広田は山本（五十六）海軍次官、堀内外務次官など両省首脳部だけで、周到な解決と陳謝を行い、駐日イギリス大使クレーギーを満足させた。そして、こうした接触の間にも、広田は日本政府の事変解決についての意向を率直に伝えて、理解を求めた。

一方、国際連盟が調査委員会を設けて日本の出席を求め、さらに、ブラッセルの九カ国条約会議が、日本の参加を要請してきた。

これに対しては、広田は各方面と協議の末、日本の参加を辞退することにした。国際連盟はすでに脱退していて、その政治活動には一切参加しない立場に在ること、また、すでに国民政府の工作により日本非難の決議を出す用意がほぼでき上っており、ブラッセル会議も、その政治的策動の延長線上で行われるものと予想されるので、そこへ参加するのは、日本にとって意味がないばかりか、かえって摩擦を多くする可能性があると判断したためであった。

十月半ば、広田は、英米仏独伊の各大使と個別に会い、この不参加をきめた事情について説明したあと、日中問題にふれ、両国が交渉を開くための橋渡しをしてくれるものなら、日本としてはいつでも受諾する用意があることを強調した。

この五カ国の中《うち》、中国に対する発言力の強さからいって、広田が最も期待したのは、イギリス、アメリカの二国であった。

広田は、アメリカ大使グルーとは何度も会い、日本の和平条件がきびしいものではないこと、ただし戦局の進展につれて条件が苛酷《かこく》なものに変る心配があり、早く蔣介石が交渉に応じてくれるよう、仲介をたのんだ。

だが、アメリカは、日中両国から依頼を受けぬ限り、斡旋《あつせん》にのり出さぬという回答なので、望みをイギリスに託す他なくなった。

イギリス大使クレーギーは、着任早々、ヒューゲッセン事件に出会ったが、広田をはじめとする日本側の誠意のある対処ぶりに好感を持ち、和平斡旋について、できる限りの努力を約束してくれた。

こうして、在華イギリス大使から国民政府へと連絡の道がつけられ、広田はクレーギーに再三会って、その後の進展を督促しながら待った。

だが、またしても、軍部の妨害がはじまった。

陸軍の強硬派は、もともと、日中間の問題については、外国、殊に英米には一切干渉させぬという考えを持っており、イギリスの斡旋を日本の聖戦遂行への干渉と見た。そして、その工作を推進している広田外相は「害相」であり、外務省は「害務省」であると罵《ののし》るなど、露骨な非難をはじめた。とくに、参謀本部の影佐《かげさ》中佐などは〈広田が日本側の和平希望や条件を軽率に中国側に知らせるのは、けしからん〉とし、「広田を殺すか、逮捕せよ」と、触れ廻る始末であった。

右翼団体なども、これに呼応するように排英運動を展開しはじめた。イギリスは、世界における旧勢力の代表であり、新興の日本やドイツなどを抑圧しようとしている。中国における排日運動をけしかけ、蔣介石政権に対して援助を惜しまぬイギリスは、日本にとって敵性国家に他ならない、という呼びかけである。マスコミや、イギリスをライバル視する紡績業界などの動きも活発になり、イギリスといえば「不義不正」の代名詞にされかねない勢いになった。

広田はこの空気を憂慮し、十一月一日には茶会を開いて、実業家たちを招き、「イギリス以外に支那との間に平和の橋渡しをしてくれる最適の国はない。いまこういう運動をされることは、政府としては外交上、非常に困る」

と、自粛を求めた。

だが、イギリス以外にも、橋渡しを試みた国があった。ドイツである。

駐日ドイツ大使ディルクセンは、広田がソ連大使時代やはりモスクワに在勤しており、広田とは親しい仲であった。

広田は、ドイツびいきの陸軍中央の要請もあり、一応、このディルクセンにも和平斡旋をたのんではおいたが、ドイツが中国に信用があるとは思えず、ドイツ単独での仲介は無理と考えていた。

ただ、軍部はすでに広田とは別途にドイツと交渉を持ち、在日ドイツ大使館付武官オットー少将が上海へ行き、南京からきた駐華ドイツ大使トラウトマンと、戦線越しに協議するということまでしていた。日本の軍部が二重外交なら、ドイツの軍部も大使の眼を離れて動いていた。

こうした事態に、広田は交渉を成功させるためには、ドイツ単独より英米独三国、あるいは英独二国が協力して斡旋してくれた方がよいと考え、イギリス大使からドイツ大使へ働きかけてもらったが、ドイツ側はさし当って予備的折衝の段階であり、ドイツだけで進めたいという意向を変えないので、やむなくイギリスは手を引いた。軍部を中心とする親独・反英ムードの激化も、イギリスに手控えさせる大きな原因であった。

いずれにせよ、日本側の申し出は「広田の提案」として、ディルクセン、トラウトマンという二人のドイツ大使の手を経て、南京の蔣介石に伝達された。

広田が軍部を抑えてつくった案だけに、この提案は、蔣介石を動かした。蔣は、この案を最後通牒《つうちよう》としないこと、また日本が戦勝国として臨まないことなどを条件に、この案を基礎として和平交渉に応ずる用意がある旨《むね》、トラウトマンに答えた。

この回答が、また二人のドイツ大使の手を経て、広田の許《もと》に届けられたのは、十二月七日のことであった。

この間に、内外の情勢は、微妙な変化を遂げていた。

最初、上海に上陸した日本軍二コ師団は、中国軍の猛烈な抵抗に遭って苦戦し、さらに三コ師団増派されたが、戦線は膠着《こうちやく》状態が続いた。このため、十一月五日には、別に三コ師団が杭州湾《こうしゆうわん》に上陸、側面から中国軍を攻撃することで、ようやく戦局は一変。日本軍は、はげしい勢いで首都南京めがけて殺到していた。

華北の戦線も拡大し、十月二十八日には、内蒙古に徳王を主席とする自治政府がつくられた。かつて板垣や田中ら関東軍が綏遠《すいえん》事件で夢見た傀儡《かいらい》政権の樹立である。

戦局の進展に伴い、国内にも戦時色が濃厚となった。

近衛首相は、国民精神総動員運動を主唱。一方では、全国労働総同盟が、同盟罷業《ひぎよう》（ストライキ）の絶滅宣言をするなど、国をあげての戦争体制への傾斜がはじまっていた。

ただ、近衛は自信に溢《あふ》れた戦時宰相というより、側近や周囲の言葉に動かされる、迷い多い孤独な貴族であった。近衛の出馬を歓迎したはずの軍部が、必ずしも協力的でないこと、また閣僚たちが近衛の期待したほど親身になってくれないということなどあって、一時、辞職を考えたりもした。

ただ、そうした近衛も、この年の秋深まるころには、少し元気をとり戻《もど》してきた。

近衛はまず、馬場内相の進言を容《い》れ、内閣補強のため、内閣参議制度をつくった。各界から八名の閣僚級人物を選び、事変に関する重要政務につき、内閣に進言するというもので、これには、宇垣一成も入る一方、荒木貞夫、末次信正《のぶまさ》の両陸海軍大将や松岡洋右《ようすけ》などといった強硬派も顔をそろえた。第二の内閣であり、内閣予備軍でもある。

また、これに続いて、近衛の親友である木戸幸一を、文相として入閣させた。官僚生活の経験もある木戸は、評論家的な近衛とちがって、実務家的な肌合《はだあ》いがあり、近衛にとっては、閣内に心強い相談相手を得た形であった。

元気の出た近衛は、首相を構成員とする大本営の設置を考えた。統帥権《とうすいけん》の独立に手がつけられぬ以上、こうした機構によって、政治と統帥の背反という事態を少しでも解消しようとしたのだが、首相を構成員とすることについては、陸海軍とも猛烈に反対し、結局、大本営は近衛の意図とはちがい、陸海軍合同の作戦指導部という純粋な統帥機関として発足することになった。

近衛はまた「辞職する」といい出し、たのまれて入閣したばかりの木戸をおどろかせた。そして、近衛を翻意させることが、親友木戸の初仕事となった。

近衛はまた、いまの閣僚全員をそっくり内閣参議全員と入れ替えたいなどともいい、木戸をとまどわせた。

こうしたことから、軍部は近衛をなだめるように、大本営・政府連絡会議を設けた。首・外・陸・海の四相の他、適宜、閣僚が出席し、軍事に関係ある重要政務はすべてこの会議にかけようというものである。

ディルクセンから伝達された蔣介石の回答も、十二月十四日に予定されていたこの会議にかけられることになった。だが、その一日前の十三日、首都南京が陥落。またしても、強硬論を鼓舞する結果となった。

東京の街々には、「万歳！」の声が溢《あふ》れた。そして、陸軍は政府に何の相談もなく、北京に王克敏《おうこくびん》を首班とする中華民国臨時政府をつくり上げた。

ここまで積み上げてきた和平の努力は、一挙に空《むな》しくなりそうであった。広田は一月ほど前、アメリカ大使グルーと会ったとき、「少しでも早く蔣介石を交渉の舞台に引き出してくれるように。もし作戦が進行し、蔣が南京を追われるような状態になると、陸軍はさらに強硬な条件を出す心配がある」と話しておいたが、その不安が現実のものになりそうであった。

だが広田は、それを憂《うれ》えるより先に、またしても、軍の暴走の尻ぬぐいに走り廻らされることになった。アメリカ、イギリスに対する不祥事件が続発したのだ。

南京陥落直前の十二月十二日、日本海軍機は、アメリカ避難民をのせて揚子江を航行していたアメリカ海軍の警備艦パネー号を爆沈、汽船三隻にも被害を与えた。さらに、海軍機は、泳いで逃げようとする人々に機銃掃射を加え、陸軍の舟艇も接近して銃撃に加わった。敗走する中国軍を追おうとする無差別攻撃中での出来事であった。

この事件で、アメリカの世論は激昂《げっこう》した。対日感情は悪化、グルー大使は国交断絶を予想し、引き揚げのための荷づくりのプランまで考える状態であった。

この危機を救ったのは、広田の努力であった。

連絡が入ると、広田はすぐ自らグルー大使を訪問、ワシントンでは駐米大使が米国政府に、現地では出先機関がアメリカの出先に、それぞれ深甚《しんじん》な陳謝をした。また広田は山本五十六海軍次官はじめ陸海軍関係者を動かして、十分な陳謝と遺憾の意を表明させた。真相の調査についても、妙な工作は一切させず、非を非として率直に認め、謝罪し、また賠償に応ずるという態度を貫いた。

この同じ十二日に、蕪湖《ぶこ》では、橋本欣五郎《きんごろう》大佐の指揮する連隊が、イギリス砲艦レディバード号など四隻に砲撃を加えた。最初、陸軍は濃霧のための誤認といったが、イギリスと識別しながらの攻撃であった。

広田は、直ちにクレーギー・イギリス大使を訪問して謝罪するとともに、出先に指示し、海軍機の協力を得て、負傷者の収容看護に当った。

「日本政府の反応は迅速《じんそく》であり、かつ推称さるべきもの」と、クレーギーも、グルー同様、満足を示した。

東京の両国大使館へは、全国から見舞やお詫《わ》びの手紙が殺到、見舞金や花が届けられ、中には黒髪を切って差し出す女性もあって、その面でも、大使館筋の空気をやわらげた。

だが、一方では、〈日本軍の作戦領域に英米の艦船がまぎれこむのは、蔣介石を援助し、「聖戦」を妨害するものだ〉として、英米攻撃の逆宣伝に利用する向きもあり、反英の空気は弱まるどころか、むしろ強まった。

そうした中での外相が自ら、また陸海軍を率いて謝罪するには、かなりの決意と行動力が必要であった。

「広田外相が、日本の極端論者の興奮した感情を配慮しつつも、遺憾の意を表するため異例の措置をとってみずから余を訪問したことは、相当の道義的勇気を示したものであった」と、クレーギーは、その『日本の仮面の背後』で、広田を高く評価した。

蔣介石の和平回答についての討議は、こうした騒然たる状況の中で、ほぼ一週間にわたり、連日のように大本営・政府連絡会議と閣議を重ねて行われた。

先の解決案をつくるとき、広田は、「新しい事態には新しい条件をつけ加えることもあり得る」ということで、陸軍側を譲歩させ納得させたし、その旨、ディルクセンを通し中国側へも申し送ってあったのだが、南京占領という新局面を迎え、ある程度、軍が新しい条件をつけ加えることが予想された。

果して、陸軍や一部の閣僚からは、「塘沽《タンクウ》停戦協定などの軍事協定や冀東《きとう》・冀察の両政権は存続させること」「戦費までふくめた賠償を要求すること」「中支の非武装地域は、上海だけでなく日本軍占領地全域に拡《ひろ》げること」などといった条件が次々に出され、解決案は苛酷なものに変って行った。

このため、米内《よない》海相や広田は、これでは中国側が受諾できるかどうか疑問を感ずるようになった。

事態をさらにわるくしたのは、馬場鍈一《えいいち》内相の病気辞任により、末次海軍大将が内閣参議から横滑りして内相に就任、十四日の連絡会議から早速出席したことである。

末次はもともと政治好き、それに海軍きっての強硬な反英論者である。この人物を、近衛はだれにも相談せず、内相に起用した。問題のある人事であり、天皇まで憂慮の言葉を漏らされた。

果して末次は、受諾の見込みの少ないのを心配する声を遮《さえぎ》り、

「これ以外の条件では、国民が納得せず、内相として治安の責任がとれない」

と、就任早々の内相の地位を逆手にとっていい張った。

これには、さすがの近衛もたまりかね、

「成り立たぬ条件では、国民が納得したところで無意味だ」

と、はげしくやり返す一幕もあった。

*

街々では、南京入城を祝って、昼は旗行列の人の波が、夜は提灯《ちようちん》行列の灯の列が、

「万歳!」を叫んで練り歩いていた。中国地図の上に日の丸の小旗が無数に立て並べ

られた占領地には、すでに中国人口の半数に近い二億余の人々が囲いこまれていた。首都まで失った国民政府は、もはや地方政権でしかない。蒋介石何するものぞという空気であった。

こうした空気を背景に、軍部は高姿勢であった。

杉山陸相は、

「これが最小限の条件であり、軍はこれ以上の譲歩をする意向はない」

と明言した。この条件が容《い》れられなければ、軍事行動を継続するだけだという。

議論は長い時間をかけて、くり返し行われた。そして、その結果、次の四条件を文書で中国側に提示し、詳細は口頭で広田からディルクセンに伝えることにした。

一、中国は容共抗日満政策を放棄し、日満の防共政策に協力すること

二、所要地域に非武装地帯を設け、かつ該地方に特殊の機構を設置すること

三、日満華三国間に密接なる経済関係を設置すること

四、中国は日本に対し所要の賠償をなすこと

回答は年内にという期限付きであった。

広田は二十二日、ディルクセン大使と会い、この条件を国民政府へ伝達してくれるよう依頼した。

ディルクセンは首をかしげた。〈この条件では解決が難かしくなる。また、回答を得るのに日数が短か過ぎる〉というのである。

広田にも、それがわかっていたが、陸軍の態度が強硬である以上、とにかく、これによって瀬踏みする他はない。いまの広田にできるのは、回答期限を正月の五、六日ごろまで延ばすことだけであった。

南京占領は、もうひとつ厄介《やっかい》で、後に致命的となる問題を、広田の肩に背負わせた。虐殺《ぎゃくさつ》事件の発生である。

事件の概況は、占領直後、南京に入った総領事代理から、まず電報で知らせてきた。電報の写しは、直ちに陸軍省に渡され、三省事務局連絡会議では、外務省から陸軍側に強く反省を求めた。

報せをきいた広田は激怒し、杉山陸相に会って抗議し、早急に軍紀の粛正をはかるよう要求した。

また南京の日高参事官らは、現地軍の首脳を訪ねて、注意を促した。

最高司令官の松井大将は、「ぼくの部下がとんでもないことをしたようだな」といい、「命令が下の方に届いていないのでしょうか」との日高の問いに、

「上の方にも、わるいことをするやつがいるらしい」と、暗然としてつぶやいた。

悪戦苦闘の後、給養不良のまま軍が乱入すれば混乱の起ることをおそれ、松井は選抜部隊のみを入城させることにし、軍紀の維持についても厳重な注意を発しておいたのだが、いずれも守られなかった。

松井は作戦の指揮をとるのみで、各部隊の統轄は、松井の下に在る朝香宮《あさかのみや》と柳川平助中将の二人の軍司令官、さらに、その下の師団長たちに在る。

柳川はもともと松井と仲がよくない上、上陸以来、「山川草木すべて皆敵」と、はげしく戦意をかき立ててきた将軍であった。また、師団長の中には、第十六師団長の中島今朝吾《けさご》中将のように、負傷したせいもあって、かなり感情を昂《たか》ぶらせていた男が、南京警備司令官を兼ねるということもあった。

日高参事官は、朝香宮も訪ねて、

「南京における軍の行動が、世界中で非常に問題になっていますので」

と、軍紀の自粛を申し入れた。朝香宮自身は、司令官として着任されて、まだ十日と経《た》たない中の出来事であった。

南京に突入した日本軍は、数万の捕虜の処置に困って大量虐殺をはじめたのをきっかけに、殺人・強姦《ごうかん》・掠奪《りゃくだつ》・暴行・放火などの残虐行為をくりひろげた。

市内はほとんど廃墟《はいきょ》同然で、逃げおくれた約二十万の市民が外国人居住地区に避難。ここでは、約三十人のアメリカ人やドイツ人が安全地帯国際委員会を組織していた。残虐行為はこの地区の内外で起り、これを日夜目撃した外人たちは、その詳報を記録し、日本側出先に手渡すとともに、各国に公表。日本の新聞には出なかったが、世界中で関心を集めていた。

現地から詳細な報告が届くと、広田はまた杉山陸相に抗議し、事務局連絡会議でも陸軍省軍務局に、強い抗議をくり返し、即時善処を求めた。このため、参謀本部第二部長本間《ほんま》雅晴《まさはる》少将が一月末、現地に派遣され、二月に入ってからは、松井最高司令官・朝香宮軍司令官はじめ八十名の幕僚が召還された（とくに懲戒措置とはことわらなかったが）。

朝香宮は、わざわざ外務省に広田を訪ね、堀内外務次官立会いの下で「いろいろ御迷惑をおかけしました」と、広田に詫《わ》びた。

現地南京では、ようやく軍紀の立て直しが行われ、軍法会議も行われた。

だが、治安の回復の最大の理由は、主力部隊が南京を後にし、進発したことであった。さらに中国の奥地めがけて、戦局は拡大されて行く。そして、行く先々に日の丸の旗がひらめき、「万歳！」の声が上る。それは、和平をいよいよ遠のかせる声でもあった。

広田はドイツ大使を通し、国民政府の回答を促してきたが、一月四日、ディルクセンから、「未《いま》だ諾否の回答なし」という中間報告が届いた。

一月十一日、御前会議が開かれ、事変処理根本方針が決定された。広田はかねて不動の国策を決めることに反対してきたが、事態がここまで進んだ以上、もはや、その場限りの対策ではすまされなくなっていた。

「根本方針」は、前文において、「互いに主権及び領土を尊重し」と明記した他は、方針としては、排日運動の根絶・防共・経済協力など、ほぼこれまでどおり。そして、政策としては、㈠国民政府が日本側条件にもとづく講和を受諾するように求めるが、㈡もしそうでない場合は、

「帝国は爾後《じご》これを相手とする事変解決に期待を掛けず、新興支那政権の成立を助長し、これと両国国交の調整を協定し、更生新支那の建設に協力す」

としていた。

日が経っても、いぜん、国民政府から回答はなかった。軍部からだけでなく、政党からも、交渉打ち切り説が強くなったが、広田は閣議にはかって、十五日まで待つこ

とにした。

ただ、加重された条件を思うと、希望は持てなかった。石射東亜局長も、広田に進言した。

「到底色よい回答が中国側から来るはずがありません。和平はさしあたり絶望です。日本が事変を持てあまして、目が醒めるまでは、時局を救う途はありません。そうした時機はやがて到来します。それまでは『国民政府を相手とせず』結構です。この点について私は争いません」*

外務省としては、もはや匙《さじ》を投げる他ない状態であった。

十四日、閣議の途中、ディルクセン大使から連絡があった。希望か、絶望か。広田は、閣議を中座して、ディルクセンの待つ外務省へ急いだ。

旧友ディルクセンの表情は冴《さ》えなかった。中国側の回答は、「日本の要求を具体的に詳しく説明してほしい」というものであった。それら条件は、文書でこそ示さなかったが、すでに口頭で詳しく伝達ずみである。いまさら何を、という感じであった。ディルクセンもまた、「国民政府はこれ以上、調停を望まず、戦争継続に進む肚《はら》のようだ」という観測であった。

広田は閣議に戻《もど》った。

「国民政府の回答には誠意がない。遷延策《せんえんさく》と判断する他ない」という結論になった。ただ、このころになって、参謀本部がにわかに和平交渉に執着を持ち出した。もともと参謀本部内には、対ソ決戦に備えるため中国への深入りを避けようという一派があり、この対ソ派の突き上げが強まったためである。

陸軍は相変らず双頭の鷲《わし》であり、「二本軍」であった。陸軍省と参謀本部の意見がちがい、しかも参謀本部はつい最近まで条件の加重に賛成していながら、この段階になって修整をいい出す。軍内部の意見調整さえできないものを、とり上げようがなかったし、また、すでに方針は御前会議で決定ずみのものである。

閑院宮参謀総長が参内《さんだい》し、あらためて対ソ防備の必要を言上されると、かえって、天皇に、

「そんなら初めから、中国と事を構えねばよかったのだ」と、たしなめられる始末であった。*

こうして、十六日には、「帝国政府は爾後《じご》国民政府を相手とせず」という政府声明が発表された。

この文句はすでに、事変処理根本方針にも用いられていた。外務省においては、「否認」とか「国交断絶」とかのはっきりした形をとらず、当座は無視するという意

味で「相手とせず」という言葉を選んだのだが、しかし、時の勢いの中で、近衛はこれを「否認よりも強い断平《だんこ》とした決意を示す」という説明をした。

また、「この声明の後で、もし蔣介石が和平を申し出てきたら、相手にするのか」との質問が出たとき、近衛は、広田が重い口を開くより先に答えた。「絶対に相手に致しません」と。

和平交渉の望みは消えた。陸軍は、「万歳」の声をあげながら、南は広東《カントン》めざし、また奥地の漢口めがけて、進撃を続けて行く。止めようもない大日本帝国の落日のはじまりである。

広田の望まぬ方向へ、事態はまっしぐらに動き出していた。もっとも広田は、和平への希望を完全にすてたのではなく、たとえばイギリス駐在の吉田茂大使に訓令を出し、イギリス政府に何らかの働きかけをするよう指示した。

だが、吉田は一向に返事をよこさなかった。そして、二カ月ほどして、岳父の牧野伸顕《のぶあき》と、牧野を通して西園寺《さいおんじ》宛《あて》に、〈イギリス政府は紛争終熄《しゅうそく》のため努力する用意がある。日本政府が早急に善処するように〉といった趣旨の手紙を送ってきた。このため、外務大臣は何をしているかといった声がきかれたほどであった。

吉田の眼には、西園寺や牧野が大きく映り、旧友広田などはもはや眼中にないかのようであった。イギリスやアメリカとの関係は、砲撃事件に対する広田の誠実な対処によって、かえって好転していた。グルー・アメリカ大使も、できる範囲内で力を貸すといってきている。ソ連との関係にも、格別の問題はなかった。

その意味では、風は止《や》んでいた。風車の休むべきとき。広田は自分の役割が終ったのを感じた。

議会開会中の二月、広い院内の一室で、広田は近衛首相に辞任を申し出た。陸海軍大臣が同席していた。

だが、近衛は広田の辞意を受けつけなかった。

「ともかく、内閣改造まで待つように」

という。広田は念を押した。

「改造のときは、ぜひ辞任させてくれ」

巨大な白堊《はくあ》の殿堂は、冷え冷えと静まり返っていた。

完成したばかりのこの議事堂に、広田がはじめての首相として臨んだとき、こうした事態は予想しなかった。ただ、そのときも、〈外交の相手は軍部である〉と考え、いまもまた、痛いほど、それを思い知らされていた。

議会では、国家総動員法案の審議がはじまっていた。国民の権利や自由を拘束する統制法案で、「憲法無視」という反対の声が強かった。

だが、近衛が、問題の多い法案であることを自ら認めた上で、〈流動的な戦局に即応するためには、この法案が必要であり、また大筋だけでも議会を通して制定しておいた方が、立憲の精神に沿うことになる〉という趣旨の説明をていねいにくり返し、法案は成立の方向に進んだ。

この法案の審議中、説明員である陸軍省軍務課員の佐藤賢了中佐が、議員の質問に対し、「黙れ!」と一喝《いっかつ》を浴びせた。また院外では、右翼が中心になり政党解消運動が気勢を上げるなど、立憲政治そのものが、すでにゆらぎ出していた。

こうした風潮は、外務省をもゆさぶりにかかった。

「害務省」不信を唱える軍部を中心とした勢力は、これまでも広田「害相」に対する中傷や非難を重ねてきたが、今度は、構造的に外務省の弱体化を企てた。対支局設置構想がそれである。

かねて軍は、中国の占領地においては一切、軍政を行わぬことを外務省に約束していた。中国の主権を尊重し、「第二の満州国」としないという建前からである。行政機構としては親日的な地方政権があるが、占領地の拡大につれて、これを全体的にどう調整するかという問題が起ってきた。

これは従来の外務省機構では処理できぬ問題として、企画院は、総理直属の対華中央機関として対支院または対支局の設置を計画した。近衛首相も支持し、議会でも賛成論が強まった。

これに対し、外務省内では、外交の一元主義を破壊するものとして反対論が強く、広田はこの省内の意向を受けて、真向から対支局構想に反対した。そして、外務省の外局として対支経済事務局を設置し、経済開発に限定して処理するという外務省案を打ち出して、対抗した。このころ軍が大規模な国策会社をつくり、勝手に開発をはじめようとするのを、外務省の監視の下に置こうというねらいもあった。

こうした広田の抵抗により、対支局設置は一時、見送られることになった。

一方、このころ、外務省内にも、「革新」を唱える若手がふえた。松岡や白鳥敏夫《としお》などの息のかかった連中である。

彼等はときに大挙して大臣室に押しかけてきた。広田はこれを受けて立ち、彼等にいわせるだけいわせて、その上で反論した。

彼等にいわせれば、広田には積極性がないという。それは、杉山陸相が広田を「ぐず」というのと、同一の見方であった。右寄りのこうした声は、近衛の耳に入りやすく、近衛は近衛で、「広田は外務省内の評判がわるいらしい」などといい、一時は、松岡を入閣させることを考えたりした。

近衛はまた、〈広田が閣議などで情報や意見を十分に打ち明けず、相談相手にならない〉と、不満であった。

だが、それには、理由があった。

近衛のまわりには左右両翼にわたって毛色の変った側近が多く、近衛は彼等によく機密を漏らした。このため、広田は親しい部下につぶやいた。

「閣議では重要なことをうっかりいえない。すぐソ連大使あたりに筒抜けになってしまう」

この点については、杉山陸相も不満で、

「いろんなことが、近衛の側近から漏れて困る」

と、ぼやき、発言を手控える傾向になった。

それが、近衛の目からは、かんじんの陸相、外相が遠慮し合い、本当のことをいわないという風に映った。その上、閣僚の中には、外交の何たるかも知らず、また思いつきだけで質問する男も居り、さらに松岡らの参議が加わると、機密はまるで守れなかった。

広田は辞任のときを待った。

ただ、近衛がときどき病気になり、その度に近衛の方が辞任を考え、元老たちに翻意させられた。

近衛が病床に在ると、各大臣が見舞に出かけ、行かぬのは、広田と米内海相だけであった。

内閣改造は、五月下旬、行われた。陸軍・外務・大蔵・文部・商工など大幅の大臣の入れ替えがあり、広田の後任には、「軍の痛いところを知っている者を」ということもあって、宇垣一成大将が就任した。

「新大臣としては、対支問題につけても何につけても、やはり英米の信用を得ておくことが第一で、どんなことでもいいから一つそうしてもらいたいものだ。支那のこともこれらの諸国と一緒になってやるより仕方があるまい。自分も辞めたけれども、重大な時局であるから、その推移には一生懸命に注意もし、研究もしておこう」*

というのが、広田の感想であった。

近衛は広田のために、総理大臣の前官礼遇を奏請しようとした。

首相をつとめ、前後三度にわたって外相であり副総理格でもあった広田にとって当然の資格と思い、西園寺も同じ意見であったが、湯浅倉平《くらへい》内大臣が奏請を受けつけなかった。

〈外務大臣をやめた後だから、国務大臣の前官礼遇でいい〉というおかしな言い分であった。総理としての年限が少ないなどともいった。

このころ、湯浅と近衛の仲がよくないということもあったが、総理大臣前官礼遇という「名門」の世界に広田は不適格だといわんばかりであった。

もちろん、広田にとっては、それはどうでもよいことであった。広田は、ただの背広を着た男となり、鵠沼《くげぬま》海岸の質素な別荘へ戻った。

八章

宇垣外相となってまもなく、吉田茂はイギリス大使の任を解かれ、帰国した。吉田としても、予想していた人事であった。

ただ、広田の任命によってはじまったその二年あまりのイギリス生活は、吉田をいっそうイギリス好きにさせた。

日本国内での反英運動にもかかわらず、イギリスの政府関係者も民間人も、まだまだ日本には好意的であった。そこにはイギリスなりの打算もあったであろうが、吉田にはいかにも大国民の度量といったものを感じさせ、外交官生活の最後を飾るにふさわしい感銘を与えた。それにくらべれば、日本は——と、帰国した吉田は、反英米の空気のたかまりに、あきれ果てる思いがした。

一方、広田は勅選の貴族院議員という肩書こそあったが、まずは無官に等しい身であり、多くは鵠沼に在って、静かな思索生活を送っていた。

そうして一年あまり、近衛の後を継いだ平沼内閣が総辞職したとき、広田はふたたび第一候補として総理大臣に奏薦されようとした。

ようやく休みについたばかりの風車に、また大きな風が吹き寄せるかと思われたが、軍部が広田にはげしく反対したため、第二次広田内閣は誕生せず、陸軍大将阿部信行の内閣となった。

その阿部内閣も四カ月で退陣、元海相の米内が組閣したとき、広田は求められて、内閣参議となった。かつての近衛内閣時代、何かと外務省に同調してくれた米内の旧情に応《こた》えたものである。

もっとも、このころの内閣参議は、近衛が設立したころの「第二の内閣」的な色彩は消え、単なる閣外の顧問に過ぎなかった。広田としても、第二次欧州大戦勃発《ぼっぱつ》に当り、日本の中立、そして中国との早期講和を進言した程度にとどまった。

この米内内閣が半年ほどで倒れると、広田は重臣会議の一員として、次期首相を選ぶ立場に廻《まわ》った。

首相奏薦の仕事を重臣会議に移すというのは、かねてからの西園寺の希望によるもので、このときの会議は、元首相である若槻《わかつき》、岡田、広田、林、近衛、平沼と、原嘉《よし》道《みち》枢密院《すうみついん》議長、木戸内大臣の八人で構成され、ふたたび近衛を内閣首班に奏薦した。

会議の後、広田は別室で近衛と会談。当時、外相には松岡洋右《ようすけ》起用のうわさが強かったのを心配し、「外相には松岡は危険である。わたしとしては、東郷あたりを推薦したい」と忠告した。

近衛は返事を濁した。実は、すでにこれより先、近衛は松岡を招き、「自分がもう一度内閣を組織するときには、外相になってほしい」と懇請し、内諾を得ていたからである。

近衛も松岡も、パリ講和会議に随員として参加した仲。同じ随員だった吉田とはちがい、この二人は思想的に近かった。

論文『英米本位の平和主義を排す』で、「英米本位の平和主義にかぶれ国際連盟を天来の福音の如く渇仰《かつごう》する態度あるは、実に卑屈千万にして人道より見て蛇蝎《だかつ》視すべきものなり」と、平和外交路線を糾弾した近衛は、後年その国際連盟脱退の主役を演じた松岡に注目。先の第一次近衛内閣でも、広田に代えての起用を考えたほどであり、広田の忠告に耳を傾ける気はなかった。

いや、近衛は内閣誕生直後、松岡を次のようにたたえさえした。

「松岡洋右君に対して、悪口もあるようだが、とにかく松岡君は一方の雄であり、国民的な英雄である。人間は九〇パーセントくらいまで偉かったら、百パーセント偉いとした方がいい。その方が国民国家のためになる……

将来大成する人物は、できるだけ守り立てて、大きくした方がいい。あれだけの人材が、またとあるか何《ど》うかは分らない」*

こうして松岡は、十九年ぶりに外務省へ戻《もど》った。ときに六十一歳。松岡は、就任の挨拶で、省内に「一致結束」を訴えたが、これはひそかに予定している大規模な人事異動への伏線であった。

松岡は、堀内謙介駐米大使、東郷駐ソ大使はじめ四十名の在外外交官に帰朝命令を出し、その多くを退任・待命に追いこんだ。一方では、省内のいわゆる「革新派」の若手を大量に抜擢《ばってき》。白鳥敏夫を外務省顧問に迎え入れた。

これは、刷新とはいうものの、かなり手荒で不穏当な措置であった。

松岡は満鉄総裁になったとき、まず人事の大刷新を行なったが、外務省は満鉄のような現業中心の事業会社とはちがう。多年の経験と見識、それに、諸外国との信頼関係を必要とする。その上層部をほとんど全部入れ替えるというのは、由々しい問題であった。また、にわかに更迭《こうてつ》される理由も明らかでない。

こうしたことから、駐ソ大使の東郷などは、松岡の命令に抗議し、辞表提出を拒否する有様であった。

堀内は、かつて広田外相の次官として親しく補佐した温厚な人材であり、東郷は、その冷静で誠実な人柄《ひとがら》から、広田の信頼の厚い部下であった。東郷は、広田外相の下で、駐ソ大使のポストを一期先輩の重光葵《まもる》と競う形になったとき、広田に因果をふくめられて、まず重光が赴任。その重光が吉田の後を追って駐英大使に出た後、待望の駐ソ大使になっていた。

こうして松岡は、外務省内から広田色の一掃をはかったが、最初の記者会見では、「大東亜共栄圏の建設」を提唱。その記者会見と同じ日に、駐日ドイツ大使オットー少将を訪ねて、日独伊三国同盟締結についての打診を開始するなど、独自の路線を突っ走りはじめた。もし広田を「ぐず」というなら、松岡は「やり手」であった。広田が無欲な「物来順応」なら、松岡は功名心に燃えていた。

やがて松岡は、天皇はじめ政界上層部の不安を押しきって、日独伊三国同盟を成立させ、一方では、日ソ中立条約を結んだ。

こうした独走ぶりを牽制《けんせい》するように、近衛が日米交渉を進めようとしたことから、両者は対立。それが命とりとなって、ほぼ一年後、第二次近衛内閣は倒れた。松岡をうまくはずすための総辞職であったので、次の内閣の首班には、また近衛が推された。

この第三次内閣では、近衛はひそかに日米交渉の成立を期すつもりであった。

外相には、元海軍次官で、商工大臣の経験もある豊田貞次郎を選んだ。海軍の協力を得て事態の解決をはかろうとしたのだが、その海軍が中心になっての南進論により、南部仏印への進駐がはじまった。戦略物資の確保と、先制して対日包囲態勢の一角にくいこんでおけば、相手側の戦意を喪失させるという読みからであった。

もっとも、近衛は、内心、この読みについて自信があるわけでなく、一方国際情勢の先行きについても不安を感じ出した。

松岡を登用し、「松岡旋風」を吹きすさばせたことによって、広田はじめ外交界の首脳たちは、すでに近衛から遠くなっていた。

このため、近衛は人を介して、幣原《しではら》喜重郎に会った。英米に詳しいこの外交界の長老から、局面打開について少しでも知恵を借りたいと、すがるような気持であった。

幣原は、このとき七十歳。すでに十年近く、時世を慨嘆しながら閑居の日々を送ってきていたが、二日前、南部仏印に向けて輸送船団が出航したときくと、

「勅許を仰いで、すぐその船団を呼び戻しなさい」

と、近衛に迫った。

近衛がその不可能なことを述べ、ただ駐留のためだけだからといったが、幣原の言葉は変らなかった。

「進駐すれば、大きな戦争になる。これ以上は日米交渉を試みても無益である」

近衛の耳には、それがアメリカ人の言葉のような迫力があった。近衛は蒼《あお》ざめた顔で帰った。

事態は、ほぼ幣原の見通しどおりに進行しはじめた。

近衛は、ルーズヴェルト大統領と直接会談し、解決のきっかけをつかもうとした。支那事変勃発当時、蔣介石《しょうかいせき》との直接会談を思い立ったときと共通の発想である。ただし、今度は近衛も身の危険を覚悟していた。評論家風にではなく、真剣に自らの身を投げ出すつもりになった。

意見を求められた幣原は、正常な外交ルートによるべきだと反対した。ルーズヴェルト大統領は少しは色気を示したが、国務省などの反対で、結局、会談は実現しなか

った。

この場合も、広田の言葉どおり、「外交の相手は日本の軍部」であった。日米交渉の成否は、中国からの撤兵という要求を日本陸軍がのむかどうかにかかっていた。軍部はあくまで撤兵には反対であった。このため近衛は、事態収拾の自信を失い、三カ月で内閣を投げ出した。

昭和十六年十月十七日午後一時、宮中西溜《にしだまり》の間《ま》で、新首相奏薦のための重臣会議。病気を理由に、近衛は欠席した。一方では、九十二歳になる清浦元首相が出席したのは、新首相選定が今度の場合いかに重要かを示すものであった。事実、事態がここに至っては、首相候補は限られているというより、ほとんど居なかった。

重臣たちの希望は、交渉継続のふくみで、陸海軍をまとめ得る人をということであった。

この難役をこなせるのは、もはや皇族しかなく、東久邇宮《ひがしくにのみや》の名が上ったが、難問山積のまま皇族をひき出し、万一、開戦にでもなれば、重大な責任を皇族に負わせることになるというので、これも立ち消えになった。

結局、木戸が東条陸相の名をあげた。だれからも反対はなかった。反対するとすれば、もはや内閣はできなくなる。

木戸が東条を推した理由は、東条なら軍部をまとめることができること、また、ここに至るまでの内外の情勢を東条は閣内に居てよく承知していること、東条なら木戸としても話をつけることができること、などであった。

この日、会議が終って帰宅した広田は、息子の弘雄や正雄にいった。

「東条という人間を自分はよく知らない。だが、内大臣が話がつけられる人だというので、それでいいと思う」

こういったあと、広田は自分の過去をふり返るようにして、

「こうなっては、ロボットではかえってだめなのだ。軍に自ら責任をとらせるようにしなければ。外交交渉をやるという線に軍をまとめざるを得ない立場に置いておけば、東条も無茶はしないであろう」

木戸は天皇の意を受け、〈九月の御前会議の決定にとらわれることなく、もう一度、事態を再検討し、時局収拾に当るよう〉東条新首相に求めた。

九月六日の御前会議では、〈一、十月下旬を目途とする戦争準備の完整　二、米英に対する外交手段での最小限度の要求貫徹　三、十月上旬頃迄《ごろまで》に要求貫徹の目途なき場合、直ちに開戦決意〉という決定がなされたが、そのあと、天皇は突然、

「よもの海みなはらからと思ふ世になど波風のたちさわぐらむ」

との明治天皇御製を読み上げられ、平和を暗に望まれた。

天皇のお気持は変らず、そのためにまたあらためて、木戸を通し、〈御前会議の決定にとらわれるな〉といわれたのであった。

東条内閣の外相には、東郷茂徳《しげのり》が起用された。軍は、元駐ソ大使である東郷に対ソ戦回避工作の期待を持ち、また、日米外交交渉にも熱意をかけるポーズを見せたのだが、政府部内で東郷は孤立し、がんじがらめにされた。東郷は辞任を申し出たが、非常時というので受けつけられない。

こうして、事態は一向に改善されぬまま、破局が迫ってきた。天皇は政府や大本営だけの判断では心もとなく思われ、重臣たちの意見をきくようにいわれた。これに対して東条首相は、

「国政輔弼《ほひつ》の責は政府と統帥部《とうすいぶ》にあって重臣に責任がございませんから、重臣と審議する必要はありません。しかし懇談することは結構であります」

と、あらかじめ釘《くぎ》をさすような答え方をした。

十一月二十九日午前九時半、宮中で、対米交渉を議題に、政府と重臣との懇談がはじまった。

政府側の説明に対し、広田はじめ重臣たちの質問が続き、懇談時間は延々とのび、

午後一時すぎになって、ようやく御陪食となり、その後、各重臣が天皇にそれぞれの意見を申し上げた。

若槻、岡田、平沼、近衛と発言。さらに米内が、「ジリ貧になるまいとして、ドカ貧にならぬよう希望する」と、簡単に述べたあと、広田が意見言上に立った。

広田としては、こうした事態に立ち至ったことをたいへん遺憾としながらも、アメリカは中国問題について、日本と戦争する考えはないと思うと明言。

外交上の危機というものも、一回限りので考えるべきでなく、再三再四くり返す中《うち》にはじめて相互の理解に達する。一度談判が行きづまったからといって、直ちに開戦すべきではない。また万々一開戦するとしても、戦争そのものの遂行よりも、できる限り早く平和交渉の機会をとらえるべきだと申し上げた。

すべて広田の多年の外交政治家としての経験と観察からにじみ出てきた言葉であった。

パネー号事件、レディバード号事件なども、いずれも危機であったが、誠意のある対処で回避でき、米英と事を構えることなくすんだ。

中国との和平問題からは、にがい教訓を得ている。広田は、ねばり強く、交渉の機会をつかみ、また、つくってきたが、その交渉の意志を、軍部の「膺懲《ようちょう》」の意図が、いつもふみ砕いて行った。戦意が主で、交渉が従であった。チャンスはいくつもあったのにと、臍《ほぞ》を噛《か》む思いである。「戦意よりも、あくまでも交渉を主に」と、広田は声をはり上げてくり返したかった。

それは、後輩東郷外相の思いのはずでもある。東郷は、いわば戦意で固まった内閣の中に封じこめられていた。その東郷を救い出すことは、日本を救うことにもなる。ただ、東条首相は、こうした広田たちの意見をきき流し、戦争不可避という簡単な見通しをくり返すばかり。こうして、十二月八日の開戦へと突入して行った。

戦争がはじまり、しばらくは景気のよい勝利の報《しら》せばかり続き、「万歳！」の叫びが街々にこだました。

そうした一日、広田は一枚の葉書を持ってきて、憮然《ぶぜん》とした表情で息子の正雄にいった。

「これを読みなさい」

連合艦隊司令長官山本五十六からの葉書であった。短い御無沙汰《ごぶさた》の挨拶《あいさつ》のあと、

「花ならば、いまが見ごろ」と、あった。

「博打《ばくち》打ちじゃあるまいし」

広田は、吐きすてるようにいってから、

「山本はそれでもいいかもしれんが、国はどうなる。国家というものは、永く続くことが大事なんだ。君が代にも、さざれ石の巌《いわお》となりて苔《こけ》のむすまでとあるじゃないか。それなのに……」

広田は山本と親しかった。米英の事情にも詳しい山本たちは、いつも不拡大・事態収拾に動き、とりわけ、米内海相・山本次官のコンビは、広田外相に協力、陸軍に抵抗してくれた仲間であった。その山本が……。

「真珠湾《パール・ハーバー》までは何とかやるが、それ以後は知らない」

山本はそんな風にもいったという。広田はうなずけない。武人として命令に従い、死を覚悟して出て行く――葉書にも、その気持は出ている。

だが、日本はどうなる。なぜ、その前に、海軍をあげて、戦争に反対してくれなかったのか。御前会議で、海軍がどうしてもだめだといい張れば、開戦は見送られたのではなかったのか。

広田たち重臣とは、名のみの存在であった。開戦という重大な国家意志の決定についても、あの十一月二十九日、ただ一度「懇談」の機会を与えられたに過ぎない。審議ではないと、釘をさされた上で。

それだけに、国家意志決定のメカニズムの中に在った人々に対する不満が残った。

たとえば、木戸内大臣は天皇の御璽《ぎょじ》をお預りしている。天皇が戦争を望んで居られない以上、宣戦の詔勅に御璽を捺《お》すことを拒否するという非常手段をとることはできなかったものであろうか。

広田は、人を介し、木戸内大臣に進言した。

「陛下の側近には木戸内大臣一人でなく、外交は牧野、財界は池田、陸軍は宇垣、海軍は岡田、その他若槻、平沼、近衛等各界の代表者達を常時配属させ、場合によっては日本の組織を根本的に変えなければならない事態がくるかも知れない時に備えておく必要がある。なおできればそうした事態を避けるとともに、戦争を速やかに終らせるために思い切った手を打たなければならない時がくるかも知れない。この際各界を代表する有力者を側近において、これを断行し得る体制を整えておくことが最も緊要であると思う」

＊

反応はなかった。それだけでなく、木戸が広田を快く思っていないということを、人づてに知らされた。宮中は、広田にとって、さらに遠いものになった。

そうでなくとも、東条の妨害によって、重臣たちの参内《さんだい》は難かしくなっていた。近衛でさえ、参内に不自由なほどであった。重臣たちは、東条の独裁体制が続く限り、逼塞《ひっそく》する他なかった。

広田は、昭和十七年の夏、東郷外相のたのみでタイ国へ特派大使として出張した他は、ほとんど表面に出ることはなかった。多くは鵠沼《くげぬま》の家にひきこもり、訪ねてくる人に会い、入手できる限りの情報を集め、〈交渉の機会はないか〉と、東郷外相を援《たす》ける思いで、戦況の推移を見守っていた。

だが、その東郷も退き、外相は谷正之《まさゆき》、さらに重光葵と代った。霞《かすみ》ヶ関《せき》もまた、広田には遠いものになった。

もともと、隠士が似合いの広田である。ひっそり湘南《しょうなん》の片田舎に閑居しているのが気に入っていた。ただ、それはもはや「昼寝」と呼べるものではなかった。今度、風車となって動くときは、これまで以上に命がけであることが予想された。

同期の吉田茂は、木戸や近衛をこまめに訪ね歩いていた。ミッドウェイ作戦失敗の報せをきいた吉田は、近衛に、「スイスに出かけ、滞在しながら和平工作の打診をしてはどうか」と持ちかけ、近衛をおどろかせた。もちろん、アイデアだけに終った。

一方、広田の二期先輩の松岡洋右は、肺結核で療養の床に在った。失意も加わって、やつれがひどく、訪ねてくる人に涙を見せることもあった。〈日独伊三国同盟の本当の狙《ねら》いが、アメリカの参戦防止に在ったのに、それが遂に戦争を誘発させることになった〉と嘆きながら。

六十代も半ばを過ぎたが、広田の体は頑健《がんけん》であった。相変らず早朝に起き、「柔道踊り」の体操をやり、夜は論語を読んで就寝するまで、ほぼ毎日規則正しい生活が続く。

海岸までよく散歩に出て、海を眺《なが》めた。

季節により天候により、海は表情を変える。ただその色調が、広田の眼には、以前より暗く悲しいものに映った。おだやかに凪《な》いでいるときも、無数の白い波頭を送りつけてくるときも、海の暗い悲しみの色は変らない。海のはるか先には、はげしい戦場がある。そして、さらにそのはるか先に、アメリカがある。幣原も佐分利も広田も居たアメリカ、松岡の苦学していたアメリカ、そして、いまはあらゆる声の届かなくなったアメリカがある——。

広田の長男弘雄は、正金銀行から北京に出向していた。家には、妻静子と、娘二人。それに、三男正雄夫婦。

早春には、家族そろって松の根元から松露《しようろ》を掘ったりなどしていたのが、庭には芋《いも》畠《ばたけ》をつくらねばならなくなった。

広田がオランダから静子に買ってきてやったダイヤモンドの指輪は、金銀ダイヤの供出をという政府の呼びかけに応《こた》えて、献納した。

昭和十八年に入ると、ガダルカナル島からの撤退など、戦局は敗色を深めた。そして、春四月十八日、山本五十六連合艦隊司令長官は、南太平洋ブーゲンビル島上空で戦死を遂げた。享年《きようねん》六十。

国をあげて哀悼の裡《うち》に、盛大な国葬が営まれた。広田も国葬に招かれたが、ついに参列しなかった。

暗いのは、戦局だけではなかった。国内政治も暗黒の時代に入った。首相東条は、国民から言論・出版・集会・結社の自由を剝奪《はくだつ》、専制的な憲兵政治を布《し》いた。また、翼賛政治会をつくって、各党派をこれに吸収し、その推薦議員に臨時軍事費から政治資金を廻《まわ》して立候補させるなどということを行なった。選挙干渉というより、完全な独裁制である。

これに反発したのが、広田と同郷の中野正剛である。

かつて広田的な「軟弱外交」を非難し、開戦の日には、「今や何の幸運か、宣戦の大詔を拝して錦旗《きんき》を大東亜に奉ずるの光栄を担《にな》ふ」などという高い調子の声明を出した中野だが、東条の圧制に、生来の反抗心が燃え上った。

中野は、主宰する東方会を翼賛政治会に参加させず、そのため惨敗《ざんぱい》したが、さらに新聞などで、暗に東条攻撃を続けた。また、親しい近衛に働きかけ、東条政権転覆を画策した。〈かつて重臣たちの総意で東条を任じたものなら、今度は重臣たちの総意で東条を辞職させるように〉という論理である。

近衛も、このころには、心に決するものがあったようで、中野の呼びかけに応じた。

だが、同じころ、東条は東条で、世論の非難をかわすためもあって、思い立ったように、重臣たちを招いて懇談会を持つようになった。

広田は、あるときの懇談会で、

「日本に抑留中の連合国捕虜を、それぞれの母国に送還するように」

と、提案した。

「日本と欧米とは習慣もちがい、不要な誤解を招きやすい。たとえば、牛蒡《ごぼう》を食わせても、木を食わされたと、捕虜虐待《ぎやくたい》に受けとられてしまう。それに、捕虜を送還することで、日本の戦意にはまだ余裕があると、連合国側に受けとらせることになる」

と。

東条はじめ閣僚たちは、黙ってきいていたが、その懇談会の日からしばらくして、ふいに、憲兵が二人、軍刀をさげて、広田の家へやってきた。そして、玄関に突っ立って、広田を見下ろし、この広田の発言をとらえて、

「今後は、そういうことをおっしゃらんで頂きたい」

と、威圧するようにいった。

だが、広田は、また次の懇談会でも、似たような性質の提案をした。

広田が苦労して買収交渉をまとめた東支鉄道は、いまだにその代金を払い切っていない。その代金支払いを督促したのだ。

「これでは、ソ連もおもしろくなかろう。その結果、日本に対し好ましくない行動に出る心配もある。それに、これは日本の国際的信用にかかわる問題である」

広田の言葉を、東条はしぶい顔をしてきいていた。

懇談会では、しかし、重臣の誰《だれ》からも、和平交渉の提案は出なかった。まだそうした客観情勢ではなかった。その中での広田のこうした提案は、いつか来る交渉の日を夢見て、その日を来やすくさせる準備工作のふくみもあった。

近衛が中野正剛の演出で東条失脚劇を仕組んだのは、こうした懇談会を数回重ねた後のことであった。懇談会へ招待されたお礼といって、重臣一同で東条を華族会館に招き、実はそこで重臣全員の圧力で、東条に辞職を迫ろうというのである。

だが、東条はそうした企みを察したように、この席へ重光外相、賀屋蔵相、嶋田繁《しまだしげ》太郎《たろう》海相、鈴木貞一企画院総裁の四大臣をひきつれて登場したため、近衛の目算は狂い、辞職要求も口に出せず、何ということもない昼食会になってしまった。

もともと重臣たちを結集して綿密な打ち合せをしたわけでもなく、また強い意志統一を行なったわけでもない。むしろ、中野の画策ということで、はじめからためらう重臣もあった。そこを、東条側にうまく押し切られた形であった。

東条を倒すにしては計画が甘すぎ、また、情勢もまだ熟していなかった。

中野は、こうしたことから、いよいよ東条ににらまれ、身に破局が迫るのを感じた。

九月のある日、中野は九州から訪ねてきた旧友を迎え、東条の圧制を非難し、しきりに日本の前途を憂《うれ》えたあと、思いついたように、

「きみ、頼まれてくれんか。広田さんにな。あなたを誤解していた、いまは心から尊敬している、と伝えてほしいのだ*」

と依頼した。

旧友は広田を訪ねて、中野の言葉を伝えた。

「ほう。あの強気の男がそんなことを……。そうか」

広田は、首をかしげながら、考えこんだ。

このころ、広田は原宿で暮すことが多くなっていたが、その原宿の家へ、それからしばらくして、今度は中野自身が馬にのってやってきた。ことづてだけではいい足り

ないと思い、自分で話にきたのであった。

広田の息子正雄が同席する前で、中野は広田にいった。

「いままで広田さんの外交にさんざん反抗してきたが、書生論でした。迷惑かけました」

いつもの威勢のよい中野とは、別人のようであった。

この数日後、中野は検挙され、警視庁・憲兵隊とたらい廻しされ、帰宅したその夜、みごとな自刃《じじん》を遂げた。

中野は、憲兵隊などでの取調べの内容を一切語らなかったが、遺書の中に、

「決意一瞬、言々無滞、欲㆑得㆓三日閑㆒、陳述無茶、人ニ迷惑ナシ」

という一句があり、取調べの様子や中野の応答ぶりを偲《しの》ばせた。

このあとも、近衛を中心とする重臣工作はひそかに続けられた。

このため、東条は、重臣を内閣に加えることによって、重臣間を切りくずすとともに、政権の立て直しをはかろうとし、米内・阿部、さらに広田にと声をかけたが、三人とも断わり、逆に、重臣全員が東条内閣への不協力を申し合せることで、東条不信任の意向を明らかにし、東条を総辞職に追いこんだ。

後継首班推薦についての重臣会議では、広田は皇族を中心とする挙国一致内閣を主張した。

「捨身の業《わざ》をなす事態が生ずるやも計られない」

という表現で、広田は終戦を予想し、そのときの混乱を収拾するには、皇族内閣しかないという判断であった。

だが、重臣会議の大勢は、軍人首班ということで、結局、陸軍の小磯国昭《こいそくにあき》大将を首班とし、米内が海相となって補佐する小磯・米内の連立内閣となった。

広田はこのときも小磯に、「陸軍大臣は陸軍三長官の一致した推薦によらず、あなた御自身の考えで選ばれていい」と、注意した。

陸相には、ふたたび杉山元《はじめ》の起用となり、外相は重光が留任した。

重光もまた、外相としてかねて戦争終結のときをうかがい、ソ連の仲介に望みを託していた。このため、十八年の夏には、「日本政府を直接代表する重要人物」をソ連に派遣し、ソ連およびヨーロッパ諸国を歴訪させたい意向であることをソ連政府に申し出たが、特使派遣の意図が不明瞭《ふめいりよう》ということで、受け入れられなかった。さらに十九年三月にも、同様の申し込みをしたが、これも断わられた。

小磯内閣の成立後、今度は陸軍、ことに参謀本部内に和平交渉を望む声が出たため、重光は、三度、ソ連に特使派遣を申し出た。

このとき、重光は広田に出かけてもらうことにして、二度にわたって広田に懇請した。

広田は先に、東支鉄道買収代金の支払いを提案したこともあるように、ソ連の出方に注目しており、とくに日ソ中立条約の切れる前に、対ソ交渉を積極化しておくことが、日本の和平工作のためにも必要という考えで、その所信を単独拝謁《はいえつ》して天皇に言上したこともあった。

広田は、重光のたのみを引き受け、危険や妨害も予想されるが、ソ連へ特使として旅立つつもりになった。

だが、ソ連側は、〈新しい問題もないのに、日本の特使と接触しては、他国の誤解を招く〉という理由から、特使受け入れを断ってきたため、結局、この工作は実現しなかった。

戦局は悪化し、陸軍部内との意見不統一もあって、小磯内閣は二十年四月、総辞職。

四月五日、午後五時から、重臣会議が宮中で開かれた。東条も出席しているため、それぞれの重臣の思惑とは別に、和平論は出ず、表面上は戦い抜き勝ち抜くという前提での次期首相の人選が行われた。

広田はこのとき、重臣会議などに牧野伸顕（吉田茂の岳父）のような人を参加させられないかと述べた。親英米派の大物といわれ、陸軍からは、いつも攻撃の矢を向けられてきた人の名である。

ついで広田は、首相としては、「陸海軍を統率し得る人」という条件をあげた他《ほか》、各大臣についても、本人の承諾を得ることなく、天皇が直接任命されるという非常措置を提案した。この内閣が終戦内閣になることを予想し、外相その他重要閣僚には、よほどの人材と、またその人に相応の覚悟が要ると、踏んだためであった。

陸海軍の統率者で、しかも、これまで行きがかりのない人をということで、重臣会議は最後に海軍大将でもある鈴木貫太郎枢密院《すうみついん》議長を推すことにした。

ただ、東条は、陸軍を主体に、現役の軍人をと要求。そうした人選を行わぬと、陸軍がそっぽを向く、と脅迫した。

木戸はこの言葉をききとがめて、その兆候があるのかと詰問。ないこともない、と逃げる東条に、いまは反軍的な空気が強まっているから、むしろ国民がそっぽを向く、とやり返して、会議を終った。

新内閣の性質上、閣僚中いちばん重要なポストは、外務大臣である。大物であり、和平への見識があり、対外的な信用があり、さらに覚悟が要る——こうした条件を充《み》たすのは、まず広田であるとして、鈴木は組閣にかかると、すぐ広田を訪問して、外相への就任を要請した。

大臣を指名制にせよといった広田だが、しかし、この要請は、筋ちがいに思えた。広田が指名制を云々《うんぬん》したのも、実は広田の中に新外相についての腹案があり、首相にだれがなろうと、その男を外相にぜひ就任させたいと思ったからである。日本の和平のためにその男が必要であり、また、その男に、「いや」といわせてはいけない。その男─東郷茂徳を、広田は強く鈴木に推薦した。

東郷なら、駐ソ大使の経験もあり、広田の持つ能力や条件のすべてを備えている。しかも、東郷は広田より六期若く、まだまだ精力的だし、最近まで外務省を掌握していた。それにくらべれば、広田は自分があまりにも歳《とし》をとりすぎ、また外務省の先輩としても古すぎると感じた。

鈴木は広田の意見に従い、東郷を招いて交渉した。広田も東郷に会い、説得した。

東郷自身にも、出なくてはならぬ動機があった。かつて東条内閣の外相として、心ならずも開戦に至ったが、今度はその戦争を自分の手で終熄《しゅうそく》させねばならぬと感じていたのだ。

東郷は、〈戦争継続の期間を、あとどれくらいに見るか〉という形で、鈴木に終戦交渉開始の見通しをきいた。

これに対し、鈴木は、「二、三年」といい、東郷の「一年以内」という見通しと対立したが、最後に鈴木が折れ、東郷に一任ということになって、東郷は外相就任を受諾した。

対ソ折衝は、難かしくなっていた。すでに鈴木推薦の重臣会議が開かれた日に、ソ連は、日ソ中立条約不継続の通告をしてきていた。

だが、陸軍も海軍もソ連との交渉を望むため、東郷は広田の手で、対ソ交渉を進めてもらうことにした。先行きソ連に和平を仲介してもらうことにし、さしあたって、ソ連の参戦防止と日本に対する好意的態度をとりつけようというのである。

ソ連側との予備的な折衝がはじまった。

ちょうどこのころ、吉田茂も近衛と組んで、別に和平工作をはじめていた。吉田と近衛に共通したのは、〈いま終戦にしなければ、日本は国体の変革を迫られ、共産主義革命にひきずりこまれてしまう〉という不安であった。

すでに東条内閣が倒れてから、重臣の参内《さんだい》は自由になっている。そこで、こうした不安を上奏文にして天皇にさし上げ、天皇の力によって陸軍をおさえ、一挙に終戦工作を開始しようというねらいである。

だが、吉田は、もともと親英米派の要注意人物として監視されていただけに、この工作をかぎつけられ、二十年四月、憲兵隊に逮捕されてしまった。

吉田は鈴木首相や阿南《あなみ》陸相とは懇意なので、心配はしなかった。事実、憲兵隊では、取調べそのものはきびしかったが、扱いは丁重であった。そのため、吉田は、「監獄生活を味わって見るのも、時にとっての一興*」などと、最初はのんきな気分であった。

吉田逮捕の報せをきき、広田の妻静子が心配し、

「吉田さんを助け出さなくては」

というと、広田は微笑しながら、首を横に振った。

「いや、いいんだ。たいしたことはあるまい。むしろ、吉田はいい金鵄《きんし》勲章をもらったんだよ」

静子がふしぎそうな顔をしていると、広田はいい直した。

「吉田はいいお免状をもらったんだよ」

それがどういう意味の免状であったかは、終戦後、明瞭になった。

ただ、吉田の拘留は長引き、九段の憲兵隊に二週間居てから、代々木の陸軍衛戍《えいじゅ》監獄に移された。ここでは取調べもなく、牢獄《ろうごく》としても清潔で、差し入れも自由。このため、吉田は余った食料を他の囚人や看守に配って、親分のような気分であった。た

だ、かんじんの自由のないのが、自由主義者としては、こたえた。

吉田の牢獄から、広田の原宿の家はすぐ近くであった。

このころ、東京への空襲がはげしくなり、広田の知人たちは、次々に地方へ疎開《そかい》していた。だが、広田は原宿にとどまり、むしろ鵠沼《くげぬま》行きを避けるようになった。

「みんなが東京に残って苦しんでいる。それに陛下も疎開されないのに、重臣の自分が疎開できるか」

疎開のすすめを、広田はこういって遮《さえぎ》った。絵や家財道具なども、一切疎開させなかった。「物来順応」の心境である。

もっとも、広田は隣組の人たちには、

「疎開できる人は、できるだけ早くしなさい」と、すすめ、「空襲になったら絶対に早く逃げなさい。バケツ・リレーをしても、仕様がありませんよ」と、忠告していた。

五月二十五日の大空襲で、広田の家も炎の海の中へのみこまれた。広田は着のみ着のままで、神宮外苑《がいえん》に逃げた。

外苑には、無数の人々が火に追われて集まっていた。その中に、陸軍監獄から憲兵つきで吉田茂も逃げてきていた。

二人の同期生は、もちろん互いに気づくはずもなく、避難民の渦《うず》の中で、火の粉を浴び、煙にむせながら、首都炎上を見つめていた。

大空襲の夜から一週間後、広田は箱根強羅《ごうら》の知人の別荘へ現われた。家を焼かれ、そこへ避難してきているという口実であった。

すぐ近くの強羅ホテルに、ソ連のマリク大使が滞在していた。それに気づいた広田が、散歩のついでに、マリクを挨拶《あいさつ》のため訪れた。次の日、マリクが広田を夕食に招待した……。実は、すべて計画されたことなのだが、こうしたさりげない形をとって、広田・マリク会談ははじめられた。

その後、会談は六月末に、また二回にわたって行われた。

広田は日ソ関係改善についての日本側の強い希望を述べ、満州国の中立化・漁業権の解消・ソ連石油の日本への供給など、具体的条件まであげて、マリク説得につとめた。

だが、すでにこのころ、ソ連政府首脳は対日参戦の肚《はら》をかためており、ソ連側からの反応はなく、広田の再三の催促にもかかわらず、会談はそのまま中絶した。

このため、東郷はさらに近衛を特使としてソ連へ送ろうとしたが、この申し出も、特使の性格が曖昧《あいまい》ということで、ソ連に受け入れられなかった。

やがてソ連の参戦があり、最終的にはポツダム宣言の受諾という形での終戦を迎えることになった。

終戦の決定は、八月十日である。広田はこの日、重臣の一人として参内し、意見を言上した。そして、この前後から、広田の鵠沼の家は不穏な空気に包まれていた。和平交渉に携わった広田を、軍の過激派が襲撃目標にしているというのだ。

護衛の警官や刑事が、にわかに十人近くにふくれ上った。だが、その中にも過激派がまじっているかも知れぬという。

近所で機関銃を持ち歩く者があるといい、松林に隠してある機銃弾も発見された。そうかと思うと、海軍機が広田の家の上空を旋回し、猛烈な音とともに超低空で通りすぎたと思うと、二階の柱に機銃弾が撃ちこまれていた。

疎開者などもふえ、そのあたりは家も立てこんできて、もはや松林の中の一軒家というわけではない。このため、「近所に迷惑をかけるから、どこか適当なところへ、ぜひ移ってもらいたい」と、警察から申し渡された。

すでに原宿の家は罹災《りさい》して、行き場はない。東京練馬に知人の家を探して、ようやくその一隅《いちぐう》を借りることができた。

引越し用の車がなくて困っていると、消防自動車を出してくれた。地元では、できるだけ早くこの疫病神《やくびょうがみ》に立ち退《の》いてもらいたかったのだ。

このため、広田の一家は、わずかな身廻品《みまわりひん》とともに消防自動車にのり、早々に東京に向った。

途中、軍の自動車などとすれちがう度に、家族は首をすくめる思いで、広田に顔をかくすようにいった。

だが、広田は平然として、車の上から焼跡続きの風景を見つめていた。

九　章

終戦とともに、かつての指導者たちの上に、氷るような風が吹きはじめた。

九月十一日、東条首相はじめ東条内閣の閣僚を中心に、三十九名の戦犯容疑者の逮捕指令が発表された。

東条はピストル自殺を試みて失敗、アメリカの陸軍野戦病院に収容された。

十二日、よく広田とやり合った元陸相杉山元が、ピストル四発を胸に撃ちこんで自殺。元厚相小泉親彦《ちかひこ》の自刃《じじん》、元文相橋田邦彦《くにひこ》の服毒自殺と続いた。

戦犯指名は、この先、どの程度にまでひろがるのか、天皇にまで及ぶかどうか、だれにも見当はつかず、息をひそめて連合軍総司令部の出方を見守るばかりであった。

こうした中で、ひとり水を得た魚のように生き生きと活躍しはじめたのは、憲兵隊に拘留という「お免状」をもらっていた吉田茂である。

九月半ば、終戦処理内閣である東久邇宮《ひがしくにのみや》内閣に重光外相は不適という声が起り、吉田が代って外相になった。占領下の外相は、総司令部に直結し、最も権力を持ちやすいポストである。

一千万人餓死説などが唱えられ、国民は毎日の食事も十分でない時代であったが、吉田はマッカーサーに会うとき、戦争中も保管しておいた最高級の葉巻をくわえて出かけ、マッカーサーを煙《けむ》に巻いた。貴族趣味のマッカーサーに対し、吉田も負けずに貴族的ムードで打って出たのだ。こうしてマッカーサーとは、窓口を通さずに自由に話し合える仲になり、吉田はたちまち戦後政界の実力者となった。

吉田が外相となって二十日と経《た》たぬ中《うち》、東久邇内閣は総辞職。近衛や木戸、さらに吉田にも首班にという声が出たが、吉田は幣原《しではら》喜重郎を強力に推薦した。

実は吉田は、終戦前からこの日のあることを予想し、六月、四十日にわたる牢獄《ろうごく》生活から釈放されると、多摩川畔の農場の一隅に暮していた幣原を探して訪ね、以後、度々、接触を保っていた。

「男爵《バロン》幣原」は、米英の指導者層に名が通っている。この平和協調主義の大先輩を担《かつ》ぎ出すことが、日本の国際的信用のためにも、また吉田自身の信用のためにも必要と考えたためであった。

外交官時代の吉田は、むしろ幣原を軟弱外交と攻撃する立場で、満州に対する積極策を唱え、田中義一の武断外交に与《くみ》していた。

だが、幣原をそうして担ぎ出すことで、吉田のかつてのイメージは忘れられ、根っからの幣原の後継者、親米英の平和外交の使徒という印象に置き代えられてしまった。

幣原は、このときすでに七十四歳。手もふるえるほど、老いこんでいた。終戦になっても訪ねる人もなく、淋《さび》しさも加わって、鎌倉へ引きこもろうとしているところであった。

幣原は、首相を引き受けた。

現われた幣原の姿を見て、総司令部からは、「たいへんな老人だが……」と心配され、日本人の間では、「まだ幣原さんは生きていたのか」と、目をみはられた。

二人はコンビを組んで、軍部の倒れたあとの時代の主役となった。

吉田も元気なら、幣原もその吉田の元気に触発されるように、気力をとり戻《もど》した。

そして、マッカーサー命令で、第一第二の復員省となった陸・海軍省の大臣も兼ね、軍人たちの復員の世話を見てやる有様であった。

十一月十九日、荒木、松井、小磯ら各陸軍大将など十一人の戦犯の指名が発表された。そのリストの中に、一人、元黒竜会幹事という肩書のひとの名があった。戦闘的な極右思想団体として黒竜会《ブラック・ドラゴン》の名が、米英では予想以上に重く見られていることがうかがわれた。マッカーサーも、五・一五事件や二・二六事件は知らぬが、黒竜会《ブラック・ドラゴン》の名だけはよくおぼえていて、近衛に会ったときも、黒竜会《ブラック・ドラゴン》の動静を訊《たず》ね、日本ではすでに戦中も問題にされていなかっただけに、近衛を当惑させたこともある。広田の玄洋社は、この黒竜会と縁つづきの団体である。

リストには、松岡洋右元外相、白鳥敏夫元駐伊大使という外務省を右旋回させた男たちの名もあった。

十二月二日、今度は、梨本宮《なしもとのみや》をはじめ五十九人の戦犯逮捕令が出され、広田もその中にふくまれた。他に平沼元首相の名もあり、代議士や経済人に至る広汎《こうはん》なリストであった。梨本宮の逮捕は、伊勢神宮斎主だったことによるという。日本人には見当のつきかねるような戦犯追及の輪のひろげ方であった。

このため、指名された人たちは、それぞれ該当理由をあれこれ穿鑿《せんさく》し、首をかしげ、あるいは首をうなだれた。

戦犯指名をきいたとき、広田は、ただ無言でうなずくだけであった。このころ、広田は風邪をこじらせ、心臓の衰弱もあって、練馬の仮寓《かぐう》で珍しく病床についていた。出頭期日は十二月十二日であったが、このため、延期の手続きをとった。

その発表から四日後、さらに、近衛、木戸ら九人に逮捕命令が出された。近衛は、「戦犯として米国の法廷で裁きを受けるのは耐え難い」として、出頭期日である十六日早朝、服毒自殺を遂げた。

報せをきいたとき、広田は、「そうか、近衛も自殺したか」と、いつになく感情をこめていった。

これからはじまる戦争裁判との関係で近衛の死をどう考えればよいのか、すぐには思いつかない感じであった。

暗い気分のまま年を越し、昭和二十一年一月十五日、広田は巣鴨《すがも》拘置所に向った。

その朝、広田は静子とともに仏壇を拝んでから、静子を軽く抱きしめた。そして、「大きな気持で行ってくる。ただ、あまり簡単には考えない方がいい」

といい残し、警官の迎えの車にのりこんだ。

爆弾の大きな穴がいくつも残っている焼跡続きの風景。その中に、拘置所のうす汚れたコンクリートの塀《へい》がそびえていた。

所内に入ると、素裸にされて白いガウンを着せられ、写真や指紋をとられた。ついで、米軍軍医によって、身長・体重の測定からはじまり、鼻や耳の穴から陰部・肛門《こうもん》まで徹底的に検査され、伝染病の予防注射をされ、DDTの粉をまっ白にふりかけられた。

看守兵につれられ、いくつもの廊下を渡りひとつの棟《むね》へ。廊下に面して鉄のドアの並んでいる房の一つへ入れられた。同じ棟に、荒木や真崎両大将の顔も見え、また捕虜虐待《ぎやくたい》などで戦争法規違反に問われているB級C級戦犯の将校や下士官たちもまじっていた。広田の同室者も、大阪の俘虜《ふりよ》収容所長をしていた元陸軍大佐であった。

三方が汚れたコンクリートの壁の中で、夜の冷えはきびしかった。

こうして、広田の巣鴨生活がはじまった。

起床は六時。といっても正確ではなく、ひどいときには二十分近くもおくれた。看守兵が各房の電燈をつけ、「ゲッタプ！」「ウェイク！」などと叫んで廻《まわ》る。房の中にすえつけの洗面所で洗面。そのあと、箒《ほうき》で房内を掃除し、真鍮《しんちゆう》みがきで金具をみがかされる。

それからしばらくは、それぞれが座禅をしたり、体操をしたり。広田も「柔道踊り」の体操をやる。

七時半、朝食。「チャウ！」と叫びながら、看守兵が各房の扉《とびら》を開ける。二十前の若い兵隊が多く、使う言葉も乱暴で、俗語《スラング》が多かった。

食器をのせた盆を持ち、各房の前に一列に並び、配食所に向う。宮様も大臣、大将も、下士官も、すべて同じ扱いである。輪番で四人か五人が配食係になり、大きな杓《しやく》子《し》で各人のアルミ食器に注《つ》ぎわける。食後もまた同じように盆を持って整列し、配食所へ行って洗う。

そのあとの時間は自由で、新聞雑誌や本を読む者が多く、雑居房では、碁や将棋、トランプなどがはじまる。

広田は『大乗起信論』などの仏教書や『論語』『唐宋八家文《とうそうはつかぶん》』などを読み、ときどきは、碁の勝負を横で見ていた。自分では一度も打とうとはしない。

午後には、散歩の時間がある。いくつかの群れに分け、同じコースを散歩する。会話は自由であったし、三日に一度は、二、三人一組での入浴があった。

広田は、多くの旧知に出会った。広田を妨害し、広田ににがい思いを味わわせた主役たちも、そこにほとんど勢揃《せいぞろ》いしていた。

最初、そうした一人に、「どうして、あなたが」と、びっくりして訊《き》かれたとき、広田はつりこまれて答えた。
「自分でもよくわからぬが、玄洋社の関係ででもつかまったのですかねえ」
広田の旧友の実業家進藤一馬が、玄洋社社長という肩書だけで逮捕されていること
も、広田の念頭に在った。
ただ、広田は玄洋社の正式メンバーではない。それに広田が玄洋社の柔道場に出入
りしていたころから、玄洋社はすでに政治行動団体であることをやめ、子弟を集めて
武道を教えたり、郷里の英傑志士の顕彰をしたりといった修養団体に変っていた。さ
らに進藤が社長になってからは、中国語やマレー語の講習会を開き、あるいはアジア
各地からの留学生の面倒を見るなどというのが、主な活動になっていた。
だが、世間には、玄洋社といえば、かつて大隈《おおくま》重信に爆弾を投げつけたりした過激
な国権運動の政治結社というイメージが色濃く残っていた。また、マッカーサーまで
注目した黒竜会は、玄洋社員の一人がはじめた政治結社で、玄洋社とは別の組織であ
ったが、世間はこれを姉妹団体と受けとった。
広田はもちろん黒竜会とは何の関係もない。だが、検察側が通念に輪をかけて疑っ
てくるとするなら……。
広田は、静子にもいい残したように、裁判を簡単には考えていなかった。

「広田さんは何かのまちがいですよ。きっと、すぐ出られます」などといわれても、「さあ、どうでしょうか」と、気のない声で受け流した。

広田は、寡黙《かもく》であった。話しかけられれば応ずるが、自分からだれかに話しかけるということはなかった。

先に戦犯指名を受けていた松岡が、病気のため、広田より少しおくれて入所した。すっかりやつれ、足もともおぼつかなく、往年の面影はどこにもなかった。散歩に出ても、じっとうずくまっていることが多い。

同じ散歩をしながらも、なお軍服姿で昂然《こうぜん》と胸をはって歩く者もあれば、うつむきかげんに、さまようようにして歩く者も少なくない。冗談ばかりいっている者もあれば、悄然《しょうぜん》としている者、ぐちばかりこぼす者もあった。そして、そうした日課がくり返されている間にも、B級C級戦犯たちが、一人また一人と、処刑のため、姿を消して行った。

あから顔で頑丈《がんじょう》な体格をした男キーナンを首席検事に、秘書などをふくめ四十名近い検事団が到着し、A級戦犯に対しても、予審がはじまっていた。

検事側の態度はていねいであり、質問の内容も幼稚で、とりとめのないものが多く、むしろ教えを乞《こ》うような形であった。このため、〈この調子の裁判なら、死刑は東条ひとりで終るのではないか〉といった楽観的な期待も流れた。

だが、これは検事団の仕掛けた罠《わな》であった。

十九人の検事の中には、キーナンのような検事経験者だけでなく、FBI関係者もふくまれていた。検事団調査部長のサケット中佐も、次長のネイサンも、FBIのベテランであった。

彼等はこの裁判に、〈被告に優越感を持たせ油断させる〉〈被告またはそれに近い中からスパイをつくり出す〉というFBIのやり口をとり入れることにした。

「戦争犯罪であろうが、殺人事件であろうが、とにかく犯罪は犯罪であり、犯罪に対する態度は同じであっていいはずだ。われわれは米本国でリンドバーグ大佐の息子の誘かい事件も手がけたし、シカゴのギャング、手ごわいマフィアの連中とも渡りあった。いかに日本の国際的政治ギャングどもがしぶとくても、FBIのやり方で対処できないことはない」*という考え方からである。

ただ、彼等が実際に着手してみると、これは、マフィアやギャング相手にするのとは、勝手がちがっていた。

日本の歴史はもちろん、政治構造についての予備知識もない彼等は、とくに意識しなくても、多くは幼稚な質問しか口にできなかった。つい、被告に教えを乞う形になる。

もちろん、彼等としては、何かの手がかりをつかみ、犯罪容疑を固めておかなくてはならない。その手がかりは、思いつきでも、外部のちょっとした入れ知恵でもよかった。

広田の場合、予想していたとおり、まず玄洋社について、うるさくきかれた。妻の静子が玄洋社志士の娘であることも、検事には、ただの人間的なつながり以上のものに映ったようであった。「黒竜会《ブラック・ドラゴン》の秘密メンバーだろう」とも詰問された。

頭山満が死んだとき、広田がたのまれて葬儀委員長をつとめたことも、問題にされた。欧米流に考えると、葬儀委員長は死者の系譜を継ぐ第一人者と見なすというのだ。

頭山は広田が一高時代から訪問し、人生の針路についても相談にのってもらった郷土の先輩である。その後も、個人的な交際はあった。

ただ、頭山は、広田に対し政策論をぶつわけでもなく、広田もまた国事について頭山の意見を求めるということもなく、淡々とした旧知としてのつき合いであった。

もっとも頭山の大きな名刺を持たされたさまざまな男たちが、よく広田の家へやってきた。広田は頭山の顔を立て、その男たちに一応は会ってやるが、名刺の裏には、いかにも頭山らしく、「一分間」とか「三分間」とか、面会時間が指定してあり、その程度の応対でよかった。

頭山の死去に際し広田が葬儀委員長をつとめたのは、同郷の先輩であり旧知でもある故人に対し、元首相である自分が葬儀委員長をつとめるのが、当然の礼を尽すことになると考えたためで、政治的血脈とは関係がなかった。

「いろいろ他を調べてみたが、どうもこの大戦争を起したと見られる者がいない。あなたが黒幕になって、みんなを操っていたのではないか」という質問も受けた。

統帥権《とうすいけん》独立の名の下に、軍部が独走し、政治や外交がそれにひきずられて行くという構造は、検事側にはのみこめないようであった。彼等の国では、いつも政治が優先し、軍は文官によって指揮統御されているからである。

広田はこの種の質問に対し、イエスかノー程度の最小限必要な返事しかしなかった。くわしく説明しても仕方がないというだけでなく、話している中に、よけいなことまで漏らす危険を感じたためである。平静に応対する広田には、検事側が網をひろげて待ち受けている気配がわかった。

検事団は、もちろん的はずれの質問ばかりしてきたのではない。ときには核心に触れる質問も出し、広田を緊張させた。どうして知っているかと思われるような枢機《すうき》に属する問題を問いかけてくるのだ。

ただ、広田には思いあたるふしもあった。

前年秋、アメリカの戦略爆撃調査団が来日、近衛はじめ百五十名を越す各界の要人を出頭させ、審問した。広田も審問を受けたが、すでに日本の政治・外交の機密について、詳しく話した人が居たらしく、重臣しか知らぬことまで、調査団が把握《はあく》しているのに、びっくりしたことがあった。

広田は言葉少なく、慎重な答弁に終始した。「自ら計らわぬ」のが、昔からの広田の生き方であった。今度は場合によっては自分の生死にかかわるかも知れぬ裁判だが、その生き方を変える気持はなかった。家を出るとき、「大きな気持で行ってくる」といったのも、その意味であった。

人間しゃべれば必ず自己弁護が入る。結果として、他のだれかの非をあげることになる。検察側がそれを待ち受けている以上、広田は自分は一切しゃべるまいと思った。

裁判で真実を明らかにすることにも、意味があるという考え方もある。

だが、戦争裁判そのものが、果して裁判といえるものなのか。裁判とは法によって裁くことなのに、戦争そのものを犯罪とする法規があるわけでなかった。法もないのに裁くわけで、それはもはや裁判でなく、一種の「政治」でしかないのではないか。

そうであれば、ますます、しゃべる理由はないと思った。

検事側は、広田に手こずった。

ネイサン次長は、〈日米ギャングの知能テストでは、日本の国際的政治ギャングたちが、二人の例外を除いて、アメリカのギャングに劣る。二人以外は、すべて検事の誘導訊問にひっかかった〉旨《むね》、キーナン首席検事に報告した。

その手ごわい例外はだれかと問われ、ネイサンは答えた。

「東条と広田です。二人とも、日記をつけていません。日記は継続をたて前とする。死を覚悟した者は、日記をつけないものです。そして、二人とも、質問しない限り決して答えません。これは、こちらが、彼らがかくしたい事実を知っていなければ、絶対にひきだせないことを意味します」*

と。

東条が死を覚悟し、手ごわいのは、わかる。だが、広田がどうしてそうなのか。キーナンには合点が行かなかった。

キーナン自身としては、広田を死刑にまで追いつめる根拠は考えられなかった。また、「自ら計らわぬ」という生き方を理解できるほど、東洋的な心情についての知識もなかった。

検事団は、未逮捕者に対しては、かなりきびしい事情聴取を行なった。

未逮捕者としては、自分も逮捕されるかも知れぬという不安から、検察側に協力しやすい心理に在った。事実、中には進んで情報提供者となり、スパイとなる者も現われた。旧関東軍参謀の田中隆吉少将なども、その一人である。

巣鴨の戦犯容疑者の中からも、検察側に資料が提供されたが、その決定的なものが、昭和五年元旦から二十年十二月十五日に至る木戸幸一の日記であった。これは木戸が内大臣秘書官長となって宮中へ入り、近衛内閣の閣僚を経て、さらに自ら内大臣をつとめた期間の出来事を、一日欠かさず簡潔かつ克明に記録したものである。

宮内大臣が天皇家のいわば事務局長に過ぎないのに対し、内大臣は国政に関しての天皇の相談役であり、補佐役である。天皇政治の立会人であり、推進者でもある。新総理の決定は、八割がた、内大臣の意向できまるといわれた実力者でもあった。

こうした立場から書かれた日記は、宮中という最高の国家意志決定のメカニズムを浮び上らせ、そこに集い去来した要人たちの言動を記録していた。

木戸は、最初、これを提出すべきかどうか迷ったが、総司令部の内情にくわしい知人から、へたとえ木戸が罪をかぶって有罪になったとしても、天皇が無罪になると限らぬ。だが、逆に、木戸が無罪になれば、天皇も無罪になる〉というアメリカ側の見通しをきかされ、提出にふみ切った。

木戸は、天皇を平和主義者としてとらえており、多少の曲折はあったが、木戸自身も大筋においては、天皇の意向にそう平和主義者として動いてきたという判断があった（それに、もともと日記は、記述者本人が不利となる書き方をしないのが、ふつうである）。

この膨大な日記は、木戸だけでなく、天皇を無罪にするための証拠として役立つのではないか――木戸にとっては、スリルに満ちた賭《かけ》であった。

ただ、この賭にも、ひとつだけ、たしかなことがあった。それは、戦争責任の挙証にどこから手をつけてよいのか当惑している検事団にとって、この日記が、大きな支柱となり、手がかりとなろうということである。そして、そのことは、検事団の木戸に対する心証を好転させるであろう。

ただ、木戸はその日記提出に当って、それに見合う何かの取引条件を持ち出すということはしなかった。このため、検察側に「さすがに木戸侯爵《こうしやく》は利口だ」などといわれ、目に見えぬ貸しをつくることとなった。

皇族用自動車で送られ、公使に荷物を持たせて入所した木戸は、最初から戦犯たちの間では孤立した存在であった。いや、もともと、木戸孝允《たかよし》の孫として生れ、近衛と並ぶ名門中の名門として天皇家の執事役をつとめてきた木戸にとっては、ここにうごめく戦犯たちより、天皇の方が身近な存在であった。

事実、入所の五日前、木戸は天皇に夕食に招かれた。戦犯容疑者であるからと辞退する木戸に、天皇は、「米国より見れば犯罪人ならんも我国にとりては功労者なり、若《も》し遠慮する様なれば料理を届け遣《つかわ》せ」とまでいわれ、木戸は感激して参内《さんだい》、夕食のお相伴にあずかった。

このとき、天皇は木戸に、

「今回は誠に気の毒ではあるが、どうか身体《からだ》に気を付けて、予《あらかじ》めお互いに話合って居り、私の心境はすっかり承知のことと思うから、十分説明して貰《もら》いたい」

という趣旨の話をされ、政務室でお使いになっていた硯《すずり》を記念として、お手渡しになった。また皇后からは、お手づくりのドーナッツのお土産があった。*

この「名門中の名門」である木戸に対し、「背広を着たやつ」である広田は、個人的な接触はなかった。吉田茂などは、牧野伸顕の関係もあって、よく木戸の許《もと》へ出入りしていたが、広田はその性格からも、自分から木戸のところへ足を運ぶということはなかった。

ただ広田家の隣りに、木戸の友人の貴族院議員が居り、広田の話をよく木戸に伝えた。

「内大臣として御璽《ぎよじ》を預かっているのだから、開戦の詔勅に御璽を捺《お》さぬぐらいのことをしたらどうだ」

などと広田がいったのを、その男が木戸に伝え、

「『そんな無茶なことができるか』と、木戸が怒ってました」

と報告されたこともあった。

「内大臣一人じゃ力が足りない。重臣や政界の長老を集め、内大臣府の強化をはかるべきだ」

という広田の話に対しては、

「それは内大臣府不信任ということか」

という木戸の声が返ってきた。

こういったこともあって、晩年の広田はむしろ木戸に疎《うと》んじられていた。このため、木戸日記が広田にとって有利なニュアンスで書かれているという期待は持てなかった。

（後に法廷で、開戦前の重臣の意見具申について、木戸日記が証拠として提出された。そこには、各重臣の意見が要領よくまとめられていたが、広田が「アメリカは中国問

題について日本と戦争する考えはない」と述べた前半のところは、記述がなかった。

これは、広田にとってかなり重要な意見の脱落であり、この点について木戸にただしたところ、木戸は、「あなたが自分で証人台に立っていわれればよい」と答えた。広田が証人台に立つ意志のないことは、すでに明らかであったのだが）。

木戸は、まるい眼鏡をかけた小柄な男で、風采《ふうさい》は冴《さ》えないが、一種のいかめしさがあり、また何を考えているのかわからぬようなところがあった。このため、油断がならぬひとと見る向きもあり、「豆狸《まめだぬき》」というあだ名をつけられた。このあだ名はまた、後になって、東郷外相に対してもつけられた。

戦犯たちの間に、波が立ちはじめた。同じように投獄された仲間というだけであったのが、審問が進むにつれて、疑惑や警戒心を互いに持ちはじめるようになった。

二月も半ばをすぎると、極東国際軍事裁判は、ようやくその輪郭を明らかにしてきた。

判事は十一カ国の代表から成り、マッカーサーは裁判長にウェッブを任命した。オーストラリヤの地方の裁判所の判事で、マッカーサーとは旧知。それに、ニューブリテン島での日本軍による虐殺《ぎやくさつ》事件の摘発に活躍した男ということであった。

一方、法廷に当てられることになった市ヶ谷の旧陸軍士官学校大講堂では、突貫工事での改装作業がはじまった。

戦犯容疑者たちは、それぞれ手づるをさがし、弁護人の依頼にかかった。

だが、広田は、「弁護士は要らぬ」といった。それでは裁判が成り立たず、他に迷惑をかけるといさめられ、ようやく承知した。

広田の人柄《ひとがら》を買った花井忠《ただし》弁護士が弁護人を申し出、また外務省関係からは、安東義良と守島伍郎の二人が弁護人になった。

守島は、広田と同郷の福岡出身。というより、家がすぐ近くで、守島の兄と広田とは、中学・高校・大学までいっしょという親友であった。守島は外務省では駐ソ公使などもつとめ、広田の信頼の厚かった部下の一人であった。

弁護を引き受けるにあたって、守島は広田にいった。

「これは世直しのための裁判だと思います。ですから、軍のわるいところはどんどん出し、外務省は弱かったかも知れぬが、正しかったということを明らかにしたい。それを弁護の方針にしようと思いますが、任せてもらえますか」

広田はうなずいた。

「外務省関係の資料で事実を明らかにすることは大切でしょうから、それはおやりなさい」

そういったあと、

「ただ、わたしは自分からしゃべるつもりはない。しゃべれば、だれが強いことをいった、だれがこうしたなどと、いわざるを得ない。それでは、向うの作戦にのってしまうことになる。向うは、こちらが責任をなすり合うのをねらっているから、それにはのらないよ」

などと、つけ加えた。

弁護に乗気ではなかった。だが、それは、裁判の前途を楽観していたためではない。見通しは、むしろ逆であった。「簡単に考えない方がいい」と妻子にいい残してきた広田は、審問が進むにつれて、ますます、その感を強くしていた。

「いろいろ軍人を調べているが、どうも、これはと思うのが居ない。あなたは、だれが中心人物と思うか」

などと、広田は何度も検事団に訊《き》かれた。

「これだけの大戦争を、ただ軍だけでやったと思うのか」

と、謎《なぞ》をかける質問も、再三浴びせかけられた。

検事団が文官からの犠牲者を求めていること、その白羽の矢が、元総理であり三度も外相をつとめた自分に向けられてきていることを、広田は感じた。

元総理の文官としては、他に平沼が居た。思想的にはかなりはげしい国粋主義者だったが、総理在任期間はわずか八カ月にすぎない。外相などの経験もない。

文官中、もう一人、大物として狙《ねら》われたのは、木戸である。

広田も木戸も、それぞれ、天皇に累《るい》を及ぼすのを自分の段階でくいとめねばならぬと感じた。ただ、木戸は自分が無罪になることで天皇も無罪になると判断し、進んで日記を提出したりしたのに対し、広田は自分が責任を引き受けて有罪になることで、天皇を免責にしようと考えた。

「どうも自分は大物と思わなくちゃならないらしい」

広田は、面会にきた家族に苦笑してつぶやいた。

「かんじんの連中は、みんな自殺したりしてしまったからね。無責任だよ、みんな」

そのあと、他人事《ひとごと》でも話すように、いい足した。

「この裁判で文官のだれかが殺されねばならぬとしたら、ぼくがその役をになわねばなるまいね」

四月十三日、梨本宮《なしもとのみや》と郷古潔《ごうこきよし》（元三菱重工社長）が、巣鴨《すがも》から釈放された。はね上った髭《ひげ》、洋服に下駄《げた》ばき姿。「わたしは皇族代表でやってきました。変な代表でね」と、だれにも気さくに話しかける梨本宮は、人気があった。

その梨本宮の釈放は、続けて次々に釈放者が出るのではないかと、明るい期待を持たせた。

だが、現実の動きは、逆であった。

その同じ日、おくれていたソ連の判・検事団が着くと、まもなく、各容疑者に対するきびしい審問が、むし返された。そして、そのあげく、重光葵《まもる》元外相、梅津美治《よしじ》郎《ろう》元陸軍大将が、巣鴨へ収容された。四月二十九日月曜日、天長節のことである。

天長節は、重光にとっては厄日《やくび》であった。上海でテロのため片脚を失ったのも、十四年前の同じ日であった。

徹底的な身体検査のあと、白いＤＤＴの粉を浴びせられた重光は、不自由な足で所内を歩いた。第四棟《とう》三階の雑居房のひとつに入れられ、手荒く鉄の扉《とびら》を閉められた。先住者は、捕虜虐待《ぎゃくたい》の罪を問われている曹長《そうちょう》であった。

看守兵の巡回する靴音が遠ざかる。冷え冷えとした空気。だれかがまた廊下を通りかかったが、その足音が一瞬、鉄の扉の向うでとまった。

「重光君、重光君」

ききおぼえのある声であった。はっとすると、

「広田だ、広田だ、またゆっくり会おう」

散歩の帰りでもあったのか、足音は遠ざかった。それだけのことであったが、重光はめいるような気分から救われた。

夕食後、この重光もふくめ、A級戦犯たちは階下の一室に集められた。MPの将校が、ABC順に名を呼び、大きな封筒に入れた起訴状をひとりひとりに手渡した。

起訴された被告は二十八名。訴因は、まず「第一類、平和に対する罪」として、侵略戦争の共同謀議・計画準備・開始・遂行などが、訴因第一から第三十六にわたって問われた。

「第二類、殺人および殺人共同謀議の罪」では、真珠湾攻撃など宣戦布告前の攻撃や、一般人に対する虐殺を、殺人行為として問おうというもので、訴因第三十七から五十二まで。

「第三類、通例の戦争犯罪および人道に対する罪」が、訴因第五十三から五十五まで。

この五十五項目の中、広田は四十八項目に該当するものとして起訴された。

覚悟はしていたものの、被告たちに心外であったのは、「共同謀議《コンスピラシィ》」の罪である。

全被告が二十五項目について全員該当するとされたが、その二十五項目の多くに「共同謀議《コンスピラシイ》」という言葉が使われた。侵略戦争の準備をはじめ、一般人を殺害することまで、被告全員が一致協力、しばしば集会を開いて、万事、共同謀議の上で事を進めてきたような感じである。

「日本が買いかぶられた」

と、怒るより苦笑する被告もあった。

ナチスドイツの場合は、たしかに統一された国家意志と機構があり、共同謀議の形で戦争やユダヤ人殺害が進められた。だが、それに比べて、日本の場合は……。統帥権《とうすいけん》独立の名の下に、軍部は独走し、外交や行政はふり廻《まわ》され、あるいは、はねとばされた。また同じ軍部内でも、陸軍と海軍は対立し、さらに、陸軍内でも、参謀本部と陸軍省が対立していた。

閣議や連絡会議、あるいは御前会議など、会議は数多く開かれたが、それは積極的な形での共同謀議というより、その場その場での意志統一の趣が強かった。もちろん、その積み重ねが、侵略戦争への突入ということになりはしたが。

ましてや、戦地での虐殺行為など、文官の大臣たちまで共同謀議することなど、あり得ないことであった。

開廷は五月三日と発表。英米法の手続きにより、被告の罪状認否からはじまる。被告が罪を認めないことで法廷闘争がはじまるわけだが、広田は花井弁護人に「無罪」と答えるようにいわれると、首を横に振った。

「戦争について自分には責任がある。無罪とはいえぬ」

手続上の問題だからと、花井が迫っても、

「自分としてはいいたくない。どうしても必要なら、あなたがいって下さい」

「しかし、これは被告が答えるべき性質のもので、弁護人が代ってできるものではありません」

「何とかならぬか」

「一言だけのことです。いって頂く他《ほか》ありません」

広田は困惑した。広田としては、たとえ手続き上の問題だとしても、「無罪」という言葉を口にしたくはなかった。

気負っているわけではない。広田は、事情はともあれ、戦争を防止できなかった責任を痛切に感じていた。その罪ははっきりしている。それに、自分が有罪になることで、なお残った自分の役目を果すことができるという考えもますます強くなった。

花井が何度も念を押したが、広田は「困ったなぁ」とくり返すだけで、うなずきもしなかった。

五月三日金曜日、市ヶ谷の法廷は、数多くのシャンデリヤが輝き、「世界中で、この明るさと匹敵するのは、わずかに米国映画の都ハリウッドあるのみ」と、裁判長ウエッブが冗談にいったほどの明るさ。まだバラックや防空壕《ぼうくうごう》住まいが残り、計画停電で暗い夜を送らされている日本人記者や傍聴人たちにとっては、目が痛いほどのまばゆさであった。それはまた、被告たちにとっては、残酷すぎる明るさともいえた。*

十一カ国の国旗を背に判事団。途中に弁護団席・書記席をはさみ、判事団席と向い合う形で二列になった被告席。

広田は、前列、判事席に向って右寄りのところに、土肥原(賢)・畑俊六《しゅんろく》・南次郎など陸軍の将軍たちにはさまれるようにして坐《すわ》った。

被告の多くが軍服か国民服であるのに、広田は背広姿。少しやつれは見えたが、表情は平静であった。

被告の中では、松岡洋右の衰弱ぶりが目立った。丸刈りの顔は青黒くむくみ、両眼はくぼみ、前のめりにくず折れそうな国民服の体を、かろうじて竹の杖《つえ》で支えている恰好《かっこう》であった。

いま一人、目をひいたのは、大川周明。水色のパジャマ、素足に下駄ばきという異様な姿。合掌したり、つぶやいたり、他の被告にいたずらしたりと、落着きがなかった。

ウェッブ裁判長の開廷の言葉。休憩をはさんで、午後は検察側による起訴状の朗読。この途中、大川は二度にわたって、前の席の東条の頭を平手でたたき、退廷させられた。

激越な国家主義思想家のこの狂態は、法廷の人々の眉《まゆ》をひそめさせた（このあと、大川は精神鑑定に廻され、脳梅毒による誇大型進行麻痺《まひ》と診断された。そして、病院を転々としたあげく、偽装説をささやかれながらも、昭和二十二年四月、免訴になった）。

四日も起訴状の朗読。六日に罪状認否。

その認否に入る直前、弁護団副団長の清瀬一郎が、ウェッブ裁判長を忌避するという緊急動議を申し立てた。ウェッブが戦争中、日本軍の残虐行為を摘発したことがあり、事件の摘発者がその事件の裁判官になることはできぬという法理論を持ち出したのである。

ウェッブは憤然とし、一方、うろたえた首席検事が陳述台のマイクを奪おうとするなど、法廷は混乱に陥り、一旦《いったん》休憩。

再開後、政治裁判らしく理由もなく動議を却下、ウェッブが裁判長席に戻《もど》ってから、罪状認否に移った。

「無罪」という答えを、軍人の何人かは、吐きすてるように、あるいは高い声でいい、ある者はていねいに、ある者はか細く、ある者は、さりげなく口にした。

その中で、松岡だけが、かすれた声でとぎれとぎれに英語でいった。

"I plead...not guilty...on all...and every account"(わたしは、すべての……そしてどの訴因についても……無罪を主張します)

気息奄々《えんえん》なのに、檜舞台《ひのきぶたい》を意識しての最後の松岡らしい答弁ぶりであった。

心配された広田は、おだやかに「無罪」とだけ答えた。

全員の罪状認否はこうしてわずか九分間で終り、いよいよ本格的な法廷闘争に入った。

こうした間、幣原《しではら》首相・吉田外相の率いる日本政府は、巣鴨の戦犯たちに対しても、また市ヶ谷での裁判についても、ほとんど目を向けることもなかった。

公職追放の嵐《あらし》が吹きまくり、政治家や官僚たちに、他をかえりみる余裕がなかったためもある。また、食糧危機が深刻で、その打開に追われていたせいもあった。

さらに、幣原には、新憲法の草案作成という大仕事があった。この草案では、民主主義と平和主義を徹底させた理想的な憲法の制定を目指し、軍備の放棄も明文化することになった。それにはマッカーサーの勧告もあったが、永い間、軍部の暴走に苦しめられてきた幣原自身がまず乗気であった。

幣原は、「戦争放棄の条項は、自分の信念である」とくり返して言明し、「中途半端な軍備を持っていても何の役にもたたない。国民が一致して自分が正しいと考えて進んで行けば、徒手空拳《としゅくうけん》でも何等恐れることはない」*などといったりした。平和外交こそ日本の唯一《ゆいいつ》の針路だと、いまは声高らかにいい切れるのであった。だが、幣原の手でできるのは、草案の作成までであった。

幣原内閣は、本来、過渡期を担当する超党派内閣であり、新憲法は民主的に選ばれた議会勢力によってつくられる新内閣によって制定公布さるべきだとされたからである。

四月十日、総選挙が行われ、自由党一四一、進歩党九四、社会党九三という勢力分野がきまった。

こうして、選挙管理内閣としての幣原内閣の使命は終ったかに見えたが、幣原は、〈過半数を制する安定的な政治勢力がない〉という理由で、そのまま、政権の座に坐り続けた。そして、進歩党などに働きかけ、与党化工作を行おうとして、他党のはげしい攻撃を受けた。

幣原はそれまで、政党政治に関与しないことを信条としてきた。だが、議会政治の時代になってなお政権を持つためには、やはり政党入りする他はない。

「まだ生きていたのか」といわれた幣原だが、七十五歳の歳《とし》にもかかわらず、いったん総理になってからは、別人のように、元気に、しぶとくなっていた。

幣原は多年の信条を曲げ、進歩党への入党をはかり、やや退潮気味だった進歩党では、総裁として迎え入れた。ただ、党内に、「裸一貫での入党を」という声が強かったため、幣原は四月二十二日、内閣総辞職を行なった。

過渡期であった。次期首班を選ぶべき重臣たちは、巣鴨の獄中に居る。このため、幣原は自分で、また自分をふくめた候補者の中から、次期首班を選ぼうとした。

幣原はまず、進歩・自由・社会の三党連立を考えたが、成功せず、次に、自・社の連立などの連立構想を打ち出したが、いずれもうまく行かず、結局、第一党である自由党に単独内閣をつくらせる他なくなった。

五月三日、東京裁判開廷とその同日、幣原は参内《さんだい》し、自由党総裁鳩山《はとやま》一郎を次期首相にと内奏した。

翌日、天皇は鳩山を召され、組閣の大命を授けられるところであったが、その数時間前、総司令部は鳩山を公職追放処分にした。

鳩山は憤激しながらも、党の前途を考え、麻布市兵衛町の外相官邸に吉田茂を訪ね、自由党総裁を引き受けてくれるよう求めた。

新生の政党に、まだ実力者は育っていなかった。また、戦前からの大物はいつ公職を追放されるかわからぬ心配があった。総裁も人材難であった。鳩山は、幣原の副総理格でマッカーサーとも親しい吉田なら、この時期の総裁としてふさわしいと見こんだのであった。

このとき、吉田は、〈政党は一切、鳩山が押える。組閣人事については自分に一任。金の心配は自分はしない。いやになったらいつでもやめる〉と、かなり一方的な、鳩山の足もとを見るような条件を出して、承知させた。

こうして、政治好きだった吉田の前に、いよいよ首相への道がひらけてきた。同期の広田におくれをとること十年。はじめて自ら計らわなかったところへ、ころがりこんできた椅子《いす》である。

一方、「自ら計らわぬ」ことを信条としてきた広田には、死に至る政治裁判の道がはじまったところであった。

二人の同期生に明暗対照的な道がはじまったとき、その二人より二期先輩の松岡には、人生の道そのものが終りかけていた。

重症の肺結核の身に、巣鴨での生活は苛酷《かこく》すぎた。出廷はさらに無理である。入院は大川よりむしろ松岡にこそ必要であったが、弁護人の懇請を無視し、裁判長ウェッブは、連日、松岡を法廷にひき出した。

このため、松岡の衰弱はいっそう早まり、死相を濃くしたため、五月九日、ようやく両国《りょうごく》のアメリカ陸軍野戦病院に収容された。

病院のベッドに横たわると、松岡は、重病人ながらも、ようやく人心地を感じたらしく、かすれた英語で軍医たちに冗談をいったりした。

五月十三日の法廷からは、パジャマ姿の大川、国民服姿の松岡の二人の被告の姿が消えた。

この日、弁護側は、法廷の管轄権について、判事や検事側に、はげしく、くいさがった。

検事側が膨大な人数と調査網、十分な資金、それに権限を持ち、時間をかけて準備してきたのに対し、弁護側は手薄であった。

敗戦直後という時期のため、日本人弁護士は数がそろわず、二人の被告の弁護を兼任する人もあった。そして、弁護側には、調査網もなければ、権限もなく、それぞれ手さぐりで、個人的関係を通して反証の資料をさがす他ない。しかも、準備するに十分な時間の余裕も与えられず、資金的にも恵まれなかった。

外務省や陸海軍省関係者がそれぞれ骨を折ってはいたが、被告の負担能力にも限度があり、弁護料も十分でなかった。

また、官選弁護人であるアメリカ人弁護士は、当初、駐留軍人中からかり出されたのを手はじめに、色とりどりにアメリカ各地から集められてきたもので、一流弁護士もいたが、どうにもならぬ老人や、無能な者もいて、まとまりがつかなかった。その上、彼等はすべて日本の事情に暗く、それを勉強して克服するだけの時間もなかった。

だが、こうした悪条件にもかかわらず、日米の弁護士の幾人かは、国境を越えて、法の正義を貫こうと闘志を燃やした。

まず、兵隊靴をはいた小柄《こがら》でがっしりした清瀬弁護人（東条英機・佐藤賢了両被告担任）が、異議申し立てを行なった。それは、まさに猛然と突進して奮闘するといった感じのもので、清瀬はときに机をたたくなどして、次のような趣旨の熱弁をふるった。

〈日本はドイツと異なり、無条件降伏ではなく、ポツダム宣言受諾という条件つき降伏である。同宣言に戦争犯罪人の処罰という項目はあるが、同宣言の出た時点での戦争犯罪人とは、捕虜虐待など戦争法規違反者をさすのが通念であった。それを、無条件降伏したドイツなみに、平和や人道に対する罪まで含めるのは、不合理である〉

〈ポツダム宣言は、太平洋戦争の終了宣言であるのに、満州事変などにまでさかのぼって罪を追及するのは、おかしい〉

これに、キーナン首席検事や、イギリスのコミンズ・カー検事が反駁《はんばく》すると、さらにブレークニー弁護人が、

〈勝者が原告となり、同時に判事となることは、不適当である〉

〈真珠湾攻撃を戦争でなく殺人とするなら、広島や長崎への原爆投下もまた殺人ではないのか〉

などといった問題を出した。

つまり、極東国際軍事裁判所なるものが、いったいどこまで裁く権利を持つものなのかという疑問を、次々にぶつけたのである。

この弁護側の動議は、十四日、十五日と、弁護人を代えながら続けられた。

だが、十七日午前、裁判長ウェッブは、「すべての動議を却下する。その理由は将来、宣告する」といういかにも政治裁判らしい一言で、これら動議をすべて斥《しりぞ》けた。

この日はただそれだけで終り、次は六月三日まで休廷となった。

広田の二人の娘は、裁判のある日は必ず傍聴席にきて、広田と目を合わせ、心を通わせていたのだが、この日は三男の正雄と三人そろってきていた。

だが、わずか五分間での閉廷に拍子抜《ひょうしぬ》けし、静子の待つ練馬の仮寓《かぐう》先へ戻《もど》った。そして、半月ほど休廷になることを静子に話すと、静子は急に鵠沼《くげぬま》へ行こうといい出した。

このころ、巣鴨《すがも》での面会は月に一度か二度、それも毎回、一人だけに限られていた。静子は十四日の裁判の後、はじめて巣鴨に出かけ、広田との面会をすませてきたばかりであった。

これで当分面会もなく、また法廷も休みとあれば、練馬の仮寓先に留《とど》まっている理由もない。閉じたままの別荘も気がかりだし、少しは静養もしたい。それに、鵠沼での生活が懐《なつ》かしくなったのであろうと、正雄たちは深くは考えなかった。

だが、このとき静子は死を決意していた。仮寓先に迷惑をかけることなく、夫広田との思い出のこもる鵠沼の自分の家を、死場所に選んだのであった。

鵠沼の家は、荒れてがらんとしていた。戦犯ということで、しばらく前、目ぼしい家財を差押えられたせいもあった。

そのときさた若い役人たちは、人形の裏まであらためるようなきびしい調べをしたあと、あきれたとも、また慰めともつかぬ風に、正雄たちにいった。

「元総理大臣ともあろう人の家がねえ……。もう少し、お父さんに財産を残しておいてもらった方がよかったですね。これからがたいへんですよ」と。

だが、荒れてはいても、わが家はたのしく、懐かしかった。夕御飯には、静子は一家の好物である五目飯をつくった。娘二人と正雄夫婦を相手に、久しぶりに話もはずんだ。風呂《ふろ》から出たあと、もう一度、話の仲間に加わったほどであった。

このとき静子は、話の合間に、「これまで楽しくくらしてきたのだから、もういいわねえ」などとつぶやき、また、広田を楽にして上げる方法がひとつあると、謎《なぞ》めいたこともいった。

どういう話のきっかけからか、乃木大将夫妻の殉死のことも話題になった。杉山元陸相夫人も、杉山を追って自決している。妻は夫より先に死ぬのがいいか、後を追うべきかなどという話になった。

このとき静子ははっきり、「わたしは先に死ぬわ」といった。そして、翌朝早く、床の中でそのとおりになっている静子が発見された。遺書はなかった。享年《きようねん》六十二。

貧しい玄洋社幹部の娘として育った静子には、死についての覚悟ができていた。また、広田の逮捕に玄洋社のことが暗いかげを落しているという風にも考えていた。

二人は老いてまで相思相愛の仲であった。自分を幸福にしてくれた夫の巣鴨での生活を思うと、静子は居たたまれぬ思いがする。

裁判の前途は、楽観できなかった。広田が覚悟を決めていることも、静子にはわかった。最悪の事態が訪れるとき、夫の生への未練を少しでも軽くしておくためにも、静子は先に行って待っているべきだと思った。いま、妻の自分にできる役目は、それしかない。

静子は、もともと丈夫な体ではない。子供たちの足手まといになりたくはなかった。役人の予言どおり、一家は経済的に苦しめられそうである。

しかし、子供たちだけなら、何とかなる。北京で抑留されていた長男弘雄一家が帰国してきたところであった。嫁ごうとしない娘たちのことが、多少気がかりだが、裁判が一段落すれば、様子もちがってくるであろう。それに、三男正雄夫婦がついていることでもあるし……。

大使夫人・外相夫人・首相夫人となっても、いつもひっそり目立たぬところに居た静子。死に臨んで、ことごとしく遺書を残す気はなかった。名前どおりの静かな生、そして、静かな死であった。

新聞には、元首相夫人の狭心症《きょうしんしょう》による死として、片隅《かたすみ》の二、三行の死亡記事になっただけ。自殺が世間に知らされたのは、それから七年後のことであった。

静子の自殺は、米軍将校から簡単に広田に伝えられた。

広田は最初は暗然としたが、やがて思い直した。

夫婦の別れはすでに覚悟していたし、静子の死をまるで予感しないわけでもなかった。それにまた、広田にとってこの種の衝撃ははじめてではない。母タケの自殺同然の断食による死、次男忠雄の自殺、そして、いま、妻静子が……。

広田は、断乎《だんこ》として死を選び死に急ぐ肉親たちに取り巻かれているのを感じた。そして、その落ちて行く日輪の中で、かんじんの広田ひとりが取り残されている。広田は死と向い合い、声をかけて呼びこみたい気さえするのであった。死刑をおそれぬどころか、むしろ望むところである――。

静子の初七日の日、正雄は広田に面会し、静子の自害の模様を伝えた。

広田は大きくうなずくだけで、一言もいわなかった。ただ、正雄たちが、静子の遺骨を福岡の聖福寺へ埋葬に出かけるときいて、広田はついでに自分の戒名ももらってくるようにたのんだ。

やがて、和尚《おしよう》の筆になる「弘徳院殿悟道正徹大居士」なる戒名が届けられた。りっぱすぎると、広田は苦笑したが、古来、物々しいのは戒名のならわしである。位階勲等の類《たぐ》いとちがって、辞退するほどのことでもあるまいと、広田はあきらめた。

ただ、それから後も、広田が、獄中から家族へ送る手紙は、相変らず、静子宛《あて》とした。静子が生きているものとして、語りかけた。

翻訳して検閲を受ける便宜上、広田は手紙を片仮名で書いたが、その最後を「シヅコドノ」と結び続けた。その「シヅコドノ」の文字が見られなくなったとき、つまり広田が死ぬとき、はじめて静子も本当に死ぬ。生きている自分は死の用意をし、一方、死んだ妻を生きているひととして扱う。幽明境を異にすることを、広田はそうした形で拒んだ。

十章

広田が妻を失った五日後、同期の吉田茂を首相とする新内閣が誕生した。大先輩の幣原《しではら》元首相が国務相として入閣。進歩党との連立内閣の形をとった。

吉田は鳩山《はとやま》から、組閣については吉田に一任し、党の方は鳩山で押えるよう、約束をとりつけている。このため、政党内閣でありながら、党人の閣僚は少なく、官僚や学者を大量に起用した吉田好みの異色の内閣となった。重要な外相のポストは、吉田が自ら兼任して、手放さなかった。

新内閣は、前内閣同様、食糧危機打開に全力を注ぐ形になり、東京裁判については、一向に関心を払わなかった。

六月四日、キーナン首席検事の冒頭陳述が行われたが、その同じ日、病状のますます悪化した松岡洋右《ようすけ》は、弁護人の強い要求で、米軍野戦病院から東大病院坂口内科へ移った。そして家族の介抱を受けることになったが、松岡にはもはや冗談をいう気力もなくなっていた。

松岡と大川を除くA級戦犯二十六人は、十一日、梅雨の煙る中を、第四棟《とう》から第六棟へ引越しさせられた。

検事団が日本に着いてから、すでに半年経《た》っていた。このため、キーナンは、冒頭陳述を終ると、アメリカ政府首脳への報告も兼ね、休暇をとって帰国。一方では、アメリカの一流弁護士の何人かが、給与問題などの不満から、辞任して帰国した。

何となく落着きのない空気であった。「キーナンがやめる」とか、「ウェッブ裁判長が解任されるらしい」などといううわさが、巣鴨の中に流れたりした。

十四日から、各被告の履歴の朗読がはじまり、続いて、侵略戦争のための共同謀議《コンスピラシィ》の輪郭が述べられ、十七日には、はじめての証人が出廷した。戦前、和歌山県で英語教師をしていたという総司令部付の中佐が、狂信的な愛国心や、権力に対する盲目的服従心を育てることになった軍国主義教育の実態について証言した。

裁判は、検事側が書類証拠や証人を提出して起訴事実を立証し、これに対し弁護人が反対訊問《じんもん》を行なって、その証拠力を弱めるという形で進められた。

軍国主義教育に続いて、国家主義運動についての立証。政治家、官僚、言論家、右翼関係者などが次々に喚問され、証言した。かつては天皇機関説が裁かれたのに、今度は天皇機関説を裁いた思想が裁かれる番であった。

六月二十五日、前首相幣原喜重郎が証人台に立った。吉田内閣の国務相であり、現役閣僚として最初の出廷である。

広田が幣原の顔を見るのは、何年ぶりかのことであったが、幣原の方は、ほとんど被告席を見向きもしなかった。

幣原は、口供書で、浜口首相が東京駅頭で襲撃されたときの模様を述べた。それは、駐ソ大使として赴任する広田を、外相幣原が見送りにきてくれたときの出来事で、そのときの光景が、広田の脳裏にもよみがえった。当時、広田は五十三歳の働きざかりであった。暗い時代の到来を、幣原と二人、強烈に感じながら、あわただしく別れたのだが、それから十六年後、被告と検察側証人という形で出会うことになろうとは、思ってもみなかった。

幣原は前首相であり、新憲法制定という大事業を主宰し、吉田首相を助ける副総理格の閣僚である。「幣原外交」時代に劣らず、時の人として華やかな脚光を浴び、返り咲いていた。

ただ幣原は七十五歳。少しばかり、ぼけてもきたようで、浜口内閣での外相時代の同僚の蔵相の名を訊《き》かれると、

「名は忘れたが、あとで暗殺された人だ」

という答えをし、しばらくして、他の問答の途中、ふいにその名を思い出したといって答え、法廷内に時ならぬ笑いをまき起した。

幣原の証言は翌日も続けられ、軍に対する政府の統制力の無さ、さらに、満州事変における政府の不拡大方針と、それに背いて現地軍の暴走して行く過程などが、明らかにされた。

その内容は、広田が支那事変における外相時代に味わったのと、そっくりそのままといってよかった。

それを幣原は証人席で語り、広田は被告席できいた。

市ヶ谷で、幣原が証言を終ろうとするころ、近くの本郷の東大病院では、やはり元外相だった松岡が、その生を終ろうとしていた。

この日午後から危篤《きとく》状態に陥った松岡は、フランス人神父からカトリックの洗礼を受け、神父の名に因《ちな》んで、ヨセフの洗礼名を与えられた。衰弱しきった松岡にとっては、それがたったひとつの望みであった。

二十七日未明、松岡は六十六年の生涯《しょうがい》を終った。辞世の句、

「悔いもなく怨《うら》みもなくて行く黄泉《よみじ》」

二十七日法廷が開かれると、冒頭、裁判長の指示で、松岡担当の日本人弁護士が簡

単に松岡の死を報告。そのあと、同じ担当のアメリカ人弁護士といっしょに退廷して行った。一区切りという感じが、場内に流れた。

法廷は、六月末までに二十一回開かれ、七月一日からは、満州事変の立証に入った。

この夏、焼跡ばかりの東京は、七十年来という暑さであった。法廷への送迎の軍用バスの窓には、目かくしの紙がはってあったが、その隙間《すきま》からは、赤茶けた焼跡に、向日葵《ひまわり》だけが熱線にゆらいでいる光景が見えた。

その上、法廷は、ウェッブ裁判長御自慢の「ハリウッドに匹敵する明るさ」の光源を抱えこんでいる。日本人も、当のウェッブをはじめ、判事・検事たちもまずぐったりしてしまい、法廷の空気には、中だるみが出てきた。

だが、七月五日からの田中隆吉陸軍少将の証言に入ると、その空気はふきとんだ。

田中は、かつての関東軍参謀で、東条陸相の下で、兵務局長をつとめた。軍務局長は、東条子飼いの武藤章。

田中は、もともとは宇垣系であり、東条や武藤のやり口を、軍人の政治関与と批判したりして、東条と対立。婦人団体の統合で大日本婦人会がつくられ、副総裁に鳩山薫子が内定したが、武藤はこれを妨害し、東条夫人勝子を副総裁にした。このとき、田中は東条夫人に、「奥さん、あんまり出しゃばらん方がいいですよ」と、注意したりした。こうしたこともあって、田中は左遷《させん》され、その後、ノイローゼにかかって、療養生活を送っていた。

終戦後、総司令部から呼び出された田中は、逮捕されると思ったのだが、逆に、検事側から協力を求められた。田中の経歴と立場は、検察側には絶好の証人を意味した。いわゆるFBI捜査方式で、内部からの告発をさせるのに、うってつけの人間と目されたのである。

田中は、身辺保護のためもあって、東京の野村ハウスや今井ハウスといった米軍高級宿舎に住まいを与えられ、食糧なども米軍なみに給与され、芸妓《げいぎ》上りの愛人を呼んで暮すという生活ぶり。

田中は、こうした厚遇に応えるためや、また東条たちへの私怨《しえん》だけから、検察側にいわば寝返ったのではない。検事団との話し合いの中で、田中は、〈できるだけ少数者に重い罪をとらせる。そうすることで、大勢の者が救われるし、天皇に責任が及ぶのも避けられる〉という考えを固めた。そのためにも田中は、東条はじめ旧軍人A級戦犯たちの「悪事」を徹底的にあばき立てるつもりでの出廷であった。

そうした事情を知らぬ軍人被告の中には、久しぶりに田中の顔を見、微笑して迎える者もあったが、いくらも経たぬ中に、その微笑は凍りついた。

田中の証言は、何日にも、また何回にもわたって行われたが、その内容は、張作霖《ちょうさくりん》爆殺事件や柳条溝《りゅうじょうこう》満鉄爆破事件など、軍の出先による各種謀略や、国内での三月事件、十月事件などの内幕、さらに日米開戦当時の陸軍中枢《ちゅうすう》の動きにまで及んだ。

田中は、各事件の責任者の名をはっきり指摘しただけでなく、被告席を指さして、

「その男です」といった口調で指弾した。かつて田中を登用した板垣や橋本欣五郎《きんごろう》が、まず血祭りにあげられた。広田の両隣りに居る老将軍の南も、若い将軍の土肥原もやられた。梅津もやられた。東条、武藤はいうまでもない。

軍人被告たちは大さわぎとなり、また一種の恐慌《きょうこう》状態に陥った。板垣は、この日の日記の中に、特に二重丸をつけて書いた。

「◎人面、獣心ノ田中出テ来ル。売国的行動悪《ニク》ミテモ尚《ナオ》余リアリ」

検事側の圧勝であった。弁護人が反対訊問《じんもん》を行うと、田中はいよいよ暴露戦術に出た。もっとも、それは、田中なりの真相であった。田中が問題にする書類は多くが現物がなく、また、田中がその情報を得たという人物のほとんどが故人となっていた。

軍人被告たちはいきり立ち、軍人同士の泥仕合となった。

こうしたやりとりを、広田はうすく目を閉じ、端然とした姿勢できいていた。

槍玉《やりだま》にあげている男も、あげられている男たちも、どちらも、広田に煮え湯をのませた連中であった。とくに、板垣が後ろ楯《だて》になり、田中が黒幕になって指揮した昭和十一年秋の内蒙古《うちもうこ》での綏遠《すいえん》事件は、広田首相・有田外相がどうにか軌道にのせようとしていた日中の国交調整を決定的に打ちこわしてしまった。

当時のにがい思い出がよみがえってくる。むしろ、広田が検事となって、彼等全部を槍玉にあげていいくらいであった。それを、彼等と並んで被告席に置かれている。

ただ、広田はいぜんとして「物来順応」、そして「自ら計らわぬ」心境であった。軍人たちが仲間割れして争い合うさまを眺《なが》め、広田自身の法廷闘争への熱意は、いよいよ稀薄《きはく》なものになるばかりであった。

重光元外相も、このときはまだ局外者の立場に在り、日記に一首詠《よ》んだ。

「罪せんと罵《ののし》るものあり免《まぬか》れんと
　あせる人あり愚かなるもの」

この段階でいまひとつの問題になったのは、いわゆる田中上奏文の扱いである。

これは、昭和二年七月、時の首相田中義一が天皇への親書の形で、日本の大陸侵略策を上奏したという長文の意見書で、日本はまず満州・蒙古を占領し、ここを基地にして、次に中国本土を支配し、その資源を獲得する。さらに中国を足場に、インドから南洋を席巻《せっけん》。その先は、小アジア、ヨーロッパの征服に向おうというもので、検事側が侵略戦争の共同謀議《コンスピラシィ》の証拠として最も重視したもののひとつであった。

だが、これが法廷に出されると、弁護側の反対訊問によって、上奏文そのものの信《しん》憑性《ぴょうせい》がおかしくなった。現物もなければ、その現物を見た人もない。中国側の証人も、中国語に翻訳されたものしか見ていなかった。しかも、その文中には、皇族でない人を皇族にしたり、すでに故人となっている人物が会議で発言していたりするなど、日本人には考えられない幼稚なミスがいくつもあり、中国人の手による偽造と判定する証人もあって、結局、有力な証拠とならなかった。

だが、この田中上奏文が怪文書として斥《しりぞ》けられたことが、広田の身には、むしろ不幸な結果を招くことになった。侵略戦争の共同謀議《コンスピラシィ》の立証に躍起となった検事団は、田中上奏文の代りになるものを探し求めて、広田内閣当時立案された「国策の基準」に目をつけることになったからである。

七月も終りになって、法廷の冷房装置が完成し、涼風に洗われるようになった。

だが、冷房に馴《な》れないためか、被告たちは腹をこわし、平沼、白鳥が入院した。八十歳になる平沼は、肺炎が治って病院生活から戻《もど》ったところで、また再入院となった。

涼しくなった法廷では、しかし、南京《ナンキン》などにおける日本軍の虐殺《ぎゃくさつ》事件についての陰惨な証言が、八月半ばまで続いた。

広田が外相時代、その一部について報告を受け、再三、杉山陸相に抗議した事件であるが、いまは広田が「殺害の共同謀議」に関係ありとし、また、その「防止の怠慢」の罪を問われている事件でもある。

慈善団体役員という中年の中国人が証言台に立った。

「私ハ死体ガ到《イタ》ル処《トコロ》ニ横《ヨコタ》ワッテ居ルノヲ見マシタガ、其《ソ》ノ中ノ或《ア》ル者ハ酷《ヒド》ク斬《キ》リ刻ンデアッタノデアリマス。私ハ其ノ屍体《シタイ》ガ殺サレタ時ノ状態ノ儘《ママ》ニ横ワッテ居ルノヲ見タノデアリマス。或ル屍体ハ身体《カラダ》ヲ曲ゲテ居リ、又或ル者ハ両足ヲ拡《ヒロ》ゲテ居リマシタ。ソウシテ斯《コ》ウ云ウ行為ハ皆、日本兵ニ依《ヨ》ッテ行ワレタノデアリマシテ、私ハ日本兵ガ現ニソウ云ウ行為ヲ行ナッテ居ル所ヲ目撃シタノデアリマス。或ル主ナ大通リノ所デ私ハ其ノ屍体ヲ数エ始メタノデアリマスガ、其ノ両側ニ於《オイ》テ約五百ノ屍体ヲ数エマシタ時ニ、モウ是《コ》レ以上数エテモ仕方ガナイト思ッテ止《ヤ》メタ程デアリマス……」*

アメリカ人宣教師が証言する。

「強姦《ゴウカン》ハ到ル処ニ於テ行ワレ、多数ノ婦人及ビ子供ガ殺サレタノデアリマス。若《モ》シ婦人ガ拒絶スルトカ或《アルイ》ハ反抗スル場合ニハ、ソレハ突殺サレタノデアリマス。私ハソウ云ウ写真及ビ活動写真ヲ撮《ト》ッタノデアリマス。即《スナワ》チソレニ依リマスルト、婦人ガ首ノ所ヲ切ラレ、若《モシ》クハ全身ニ亙《ワタ》ッテ突刺サレテ居《オ》ッタノデアリマス……」

南京大学教授が出廷する。

「約五万人ノ日本軍兵士ハ避難民カラ寝具・台所用具並《ナラビ》ニ食料品ヲ沢山取ッタノデアリマス。占領シテカラ六週間ト云ウ間ハ、市内ノ殆《ホトン》ド凡《アラ》ユル建物ガ斯ウ云ウ遊歩スル兵士ノ団体ニヨッテ侵入サレタノデアリマス。場合ニヨッテハ此《コ》ノ掠奪《リャクダツ》ハ非常ニ組織的ニ行ワレタモノデアリマシテ、軍用〈トラック〉ノ多数ガ使用サレ、将校ノ指揮ニ依ッタモノデアリマス……」

＊

法廷は静まり返り、嘆息だけが漏れた。重光は日記に書く。

「醜態耳を蔽《おお》わしむ。日本魂《やまとだましい》腐れるか」

また次の日の日記にも、

「其の叙述惨酷《ざんこく》を極む。嗚呼《ああ》聖戦」と。

証言は次々と続き、多くの宣誓口供書や証拠書類が出され、検察側のこの事件にかける並々ならぬ熱意が読みとれた。

俘虜《ふりよ》虐待という罪だけで、同じ巣鴨《すがも》に居るB級C級戦犯たちが、折から次々に処刑されていた。旧日本軍占領地の各地でも、競い合うように処刑が行われている。それを思えば、この大量虐殺事件の責任追及は極刑でしかないことは、明らかであった。

幸か不幸か、この問題の最高責任者である松井石根《いわね》元中支派遣軍最高司令官は、ちょうどこのとき、胃病のため入院中で、松井の運命をゆさぶる陰惨な証言の数々をきかないですんだ。

このため、法廷で自分に関係あるものとしてきいたのは、広田だけであった。広田はもちろん、こうした「殺害」にも、「殺害の共同謀議」にも関係はなかった。「防止の怠慢の罪」を問われるわけだが、しかし統帥権《とうすいけん》独立の仕組の下で、一文官閣僚として何ができたというのであろう。

だが、検事団が広田にまで照準を当てていることは、明瞭《めいりよう》であった。そして、広田が自己弁護に立たぬ気持も、はっきりしていた。その結果がどういうことになるか、広田に予感がないわけではなかった。

法廷が開かれる日には、広田の娘二人が必ず傍聴にきた。これに気づいた法廷の警備隊長が親切な男で、記者席の最前部に二人の席を用意してくれるようになった。

といっても、言葉ひとつ届くわけではない。入廷してくるとき、広田は娘たちと視線を合わせる。そして、閉廷して立ち上るとき、娘たちはふたたび広田に目礼を送る。

ただそれだけである。

娘たちは、まわりの新聞記者のように、そこで暴露される「歴史の真実」や法廷闘争に興味があるわけではない。ただひとときでも、同じ屋根の下に広田とともに居て、広田を見つめていることで、安堵《あんど》を感じた。自殺した母静子の霊も、そのとき父娘《おやこ》とともに居る感じであった。

ひぐらしの声がしきりにきこえるようになった八月の半ばすぎ、法廷は色めき立った。元満州国皇帝溥儀《ふぎ》がソ連より護送され、法廷に立ったのだ。それまでまばらだった来賓席や記者席も、超満員になった。

廃帝溥儀は、その生い立ちから陳述をはじめた。それは、検事側の誘導もあって、満州国皇帝にかつぎ出される前後からは、はげしい日本攻撃になった。妃を毒殺され、神道を強制されたともいった。溥儀自身は、ひそかに独立運動を夢み、抵抗を心がけてきたのに、死の脅迫と弾圧のため、関東軍の傀儡《かいらい》として生きざるを得なかったと、すべての非を関東軍の所業にした。

神経質に眉《まゆ》をふるわせ、体を小きざみに動かしてしゃべる。ヒステリックに証言台をたたくときもあった。それは、実は、溥儀自身がソ連や中国での戦犯裁判にひき出されることにおびえていたためであった。

弁護人側の反対訊問で、妃の毒殺や神道強制も怪しくなり、執政でなく皇帝になることを望んだのが溥儀自身であることも、明らかになってきた。だが、都合わるくなると、溥儀は、「知らぬ」とか「忘れた」とか、逃げ続けた。かつての皇帝としての気品は、どこにもなかった。

このため、ウェッブ裁判長もたまりかね、「言いたくない事だが」と前置きして、「生命の危険とか、死の脅威とかを証人は云々《うんぬん》するが、例えば軍人が戦場を離脱した場合、死の脅威はその口実にならぬ。証人は今朝来ずっと日本軍と協力したことの言訳をしているようだが、これ以上きく必要はないように思う」*

と、たしなめるほどであった。

九月半ば、松井大将が少し肥《ふと》って、病院から巣鴨へ戻《もど》ってきた。松井の日課である観音経を詠《よ》む声がきかれるようになった。

法廷での南京事件の証言のすさまじさを知らぬ松井は、むしろ、「松井は中国へ移され、形式的な裁判を受けるだけで、国民政府の軍事顧問に招かれるらしい」などというううわさに、目を細めたりしていた。

十月十日、ソ連関係の立証に入ると、広田にとって不利な証拠となるメモの写しが、ソ連検事から提出された。

十五年前、駐ソ大使だった広田が、視察旅行にきた参謀本部員と交わした会談の要点を、大使館付武官の笠原中佐がメモに残していたもので、そこでは広田が、〈戦争を覚悟してでも、対ソ強硬策をとるよう〉主張したことになっている。

談話の要点をまとめる際、筆記者の主観や先入観が影響しやすい。まして、そのメモが参謀本部への報告用に書かれたとすると、果して広田の談話を正確に伝えているものかどうか、疑いが残る。

弁護側は、笠原に対する反対訊問で、

「広田は、陸軍側の意向をさぐるために、わざとそうした発言をしたのではないか」

などと反問し、また、メモの写しが一頁分しかなく、その残りがないことにも、不審を投げかけた。

だが、とにかく、証拠は証拠である。そうしたメモまで探し出したソ連検察陣の執念と威力に、法廷はおどろきの目をみはった。

それにしても、メモがどの程度、広田の発言を正確に記録しているのか、また、広田の話の真意がどこに在ったのかを明らかにできるのは、当の広田本人しか居ない。その広田が証言に立たぬことに決めている以上、笠原メモが広田を追いつめる一石になるであろうことも、たしかであった。

検察側立証は、対ソ関係を終ると、経済財政面での一般的な戦争準備、さらに対イギリス・アメリカ関係、対オランダ関係、対フィリピン関係と続けられて行った。

経済面での戦争準備の立証の際、総司令部経済科学局の証人に対し、広田の弁護人スミスがくいさがり、当時の国際的な経済環境で、日本の経済政策が準戦時体制に進んだのは、ある程度やむを得ないことであり、日本以外の国々にも同様のことが起り得たことを、証人に認めさせた。

敬虔《けいけん》なクエーカー教徒で、二十年の弁護士歴を持つスミスは、陽気で屈託のないアメリカ人弁護士の中で、ひとり物静かで、虚無的な感じのする男であった。その点、どこか広田に通ずるものがあった。それに、スミスは弁護士として有能で良心的であり、しかも、よく勉強するので、広田は満足し、また感心もしていた。

対アメリカ関係の立証では、検察側は、元駐日大使グルーの宣誓口供書を出した。その中でグルーは、広田や重光については、平和主義者として高く評価し、軍部によって不運にもその路線を妨げられたという趣旨のことを書いており、広田たちにとっては、むしろ有利な材料となった。

こうしたことから、弁護人側でも、グルーが来日し法廷に立ってくれることを望んだ。広田にとって、さらに多くの有利な証言がひき出せると期待したのだが、運悪くグルーの病気のため、実現しなかった。

九月三十日、ニュールンベルグの法廷では、ドイツA級戦犯に対する判決が下りた。二十二名の被告中、絞首刑《こうしゆけい》十二名、一方、無罪三名という結果が伝えられた。

巣鴨の被告たちは、比較的冷静にこの報せを受けとめた。

ドイツは、日本とちがい、明らかに共同謀議の上で戦争に突入しており、また、ユダヤ民族抹殺《まつさつ》という共同謀議による大量殺人を行なっている。死刑が多いのは、ある程度、予想された。

それだけに、むしろ無罪が三名も出たことに注目し、明るい空気を期待する向きもあった。そして、このころ、「外交官は無罪」とか、「広田や重光は、まもなく釈放される」などというわさが、広田の耳に入ってきた。広田は早速、そのうわさを重光にも伝えたが、しかし、広田自身、信じてはいなかった。

ニュールンベルグ裁判は、その後、思わぬ波紋を巣鴨の被告たちに及ぼした。死刑囚のゲーリングが隠していた毒薬をのんで自殺したため、巣鴨でも、監視や検査がにわかにきびしくなったのである。

法廷に出るときと帰ったときには、丸裸にされ、眼鏡や入歯もとり、四つんばいになって肛門《こうもん》まで検査された。獄房は再三にわたって移転させられ、身廻品《みまわりひん》は頻繁《ひんぱん》に徹底的な検査を受けた。

一時、運動のため、二千坪ほどの木立や芝生のある庭を歩くことを許されていたのが、鉄条網で囲まれた狭い散歩場へ押し戻された。

看守兵には、十八、九の若者が多くなり、被告に対する扱いも、手荒くなった。

秋空が高く晴れ上った日には、若い兵隊に追い立てられるようにして、老被告たちはふとんを干し、夕方にはまた、追われて、そのふとんをかつぎ入れる光景が、くり返された。

秋も深まり、一度、幾粒かの栗《くり》が食膳《しょくぜん》にのって、被告たちをよろこばせた。百舌《もず》の高い声がよくきこえる巣鴨の秋であった。

十一月三日、新憲法が公布された。

法廷控室でその新聞報道を読んだ重光が、

「これで最早《もはや》大丈夫と思う」

といえば、木戸も、

「もう大丈夫、今日は漸《よう》く戦いを終った気がする」*

と答えた。

この点は、広田も同感であった。新しい憲法は、平和外交の先輩幣原の手でつくられ、軍部の独走を許さぬばかりか、軍の存在さえ否定している。本当に、日本に新しい安心な時代がやってくるという感じがあった。

この戦争の何よりの責任者は、個人よりも、統帥権の独立を許した構造そのものに在る。〈長州のつくった憲法が日本を滅ぼすことになる〉と、広田はかねて危懼《きく》していたが、そのとおりになった。日本は高過ぎる授業料を払った。いや、まだその授業料の一部を払い終えていない……。

法廷控室で、別の日、橋本欣五郎が、些細《ささい》なことから、いきなり拳骨《げんこつ》で白鳥被告をなぐり、白鳥の眼鏡がふきとんだ。

アメリカ兵たちは、あっけにとられ、他の被告たちは肩身の狭い思いをした。

「あれだから、日本が今日の様になったのだ」

と、木戸が重光につぶやいた。

市ヶ谷ではすでに十月末から暖房が入っていたが、巣鴨でも、おくれて十二月に入ってスチームが通った。

面会に来る被告の家族たちには、生活に追われたやつれが見えた。物価ははげしい上昇を続けており、家族たちは着ている物を一枚ずつ剝《は》いで換金して行くタケノコ生活を強《し》いられた。

広田が正雄と面会しているとき、その隣りで某被告が家族にいっている声が耳に入った。

「あのダイヤがあるだろう。あれを売ったら、かなりの金《かね》になるんじゃないか」

広田たちは、耳を疑った。その被告は、戦争中、国民にダイヤ供出を命じた東条内閣の閣僚であった。

そのとき広田は、静子のたったひとつのダイヤを早速供出させた。貝細工の指輪のあと、はるばるオランダから買ってきたダイヤの指輪には、夫婦の愛情と長い歴史がこもっていたのだが――。

被告と家族とのやりとりの中からは、「金を使わなけりゃだめだ」という声や、「狐《きつね》と狸《たぬき》の化かし合いだ。検事だって弁護士だって、ごまかさなけりゃ」などと話す声もきこえた。

それらを、広田とその家族は遠い世界の話のようにきいた。

こうして、昭和二十一年も終った。

巣鴨では、大晦日《おおみそか》の夕食には、うどんが出た。板垣は日記に書く。「大晦日ノ『ソバ』ノ意味モアルベシ。無表情ノ三字克ク被告一般ノ風景ヲ叙述《ヨ》ス」

と。さらに板垣は、その年を締めくくるように続けた。

「本年ハ食糧ノ不足ト憲法制定ガ二大問題ナルカ。最近ノ世相ハ混乱ノ二字ニ尽ク。食糧ハ辛ウジテ突破シタルカ。住宅難。インフレ。闇《ヤミ》ノ横行。ストライキノ流行。悪質ノ犯罪増加。石炭饑饉《キキン》等昭和二十二年ノ危機ヲ発芽シアリ。国内政治、一般民心共ニ自力再建ノ域ニ達セズ。支那国共ノ紛争ハ当分継続スベク、満州北支北鮮等共産党ノ勢力抜クベカラザルモノアルガ如《ゴト》シ」

＊

新年早々の三日。永野修身《おさみ》元海軍元帥《げんすい》が急性肺炎で入院、五日には死去した。享年六十八。被告の数が、また一人減った。

一月二十四日、延べ百四人の証人を出頭させた検事側論告の立証は終った。法廷はすでにこれまで百五十九回も開かれていた。

このあと、弁護側は、検事側の立証不十分を理由に「公訴の棄却」を申し立てる動議を提出した。

これは、ふつう単なる形式的手続きとされていたのだが、スミス弁護人（広田担当）は、裁判長の指示に背いて、審理そのものを不当とする動議や、法廷の開設を根拠なしとする動議などを次々と提出、裁判長とはげしくやり合った。

ウェッブはこれらのすべての動議を却下。そのあと、個人動議を、スミスをふくめたアメリカ人弁護士が、それぞれの担任の被告について行なった。

最後に、スミスがふたたび立ち、被告全員に関係する一般動議を行なった。共同謀議的なものは存在しないし、五十五項目に及ぶ犯罪を立証するのに、検察側の証拠は不十分であり、公訴を棄却されたいという動議である。

これに対し、二人の検事が反駁《はんばく》。とくに、イギリスのコミンズ・カー検事は、被告ひとりひとりの性格批評まで加えながら、辛辣《しんらつ》な論駁を行なったが、とりわけ同検事のきめつけがきびしかったのは、東条であり、さらに、スミスが担任している広田であった。

カー検事は、まるで広田に対して悪意でもあるかのように、強い非難を加えていった。

「彼は最初から最後まで侵略者であり、彼の公的私的の言語及び行動間の対照は、彼が特に利巧な者であることを示しておるということであります」*

他の被告に対する論駁は、おだやかであったり、限定つきであったりしたのに、広田に対してだけは、終始侵略者であり、ずるい二重人格者という最悪の烙印《らくいん》を捺《お》したのであった。

だが、広田は、これを平然としてきき流した。どんなカードが廻《まわ》ってくるとしても、おどろきはしない。終りのときが訪れるまで、ただペイシェンス（忍耐）のあそびを眺《なが》め続けるだけである。

スミス弁護人は、クェーカー教徒らしい潔癖さと正義感を持つ男であった。

この少し前、日本人弁護団がアメリカ人弁護士たちを料亭に招き、高松宮も出席して、慰労の夕食会を催したことがあった。このとき、スミスひとりが、食糧危機の日本で御馳走《ごちそう》になるわけには行かないと、最後まで料理にも酒にも手を出さなかった。

スミスはそれほど潔癖で正義感が強い。しかも仕事熱心で法廷闘争には自信がある。こうしたスミスの目から見れば、判・検事団はウェッブ裁判長をはじめいずれも各国の二流三流の法曹家《ほうそうか》のかき集めであり、しかも、裁判そのものが多分に政治臭を帯びている。

スミスとしては、担当被告広田を十分に弁護するということより、まず、この法廷に法の正義を貫徹させようという気概に駆られた。それがひいては広田のためにもなるという公式的な判断である。

担当された被告にとっては、心強くもあるが、同時に、不安で危険な賭《かけ》をする弁護人ともいえた。被告の広田本人が自ら計らおうとする気がないところへ、弁護人は弁護人で法の正義に突っ走って行く。ここにも、破局が予想された。

果してスミスは、それから一月ほど後、また裁判長ウェッブと衝突した。

三月五日、法廷では、弁護側が政治評論家などを証人に呼び、〈戦前二十年間に十七内閣の交代があり、大臣の数も多数に上り、共同謀議などできる状況ではなかった〉ことを、立証しようとしていた。

だが、裁判長ウェッブは、裁判を促進するという口実で、しばしば証言に口をはさんでカットさせ、あるいは遮《さえぎ》ろうとした。

このため、スミスがたまりかねて立ち上り、「それは、裁判官の不当な干渉ではないか」と、抗議した。

裁判長ウェッブは興奮した。

「法廷では丁重な言葉を使用されたい。不当な干渉というような言葉を使ってはならぬ。さもなければ、貴下は法廷を退出せねばならぬ。謝罪されたい」

「私は二十年間弁護士を続けており、この言葉はしばしば使っております」*

と、スミスも、負けない。侮辱する意思がなかったのだから、謝罪する理由がないとはねつける。ウェッブはとにかく前言を取り消せと迫ったが、スミスはきっぱり断わった。

このため、ウェッブは一旦《いったん》休廷したあと、判事団協議の結果として、「発言を取り消し謝罪するまでは、スミスを審理から除外する」と宣告した。これに対しスミスは、「自分の立場を変える意思も理由もない」と強い口調で応え、弁護人席から退場した。

このスミスの態度に、軍人被告の中には、溜飲《りゅういん》が下ったと大はしゃぎする者もあった。

広田のためのアメリカ人弁護人は、東郷茂徳被告担当のジョージ山岡弁護人が兼任することになった。

スミスは、法廷の記者席に通い続けて審理を見守り、ジョージ山岡らに助言を与えたのだが、しかし、広田の弁護がかなり手薄になったことは否定できなかった。

二度目の冬を迎え、巣鴨の生活は暗かった。このころには、横浜で裁判を受けていたB級・C級戦犯に次々と死刑囚が出て、広田たちの居る棟《むね》の上の階に収容され、自殺を企てる者が出たり、発狂して叫ぶ声が獄内にひびいたりした。

A級戦犯に対する監視や検査もいっそう厳重になり、来た手紙も写真にコピイしたものしか渡されなくなった。自殺防止のため、夜間も煌々《こうこう》と電燈をつけたままで、各房のドアを開け、枕《まくら》を廊下に突き出し、首から上をふとんから出して眠るよう強制された。このため、風邪をひく者が続出した。

三週間にわたる準備のための休廷のあと、弁護側の反撃は、清瀬弁護人（東条被告担当）の冒頭陳述ではじまった。

ただ、この陳述の前に、被告・弁護団の間では一波瀾《ひとはらん》あった。

軍部の被告たちが、戦争は相手側の挑発《ちようはつ》により、また自衛のためやむを得ず起ったと主張しようとするのに対し、広田は、〈たとえ自衛戦にせよ、戦争を正当化することはできない。自分には戦争を防止し得なかった責任がある〉として、清瀬の陳述には名を連ねなかった。

善き戦争はなく、悪《あ》しき平和というものもない。外交官として、政治家として、戦争そのものを防止すべきである。それは、小村寿太郎以来、幣原《しではら》に至るまで、霞《かすみ》ケ関《せき》外交の伝統であったはず。かつて広田は最初の外相就任当時、「わたしの在任中、断じて戦争はない」と述べたが、それは広田の覚悟であり、責任感の表明であった。だが、最後に近衛《このえ》内閣の外相をつとめたとき、日中戦争が起った。「その点、他の被告がどう考えようと、自分は責任を避ける気になれない。自分は責任者である」と、広田はむしろ声を上げて名のり出たいくらいであった。

弁護側の陳述と立証は、対中国、対ソ連、対英米と、順を追って進められた。

弁護人は、関係被告に共通する論点から陳述し、証拠提出と証人訊問《じんもん》によって立証しようとするのだが、それはまた個人個人の被告を弁護することにもなった。

だが、広田は相変らず裁判に乗気にならず、広田の弁護人たちも、ほとんど広田弁護の証言をひき出そうとすることがなかった。

「どうして広田の弁護を十分にしないのか」

と、重光が心配するほどであった。

だが、もともと自己弁護をする気のない広田としては、一般的反証の段階でまで個人弁護をすることなど思ってもみなかった。

個人弁護のための段階は、別に設けられている。もし弁護人が役割上、広田のために反証したいなら、その段階でやれば、それで十分。一般的反証はあくまで一般的反証でというのが、広田の考えであった。

法廷では、すでにこの段階でも、A被告に有利な証言がB被告を不利にするといった事態が、ときどき起っていた。それを見ても広田は、自分だけに有利な証言など、まっぴらだと思った。

一方、裁判長ウェッブは、マッカーサーの希望を受けて、裁判を早く終結させようと焦《あせ》っていた。このため、弁護側の発言を中途で遮《さえぎ》ることが多く、弁護人たちと再三トラブルをくり返した。

ウェッブはまた、検事側の異議は多く受け入れ、逆に弁護側の提出文書は数多く却下した。とくに、ソ連や中国の共産党関係の書証は、ほとんど却下した。

おもしろくない法廷が続いた。それでも、被告たちには、市ヶ谷へ行くのがたのしみであった。

巣鴨のそれぞれの住まいは、わずか三畳の広さ。畳が二畳、残り一畳分のところに、洗面台兼用の机と、便器兼用の腰掛がある。薄い敷ぶとんと、数枚の毛布。そのささやかな住まいが、週に一度は、畳の裏までひっくり返される手荒な検査を受けた。

それにくらべると、市ヶ谷行きは、バスの窓の貼紙《はりがみ》の隙間《すきま》から、バラックの立ち並ぶ東京の街を見ることができる。バス内での会話も自由。法廷の控室では、アメリカ煙草やチョコレートを特配してくれたり、こっそり弁護人や家族と面会させてくれたりした。

戦犯となって二度目の春が、いつか廻《めぐ》ってきていた。市ヶ谷かいわいの桜の花が、みごとであった。

巣鴨にも桜が咲き、おくれて藤《ふじ》が咲いた。このころ、ふたたび芝生の上の散歩が許され、被告たちは芝の上に腰を下ろしてしゃべり合い、「芝生クラブ」と名づけたりした。広田は相変らず無口で、そのクラブの常連とはならなかった。

隣接する鉄条網で囲まれた散歩場には、捕虜服を着せられたB・C級の若者たちが、二人ずつ手錠でつながれ、裸足《はだし》で歩いていた。A級戦犯を見て、会釈《えしやく》する者もある。死刑執行の日までの空しい運動であった。

死刑といえば、元第六師団長谷寿夫中将が中国の法廷で南京大虐殺《ナンキンだいぎやくさつ》の罪を問われ、四月末、南京郊外の雨花台《うかだい》で、中国民衆の見守る中で処刑されたという報せが入った。ひとりだけ中国服をまとい、また観音経を唱える松井の身にとって、また、同じ罪に関係して訴追されている広田にとって、他人事《ひとごと》でない報せであった。

獄舎の外では、この同じ四月末、総選挙が行われた。

吉田は神奈川県から立候補するつもりであったが、「あなたのように選挙民に無愛想では、今度は当選するとしても、次からは落選請け合いです」と、衆議院議長山崎猛《たけし》に忠告され、高知にふりかえ、当選したが、自由党は十名ほどの差で、第一党を社会党に譲った。

一方、民主党（旧進歩党）から立候補した幣原は、戦後にわかに高まった知名度のおかげで、大阪府下で最高の七万五千票を得て当選した。ただ同党は、選挙直前、幾人かが公職から追放されたりしたため、選挙では第三党に転落した。

この結果、片山哲を首班とする社会党内閣が成立。民主党からは芦田均《あしだひとし》らが入閣して協力することになった。

吉田も幣原も、社会党政権が永く続くはずはないと見て、それぞれに覇気《はき》満々であったが、どちらの党内でも、二人を棚上《たなあ》げし、あるいは排斥する運動が、旧政党人たちを中心にひそかに進められていた。

こうした状況もあって、吉田も幣原も、東京裁判の行方については、ほとんど無関心といってよかった。

十一章

巣鴨《すがも》ではヒマラヤ杉の青い木陰、市ヶ谷では冷房装置の涼風が恋しい季節となった。

判事たちが休暇をとって、幾人も顔を見せぬ中で、弁護側の一般的反証が続いた。

裁判長ウェッブは、いぜんとして検事側の異議を認めることが多く、弁護側の反証は、はかばかしくなかった。また、弁護側内部における対立も、あらわになってきた。

とくに日米関係について、東郷被告担任の弁護人が、一般的反証段階にもかかわらず、徹底した東郷弁護を行なったため、軍部被告の弁護人たちからはげしい抗議や異議が出て、証言や証拠の一部を自ら撤回するというさわぎもあった。

そうした中で、広田の弁護人も広田も、沈黙を守り続けた。

このため、広田と一面識もない未起訴組の笹川良一まで、見かねて、広田を熱っぽく説得した。

「僕は今の起訴組から、二、三名の無罪放免者は出るんではないかと想像しております。あなたや重光さんを其の有力な候補者に数えております。どちらにしても、あなたは大した事ではないと思いますが、進んで証言台に立って、あなたの立場や信念を堂々と陳述して下さい。僕は昔二審の第一回で有罪の判決を受けましたが、其の時の感じとして、あれも言えばよかった、これも語ればよかったと非常に後悔した経験があります。大いに言うべき事を言った後で、どんな重い判決に接しても自分の心は満足できますが、何も言わないで予想外の結果になると必ず悔が残ります」*

と。

だが、広田の態度は変らなかった。

一般的反証も終りに近づいた九月五日、審理から除外されていた広田担当のスミス弁護人が、半年ぶりに法廷に立った。

スミスは、かつての発言について、遺憾の意を表明した。もっとも、それがアメリカとオーストラリヤの法廷のちがいから誤解を招くことになった、として。

この陳謝によって、スミスの法廷復帰を許すという裁判長ウェッブの了解があってしたことだが、中国の梅判事が、「不十分な陳謝だ。やり直しさせろ」と、ウェッブをそそのかした。このため、ウェッブは、当日、裁判官全員が揃《そろ》っていないのを口実に、次の開廷日にもう一度陳謝するよう、スミスに求めた。

スミスは怒った。もうこれ以上、感情を抑えては居られぬと、正式に弁護人を辞任、ついに帰国してしまった。

こうした状況の中で、各被告の個人弁護に移り、広田については、九月二十五日から、その弁護が開始された。

ジョージ山岡弁護人が冒頭陳述したあと、七日間にわたり、証人十人が出廷した。その中《うち》、七人は外務省関係者であった。〈外務省関係の証拠で、外務省のしたことを明らかにして行く〉という広田の希望によるものでもあった。

最初の証人（亀山一二）は、元駐ソ大使館参事官で、東支鉄道の譲渡がソ連の希望によるものであり、困難に遭遇しながらも、広田が熱心に根気強く努力し妥結に持ちこんだ過程を証言。

後になって、弁護人から、その裏づけになる証拠として、広田とソ連外務人民委員リトヴィノフとの間にとり交わされた電文や、リトヴィノフの著書の一部が、証拠として提出され、受理された。

その著書には、リトヴィノフが日本人記者に語ったとして、次のような言葉などが記録されていた。

「諸困難の存在により該交渉は約二カ年間行われたが、これら諸困難の克服には交渉の全段階において積極的に交渉に参加した広田外務大臣が少なからず功績を有する」

この他、「私としても、対外関係の処理に当り、世界平和を念とし、外交手段によりわが方針の貫徹を図ることに渾身《こんしん》の努力を傾注せんとするものである」などという議会での広田の演説や答弁なども、証拠として提出、受理された。

だが、一方では、有力な証拠と思われたグルーの日記からの抜萃《ばっすい》は、著者の個人的見解を示すものとして却下されることが多く、検事側の執拗《しつよう》な異議を、裁判長ウェッブはしきりにとり上げた。

二人目の証人は、広田の外相時代、外務省東亜局長であった桑島主計《くわしまかずえ》である。

桑島の宣誓口供書では、外相が内田から広田に代ると、それまで絶交状態で重苦しかった日中関係改善にのり出し、このため国民政府の態度も大きく好転、大使館昇格などの友好機運が盛り上ったことを、具体的に説明。一方、これに冷水を浴びせるように、関東軍などが衝突事件をひき起し、あるいは傀儡《かいらい》政権を樹立。これに対して外務省が抗議し反対して行った過程を陳述した。

広田に苦汁《くじゆう》をのませた板垣・土肥原らは、首をそろえて被告席に坐《すわ》っていた。だが、彼等の被害者であった広田もまた、同じ被告として、その中に突っこまれている。

皮肉というより、腹の立つ廻り合せなのだが、広田は物来順応、相変らず静かな表情で坐っていた。

三日目には、桑島証人に対するコミンズ・カー検事の反対訊問が行われた。

「交渉による要求を得るために、種々の脅迫、あるいは最後通牒《つうちよう》を、陸軍によって、なさしめたのではないか」

「絶対にそうではない」

「脅迫による圧力が十分でない場合には、広田は適当な時期において、その政策を支那に強要させるため、陸海軍の武力をも行使する準備をなしていたのではないか」

「かかる準備をなしたことは毛頭ない。証人としてつけ加えさせていただくならば、広田氏の交渉は、全部外交機関を通じて行なっている」

といった具合のカー検事の追及に対し、桑島はよく広田のために弁じた。

また、この日には、「いずれの国とも親交を増すという考え方で外交をやるべきものであると信ずる」という広田の貴族院での演説や、広田の対華三原則を蔣介石《しょうかいせき》が歓迎したことを示す電報類が証拠として提出され、受理された。

四日目の午後には、堀内謙介元外務次官が証言に立った。

堀内の口供書は、広田の首相および次の外相時代について詳しく浮き彫りしたものだが、カー検事は、〈広田自身が証言するのが妥当である〉と異議を申し立て、口供書のかなりの部分が却下された。広田が証言台に立つ意志のないことを知った上でのカー一流のやり口であった。

却下を免《まぬか》れて朗読された堀内の口供書は、支那事変当初、広田の閣議での動員への同意は、「差当りの準備的心組みである」という陸相了解でなされたことなどからはじまり、平和解決のための工作や、数次にわたる和平交渉、そして、「蔣介石を相手にせず」の声明が和平交渉の余地を残そうという配慮からなされたことに至るまで、広田の努力の跡を明らかにしたものであった。

このあと、カー検事がきびしい反対訊問をたたみかけた。

カーは、欧米流の文官優位の発想を日本に当てはめ、また、当時の日中間の特殊事情をことさら無視し、すべてを広田の責任に帰そうとした。

事変当時の最高責任者である近衛首相も杉山陸相も、ともに自殺。広田内閣当時の寺内陸相も病死していた。〈責任はすべて故人たちがとるべきであり、そうした線で徹底した弁護を行うべきだ〉と忠告する声もあったが、広田は受けつけなかった。広田としては死に向おうとする気持こそあれ、死者たちを足蹴《あしげ》にして生の世界へ逃げこむ気はない。むしろ死者たちの罪まで背負って死者の国へ赴こうと、静かに燃えるような気分であった。

ただ広田に残念なのは、だれもが死を免れようと裁判に夢中になっている中で、そうしたことを口にできないことであった。

堀内は、統帥権《とうすいけん》独立の下での文官大臣の権限や、日中間の特殊な関係などを説明しながら、カー検事の質問をかわし、あるいはカーとやり合い、けんめいに広田のために弁護したが、この努力にも限界があり、沈黙する広田が不利になることは、目に見えていた。

和平交渉仲介を求めた広田・クレーギー会談について堀内が証言しようとすると、カーが立って、「それは被告本人が証言すべきだ」と、またしても遮《さえぎ》り、裁判長ウェッブもこの異議を受け入れた。まるで欠席裁判同然の仕打ちであった。

広田にとって、さらに大きな問題となったのは、広田内閣当時制定された「国策の基準」についてである。検察側はこれを、国内的には全体主義的革新政策、対外的には膨張政策を打ち出した綜合《そうごう》的な国策とし、田中上奏文に代る最初の「共同謀議《コンスピラシイ》」に仕立て上げようとしていた。

これに対し、この「国策の基準」の制定事情や、そのねらいを説明し弁明するには、広田自身が立つ他なかった。

A級戦犯中、最年少で、五十歳を越えたばかりの佐藤賢了中将は、かつて一中佐時代、議会で「黙れ！」と一喝《いっかつ》した荒武者だが、巣鴨入りしてからは、広田の人柄《ひとがら》に傾倒した一人であった。佐藤は、市ヶ谷への通いのバスの中でも、つとめて広田の隣席に坐《すわ》った。広田の隣りに居るだけで、「この歳《とし》をして」と、自分でも不思議なくらい、心が安らいだ。

佐藤は陸軍省政策班長として、「国策の基準」の草案を作成し、広田に提出した当事者でもあった。こうしたことから、佐藤は広田がなすこともなく検察側の罠《わな》にはめられて行くのを見て居られず、広田に証言に立つよう、ほとんど喧嘩《けんか》腰《ごし》になって訴えた。

「国策の基準」が、クーデターの再発をおそれた陸軍の起案になることを明らかにす

べきだというと、広田は首を横に振って、

「陸軍で起案しようが、だれが起案しようが、わたしは総理大臣として、あの国策を決定しました。全責任は、わたしにあります」

佐藤がさらに、「国策の基準」は、国内政策にせよ、対外政策にせよ、革命気分沈静のためのゼスチュアであって、軍自体が南進といい北進といっても、戦争に訴える心算《つもり》は毛頭なかった、といい、

「起案した陸軍の気持もゼスチュアであり、世間もあの国策を見て、みな、ゼスチュアだといいましたよ。その辺の事情を、被告自身が証人台に立って明示するのが、本旨ではありませんか」

と、たたみかけると、広田は不快そうな顔になり、

「総理大臣が国策をゼスチュアであったと証言するのですか」

と、短くいい返した。それでも佐藤はなお、「国策の基準」の中には、実行を考えた項目もないではないが、国策全体としてはゼスチュアであると、起案者の自分が考えている、とつめ寄り、

「あなただって、そうにちがいない。わたしは証人台に立って、嘘《うそ》を述べなさいと申し上げているのではありません。真実の気持を述べていただきたいと申し上げている

のです」＊

と訴えたが、広田はもう返事もしなかった。

広田の個人弁護の七日目、元駐支大使館参事官（日高信六郎）が、蘆溝橋《ろこうきょう》事件の収拾や上海《シャンハイ》への波及防止のために払われた外務省の努力について証言。当時の上海総領事（岡本季正《すえまさ》）も、これを補足する形で、停戦交渉などについての証言を行なった。

検察側の反対訊問はなく、これに関連する訓電やグルーの日記、クレーギーの著書の抜萃《ばっすい》などが証拠として提出され、受理された。

そのあと、外務省東亜局長だった石射猪太郎が、南京虐殺《ぎゃくさつ》事件について、陸軍への警告や申し入れなどについて証言。カー検事が反対訊問を行なった。

カーの訊問は、「広田は閣議に持ち出したか」「広田は責任者を処罰させるために必要な措置をとったか」など、当時の日本の外務大臣には実行できないことを次々と質問しかける形であり、これに対して石射は、「聞いていない」「承知していない」など、ごく簡単な否定の返事をくり返すことが多かった。このため、法廷には、広田が虐殺事件を知っていながら格別の努力をしなかったような印象を与えた。

広田のライバルの佐分利に可愛がられ、東亜局長当時広田と衝突したこともある石射。性格的に直情径行だったとはいえ、石射証言は、他の外務省関係者が広田のために弁じ立てたのとは、ニュアンスを異にしていた。しかも、問題が問題であっただけに、このことは、広田の身にかなり深刻な結果をもたらすことになった。

佐藤賢了は、被告席で歯がみする思いで、この場面を見守った。この点についても、佐藤は広田自身証言に立つよう、どれほどすすめたか知れない。

「閣議は行政事項に限定され、南京事件のように作戦・統帥に関することは閣議で扱われる問題でないことが、ひとりカーだけでなく外国の判検事には容易に理解できないのです。これだけはどうしても、あなた自身が証人台に立って、統帥権独立の憲法からする国家機構として、政府と統帥部の職域の分界をはっきり説明し、南京事件の如《ごと》き作戦・統帥に関する事項は内閣の関与する事項ではなく、従って外相としては陸相に警告し、陸相を通じて禁圧するより外に方法がないことをはっきりと証言されるように」と。*

証人の最後は、有田元外相であったが、その出廷前、広田にとって、いまひとつ不幸な出来事が起った。

有田は口供書の中で、中国との和平交渉に赴く途中、板垣関東軍参謀に会い、強硬論を突きつけられたことを記していたが、それを知った板垣が、自分にとって不利になるというので、広田に対し語気強く撤回を迫った。

広田は撤回に応じた。他人と争い傷つける形での証言を出すことは、広田の本意ではない。自分に不利になるとしても、死を覚悟している広田にとっては、とるに足りぬことに思えた。

だが、弁護人が承知しなかった。とくに、広田の後輩である守島弁護人は、軍の横暴を明らかにすべきだという考え方で、これまでも証拠や証人の用意に心を砕いてきただけに、「絶対に譲るべきではない」と主張したが、広田は「譲ってやれ」という。

このため、守島はついに弁護人を辞任してしまった。

先にスミス弁護人を失い、この段階になって、守島弁護人に去られるのは、大きな打撃であった。被告たちは、広田に同情した。

だが、広田は少しも動揺しなかった。いつものように微笑して正雄にいった。

「守島君は真向に突き進んで歩いて行く男だからね。壁にぶつかったら、右か左へ行けば方向転換できるのに、そうしない。そこがまた彼らしいおもしろいところだよ」

ことは自分の生死にかかわるというのに、広田はまるで他人事《ひとごと》のように、旧部下である弁護人の動きを見つめていた。

被告の中には、他人に泥をかぶせ、自己弁護に狂奔する者もあった。軍人被告の幾人かもそうであったが、一方、軍人被告に偽証をたのみこむ文官被告もあった。

そうした中で、死刑を逃れられない東条と、自ら計らわぬ広田の二人の一身に責任を引き受けようとする姿勢が目立った。

広田のあと、星野・板垣・賀屋・木戸……と、アルファベット順に、なお個人弁護が進められた。

木戸や東郷の反証段階では、いわば悪役にされた軍人被告の間に恐慌《きょうこう》状態が起り、バスの中などで、二人は罵声《ばせい》を浴びせかけられたりした。

もっとも、板垣などは、肚《はら》もすわったのか、軍部攻撃をする重光に「今日も元気でやって下さい」などと声をかけ、重光をとまどわせた。

この板垣に対して、広田は証言とり下げ問題を根に持つこともなく、むしろ、「さっぱりしたやつだよ」などという板垣評を家族に漏らしたりした。

変化といえば、むっつりしていることの多かった東条が、このころには、ときどき笑顔を見せるようになり、「もう先が見えてるからね」などと、冗談をいったりした。

巣鴨での被告たちの日課に、変りはなかった。朝は観音経や法華経の声が流れる。その中で、大島浩《ひろし》被告の詩吟の声が、きわ立って明るく元気であった。

本の差入れは禁止され、所内の常備書を車にのせてきて、貸し出した。英文のものが多く、原子力関係の新刊もまじっていた。

他人の房を訪ねることは許され、トランプや碁・将棋に時間をつぶした。広田はひとりで黙々とトランプを並べてペイシェンスをやり、碁も観戦して、「ああ、惜しいな」などといったりするのだが、いくら誘われても、相変らず自分ではやろうとしなかった。そのためいかにも悟りすましているように受けとられるのだが、それは広田にとっていまはじまったことではなかったし、また、その理由を説明する気もなかった。広田としては、すべてをごく自然に受け、自然に流れて行くばかりであった。

松井や白鳥が、あわただしく病院へ入ったり出たりする一方、八十を越えた平沼や南の髪や髯《ひげ》が黒くなったりした。

帰国のきまった看守兵が、土産代りに被告の署名《サイン》を集めに廻る。代って、また若い看守兵がふえる。彼等は騒々しく、夜になっても大声でしゃべったり笑ったり、あるいは、口笛やハーモニカを鳴らした。

その一階上では、同じ年代の戦犯死刑囚たちが、収容されてきては、処刑場へ送り出されていた。

A級戦犯に対する監視は、さらにきびしくなった。

入浴するときにも、将校はじめ数人の兵士が風呂場にきて立ち会う。夜間は、眼鏡も鉛筆もとり上げられた。百燭《しょく》の電燈をつけっ放し、看守兵がひっきりなしに歩く。その靴音を一万回まで数えた被告もあった。うとうとするばかりで、熟睡のできぬ夜がくり返された。

事実審理は二十三年二月十日に終り、翌日から検察側の最終論告。広田に対する個人最終論告は二月二十日から朗読された。

それは、「彼の真の意図は徹頭徹尾日本の勢力を武力脅威を背景とした外交によりでき得る限り拡張することであった」という冒頭の言葉に象徴されるような、検察側の一方的な見解による糾弾であった。たとえば、広田の協和外交が軍の出先によって次々に破綻《はたん》させられて行った過程を、検察側は、広田が軍の陰謀を知っていて、欺瞞《ぎまん》外交を行なっていたという論理にすりかえた。

それでもなお、広田が積極的に侵略戦争を企てたり行動したりしたという糾弾は少なく、むしろ、「何の処置もとらなかった」式に、不作為の罪を問う形のものが多かった。

三月二日からは、弁護側の一般最終弁論がはじまり、広田に対する個人最終弁論は、山岡弁護人によって、三月十七、十八の両日行われた。

弁護人はまず、検察側の論告が、「驚くべき想像力と工夫」によるものだと皮肉ったあと、検察側が問題にする各事件が一つとして共同計画あるいは共同謀議に関係するものがなく、仮に無理にそう仮定しても、広田が個人として、検察側が指摘するような意思あるいは目的に基づいて行動したことを立証する証拠は一点も存在しない、と主張した。

そのあと、証拠名を一々あげながら、弁護は各論にわたって進められた。

対ソ関係では、広田の東支鉄道譲渡斡旋《あっせん》について、ソ連側が大いに満足したのをはじめ、数々の辛抱強い両国間の懸案解決工作を行なってきた。検察側が問題にする日独防共協定締結も、共産主義が日本の統治組織を脅やかすという心配から、そのイデオロギーの蔓延《まんえん》防止のため、共産党活動に関する情報の相互交換を規定したものであり、三国同盟への発展を予想せず、後に同盟問題が起ったとき、広田は強い反対を表明した。

首相時代の「国策の基準」問題については、広田が証人台に立たなかったため、陸軍の起案による制定といった事情などは立証できなかったが、検察側が南進北進をうたったと挙証した項目について、北方問題については「これが遂行に当りては列国との友好関係に留意す」、南方問題については、「努めて他国に対する刺戟《しげき》を避けつつ漸進的平和的手段によりわが勢力の進出を計り」と明文化している。

また、当時、「北支処理要綱」なるものが出されたが、これは、陸軍省で決定済の原案に、「北支における支那領土権を否認し、または南京政府より離脱せる独立国家を育成し、あるいは満州国の延長を具現するをもって帝国の目的たるが如く解せらるる行動は厳にこれを避くるを要す」という文句をつけ加え、軍部の独走に歯止めをかけた。そうしたところにも、広田の強い発意と努力を見るべきだと反駁《はんばく》した。

対中国関係では、広田は、特異の地位を持つ軍統帥部と闘いながら、終始、宥和《ゆうわ》政策をとり、長期にわたる継続的な国交調整の努力を続けてきた。

事変の拡大については、むしろ、中国国民政府外交部の行動が無為かつ怠慢であったことが問題であり、国民政府は東京に大使館を事変勃発後も半年間、開設しておりながら、ただの一度として、停戦または国交調整のための提案をすることがなかった。

広田は軍部の強硬論を抑え、異常なほど中国に対して協調的な停戦条件で収拾をはかったり、上海へ飛火してからも、船津や有田の派遣など、和平のための有効な手段を講じた。イギリスなどを仲介にする広田の和平工作は軍によって斥《しりぞ》けられ、ドイツのみによる斡旋《あっせん》が開始されたが、国民政府はすでに徹底抗戦を決めており、日本側条件は真剣に検討されることがなかった。

太平洋戦争についても、開戦前の重臣会議で、諫止《かんし》的意見を述べた。

なお、南京虐殺事件の苦情を受けたとき、真相の調査ができない状況であったが、広田は苦情に相当の根拠があるものとして、即刻かつ繰り返し、陸軍に抗議し、このため、参謀本部から本間少将が現地に派遣された。閣議にかけるべきだという検察側の示唆《しさ》は無益であり、内閣としても、広田のなした以上のことは、なし得なかった。内閣にも、広田にも、陸軍に命令する権限も、責任者を処罰する権限もなく、その中で、広田はなし得る限りのことをした――。

一切の審理が終ったのは、四月十六日の夕方五時半近くであった。判決準備のため、翌日からは休廷となる。

雨の中をバスにのりこみ、巣鴨《すがも》に戻《もど》ると、いつもとはちがう入口につけられた。着衣一切を脱がされ、レントゲンで透視され、歯科室で口腔《こうこう》の中まで検査された。体のどこかに自殺用の薬や器具を隠していないかの調べである。当分出廷することもないからと、私服はとり上げられ、Ｐのマークの入った捕虜服を渡された。

建物も、第一棟《とう》の二階に移された。一階も三階も空いたままである。埃《ほこり》まみれの独房に、中古の軍用毛布とふとんが投げこんであった。人気《ひとけ》のなかったコンクリートの建物は、春半ばというのに、芯《しん》まで冷えこんでいた。

ただ、おそくなって出された夕食は、肉も果物もある久しぶりに本格的な洋食で、調理主任の米人将校が自らサービスしてくれた。その日以後も、食事はずっと米軍と同じ洋食となった。

だが、それは収容所側のあたたかな好意というより、冷え冷えとした配慮によるものであった。これまでのような日本食だと、日本人コックが自殺用の薬などを細工して持ちこむ心配があると見たためである。

散歩についても同様。土の上を歩くと、ガラス片や釘《くぎ》などを拾う心配があるというので、ひとつの中庭の三分の一を数本のヒマラヤ杉ごと囲いこみ、板敷にした。いくつか腰掛も置かれたが、床の上にねころぶ被告もあり、動物園の檻《おり》に似ていた。そして、この散歩場の中にも、外にも、また、まわりの建物の窓からも、看守兵が見守っていた。

棟《むね》の中では、廊下に椅子《いす》を置き、看守兵数人が、昼も夜も見張りを続ける。彼等の騒々しさは変らず、中にはダンスのステップをふんだり、手拍子《てびょうし》をたたいてうたったりする者があって、被告たちを悩ませた。

被告たちは、読書の他、麻雀《マージャン》や碁、将棋、チェス、トランプなどで、時間をつぶした。

判決はおくれにおくれた。

はじめ五月とうわさされたのが、五月末説となり、七月説となり、さらに十月二十日説がまことしやかにささやかれた。

被告たちに、長く重苦しい休日が続く。

面会は月二回に制限され、たのしみは入浴と新聞くらいになった。その新聞が配布されない日には、板垣は日記に「最苦痛」と記した。

新聞報道で被告たちがいちばん関心を持ったのは、中国の内戦であった。国民政府軍は共産軍にいたるところで打ち破られ、蔣介石《しょうかいせき》はどこへ行くのかと、被告たちはうわさし合った。米ソの対立もよく話題に上ったが、アメリカに対する反発も手伝って、先行きはソ連優位と見る軍人被告が多かった。

広田は、こうした話題にほとんど加わることがなかった。

内政では、片山哲内閣の誕生のとき、「片山哲って、どういう人だ」と、首をかしげる老被告も居たほどだが、社会党中心の片山内閣は、裁判の事実審理の終った日に倒れ、政権は連立していた民主党にタライ廻《まわ》しされ、民主党総裁で片山内閣の外相だった芦田均《あしだひとし》を首班とする内閣に移っていた。

戦後の政界は、軍部に代って、外交官出身者の花ざかりであった。芦田も、外務省で重光と同期。広田より五期後輩に当った。省内での出世は早い方でなく、満州事変当時、ベルギー代理大使であったのをやめ、父親の地盤を継いで代議士生活に入った。戦後、一時は自由党に居たが、民主党に移って幹事長になった。官僚気分の抜けない吉田や幣原が頑固《がんこ》な保守主義で、社会党と対立したのに対し、芦田は社会党と協調してでも危機をのり切るべきだという考え方で、このため、党内で幣原の人気が落ち目になるのと逆に浮び上り、総裁の椅子を大先輩の幣原と争った。そして、最後には、幣原につめ寄って「いまや党内の大勢は、貴君に信望が去っている。この際はきれいに辞退されるのがお為《た》めである」*と、引導を渡し、自ら総裁になった。

不遇となった幣原は、離党して同志倶楽部《クラブ》をつくり、ついで、吉田茂の保守合同の呼びかけに応じ、自由党と合流。吉田を総裁とする民主自由党の最高顧問に納まった。そして、吉田に代り、七十七歳の老軀《ろうく》をおして、芦田内閣打倒を叫ぶ全国遊説に出かけたりした。広田の先輩・同期・後輩と、三人の外務省出身首相の攻防戦である。

秋が深まると、昭和電工事件が起り、芦田内閣は総辞職に追いこまれた。合同によって第一党となった民主自由党が政権を担当し、総裁吉田が再び首相になろうとした矢先、総司令部民政局から、〈吉田は超保守的で首相として好ましくない。山崎幹事長が首班となり挙国一致連立内閣をつくるのが望ましい〉という意向が発表された。

吉田が労働組合を「不逞《ふてい》の輩《やから》」呼ばわりし、財閥解体や経済力集中排除などの民主化政策に反対してきたことなどが理由だが、そのひとつ奥には、吉田がかねがね最高権力者であるマッカーサーに密着し、民政局、経済科学局といった直接の行政機構を蔑《ないがし》ろにしてきた報いでもあった。

党内でも、吉田が先の組閣で官僚や学者を登用したことや、その尊大な姿勢に対する反発から、党人たちを中心に吉田忌避の空気が強まった。

このころ、吉田は武蔵野の一画、荻窪《おぎくぼ》に在る前近衛文麿《このえふみまろ》邸の荻外荘《てきがいそう》に住んでいたが、内外から強まった吉田排撃の嵐《あらし》に絶望的な状態になりながらも耐えた。そして、官僚出身者や若手党人たちのバックアップを得、民政局の指示が正式の指令でなく、むしろ内政干渉であるという線で党内の空気を逆転させ、十月十五日再び首班となって内閣を組織した。もっとも、第一党とはいえ、民主自由党は過半数に達せず、総選挙待ちの選挙管理内閣でもあった。

第二次吉田内閣成立の五日後、巣鴨では、冬服が配給された。入獄して三度目の冬が迫っている。判決を待つことすでに半年に及んでおり、十月二十日判決説もまた怪しくなってきた。

コンクリートの獄舎に寒い風が走り抜け、風邪をひく被告が多くなった。

十一月四日木曜日。よく晴れた朝であった。

被告たちは、前日、髪を刈り入浴したさっぱりした顔をそろえ、いつもにない早い時刻に朝食をとった。久しぶりに軍用バスにのり、途中ところどころ菊の花を見ながら、市ヶ谷の法廷に着いた。

開廷は午前九時半。判事全員が出席し、直ちに多数派の判決文の朗読に入った。「少数意見の朗読も」という弁護団の要請は、「後刻、書面で渡す」と却下された。

朗読は、土曜日曜と休んだあと、次週も連日続けられた。

総論の朗読中から、広田の名がよく出た。

判決文は、検事団の論告に近く、政府は軍部の侵略政策の共謀者であり、広田は首相あるいは外相として、「国策の基準」の制定などで「共同謀議《コンスピラシイ》」に加わったという論理である。広田の日中平和交渉の努力を欺瞞《ぎまん》政策とし、欧米諸国との友好保持の努力も、欧米の援助を期待するための便宜策だったと、きめつけた。南京虐殺《ぎやくさつ》事件についても、検事側論告を鵜呑《うの》みにした。

一般的に判決文の調子が予想以上にきびしいため、日が経《た》つにつれ、被告たちの憂色が深まった。「真先に無罪」といわれていた重光まで、あるいは全員死刑かと、覚悟を決めたりした。

判決文朗読も大詰めに迫った十一日の昼休み、金網越しに家族との面会が許された。広田に会った三男正雄が、重光が頭を抱えこんでいる様子を見て、傍聴席で心配する声がきかれるといい、広田に、

「重光さんに元気をつけて上げたら」

といった。広田は首をかしげ、

「重光はそんなことはない。しっかりしてるよ」と答えた。

だが、正雄の言葉は広田の頭に残って、翌十二日、それは判決申し渡しの日であったが、法廷の控室で、広田は重光の横にきて腰を下ろし、自分からあれこれ話しかけた。いつもにないことなので、〈さすがの広田も心細くなったのか〉と、重光はとりちがえた。重光にも広田の全く動揺のない心境が理解できなかった。

判決の日の朝、正雄は広田に会った。

ふつうなら触れないでおく話題だろうなと思いながら、正雄は落着いた広田の顔を見ている中《うち》、切り出さずには居られなくなった。

「万一、死刑になるとしたら、お父さん、覚悟はできてるでしょうね」

「もちろんだ」

広田は微笑しながらうなずいた。正雄は続けて、

「おじいさん、おばあさん、それに、ママも忠雄兄さんも待ってるんだから、さびしくはないでしょうね」

「そう、そのとおりだ」

広田は大きくうなずいてから、正雄の顔をのぞきこみ、

「おまえ、心配しているのか」

「……少しばかりはね」

広田は、低く声を立てて笑った。

「ばかなやつだ。いいか、たとえばの話、博多《はかた》のおばあさんは、強いひとだった。おばあさんの最期《さいご》を、おまえもきいているだろう。その血がおれにも流れている」

黙っている正雄に、広田はまた別の新しい笑いを浮べていった。

「それに、おれは柔道で首を絞められて、よく死ぬ一歩前まで行ったものだが、絞め

られて死ぬというのは、なかなか気分のいいものなんだよ」

正雄もひきこまれてうなずいたが、こんなとき、こんな会話をするなんて、世間では妙な父子《おやこ》と思うかも知れぬと思った。

だが、まるである夕餉《ゆうげ》の席での語らいのように、平気でこんなことが話せるのが、自分たち父子なのだと、思い直した。

正雄は重ねていった。

「階段を十三段上って行って、その上に立つとガタンと板が落ちて、それでおしまいだそうですよ」

「わかっている」

「階段を滑り落ちないように上って下さい」

「よしよし」

広田は、子供でもあやすような笑いを浮べた。

個人判決文の朗読は、その日の午後一時半からはじまった。

広田については、黒竜会につながる玄洋社出身であることから説き起し、峻烈《しゅんれつ》を極めた。そして、訴因第一（東アジア、太平洋、インド洋等支配のための一貫せる共同謀議)、訴因第二十七(対中国戦争の実行)、第五十五(戦争犯罪および人道に対する罪の防止の怠慢)について有罪とした。

午後三時三十分、朗読の一切を終り、小憩に入った。その間に、被告席の椅子はとりかたづけられ、武装したMPが多数、法廷各所に配置された。

三時五十分、判事団が入廷し、起訴状の順に被告一人ずつが出廷、宣告を受けた。次の被告だけが、通路の口に立って控えている。

荒木、「終身刑」。土肥原、「絞首刑《デス・バイ・ハンギング》」……。

広田は六人目に現われ、平沼の終身刑宣告をきいてから、壇上に立った。イヤホンをつけ、いつものように、うすく目を閉じてきく。

「絞首刑《デス・バイ・ハンギング》」

広田はイヤホンをはずし、退廷するときの癖であるが、記者席の隅《すみ》の娘二人に微笑を送って立ち去った。

法廷内は一瞬、異様な緊張に静まり返ったあと、ざわめき出した。通路の端で控えていた星野直樹《なおき》被告も、耳を疑い、茫然《ぼうぜん》とした。

控室に戻った広田は、外套《がいとう》をとると、別の部屋へ移って行った。すでに土肥原が、やはり外套をとって、控室から消えていた。

夕刻、死の部屋の七人だけが、別のバスで一足先に巣鴨へ出発した。

この日、立って居られない思いをこらえながら、広田の娘美代子と登代子が、法廷の外で待ち、いつものバスに向って、けんめいにハンケチを振った。

前日、広田の娘がバスに向ってしきりにハンケチを振っているのを、目かくしの隙間《すきま》から重光が見て、広田に教えると、広田は立ち上り、窓の隙間に向って、はげしく帽子を振った。それまでにないことであった。

だが、この日のバスには、もはや、その広田は居なかった。それは、生の部屋へのかけがえのない切符を手にした人々だけを乗せたバスであった。

絞首刑の判決を受けた七人中、六人までが軍人で、いずれも判事団の票は、七対四で死刑に決した。ただ一人の例外が、文官である広田で、票決は六対五のわずか一票差による死刑であった。

発表された少数意見によると、オランダ代表の判事は、「文官政府は軍部に対しほとんど無力であった」ことを認め、その限られた枠《わく》の中で、広田が十分な努力をしたというもので、広田の生涯《しょうがい》をよく理解した意見書を出し、すべての起訴事実について広田が無罪であると主張した。かつて広田が不遇な公使生活を送った国が、いちばん理解ある判決を示してくれたのである。

フランス代表の判事は、開戦の責任について、「そこに一人の主要な発起人があり、その者が一切の訴追を免《まぬか》れていることで、本件の被告は、その共犯者としてしか考えられることはできない」とし、天皇の責任が追及されない裁判は不平等であり、被告たちは不当な責任を訴追されているという意見であった。

広田の死刑は、検事団にとってさえ意外であり、キーナン首席検事が「なんというバカげた判決か。絞首刑は不当だ。どんな重い刑罰を考えても、終身刑まではないか」*と慨嘆する有様であった。

さまざまの臆測《おくそく》がとんだ。死刑を免れたある大物戦犯（文官）が、「ちと、クスリが効きすぎたかな」とつぶやいたということが、人づてに広田の家族に伝えられた。その大物戦犯の自らを救おうとした法廷工作のクスリが、同時に広田を倒すクスリででもあったというのであろうか。

判決について、吉田茂内閣は、総司令部の最高政策に対するのと同様、批判めいたことはもとより、見解ひとつ明らかにしなかった。まるで、別の国の出来事ででもあるかのように沈黙を守った。

広田の死刑を不当とし、減刑を求める声は、むしろ庶民の中から起ってきた。

判決のあと、広田の娘二人は病床についてしまったが、娘の友人や教師といった女性たちが中心になり、数寄屋橋《すきやばし》に立って、道行く人々に減刑嘆願の署名を求めた。浩浩居の寮生はじめ福岡出身の学生たちもこれに加わって、銀座や丸ビルの前に出て訴え、三万を越す署名を集めた。

広田の郷里の福岡でも、減刑嘆願の動きが盛り上り、七万二千の署名を集めて、マッカーサーに提出した。

こうした動きに外務省関係者も呼応し、先輩の幣原はじめ衆参両院の正副議長なども加わり、助命嘆願書がつくられた。

このため、吉田も旧友広田のために腰を上げ、その嘆願書を持って総司令部へ出かけた。

あいにくマッカーサーは不在で、代りにホイットニー少将が出てきた。

「首相ともあろうひとが、こんなことをしては、ためになりません」

吉田はホイットニーにたしなめられ、そのまま、嘆願書を持ち帰ってしまった。

一方、弁護団は、裁判所条例に〈最高司令官が刑を軽減・変更することができる〉という規定のあるところから、十一月十九日、死刑七人全員の再審請求を、マッカーサーに対して行なった。

この結果、マッカーサーが諮問《しもん》する形で、十一カ国の在日極東委員会代表の会議が開かれたが、これは形だけのことで、すでに答えは決っており、再審請求は却下。このあと、七人の許《もと》への新聞の配布も止められた。

七人は、他にだれも居ない第一号棟《とう》で、死のときを待った。

死出の旅を共にする仲間として、広田にとって、残りの六人は、あまりにも異質であった。呉越同舟とはいうが、にがい思いを味わわされてきた軍人たちに、最後まで巻き添えにされ、無理心中させられる恰好《かっこう》であった。

土肥原、板垣の両大将は、満州・華北・内蒙古で謀略による事件を惹《ひ》き起し、外相広田の対中国和平交渉を挫折《ざせつ》させた。

武藤中将は、組閣本部にのりこみ、外相候補吉田の追放などを要求、広田内閣の組閣を妨害した男である。

東条大将は、広田ら重臣の参内《さんだい》を阻止し、対米開戦諫止《かんし》論に耳をかそうともしなかった。木村兵太郎大将は、その東条の陸相時代、次官として補佐した男であり、松井大将は、南京における麾下《きか》軍隊を統制できず、結局、広田にまで「防止の怠慢の罪」をかぶせる結果となった将軍である……。

そうした軍部そのものである男たちと同罪に問われ、同じ屋根の下で、同じ死刑の日を待たねばならない。

もちろん、ここでは、すでに六人とも憎めない男に帰っていた。ある者は、気のやさしい男であり、ある者は、腕白坊主のように無邪気なところのある男である。軍服を着こみ権勢を極めていた日々のことが、嘘《うそ》のようにさえ思えてくる。

だが、統帥権《とうすいけん》独立を認めた「長州のつくった憲法」のおかげで、彼等はたしかに猛威をふるい、その結果として、いま、たしかに死の獄につながれていた。背広の男広田という付録までつけて。

同じ死刑囚とはいえ、広田と他の六人に心の底から通い合うものはなかった。

そのころ、巣鴨では、仏教学者花山信勝が、戦犯とくに死刑囚のための教誨師《きようかいし》をつとめていたが、花山は、死刑宣告後のA級七人に対しても、順次、個人的な面接を持ち、死の心用意をさせはじめた。

広田に対しては、十一月十七日、第一回の面接、一時間。花山は、B・C級戦犯の処刑前の心境の変化などについて話したが、広田はただ黙ってきくばかりで、これという発言をしなかった。早くから覚悟のできている広田にとって、いまさら教誨師に心用意させられることは、何もなかった。むしろ、わずらわしいばかりであった。

仏間に集められ、死刑囚一同そろって、花山に合わせて念仏を唱えるときも、広田ひとり黙って経本を読んでいた。

第二回の面接は、一週間後の二十四日でやはり一時間。

署名運動や広田の家族の話などを花山が伝えると、広田はときどき微笑したが、このときも、広田からはとくに話をすることはなかった。他の六人がしきりに仏教の話をききたがったり、あるいは心境や覚悟を語り、遺詠を伝えたりするのにくらべ、ひどく対照的であった。

ただ、広田はこのとき、トイレット・ペーパーにくるんだ髪と爪《つめ》を家族に渡してくれるように花山にたのんだ。

第三回の面接は、十一月二十六日午後三時から二十五分間。

相変らず無口な広田に、花山はたまりかねて、たずねた。

「歌か、あるいは詩か、感想か、何かありませんか」

「公《おおやけ》の人として仕事をして以来、自分のやったことが残っているから、今さら別に申し加えることはないと思う」

広田のそっけない答えに、花山は重ねて訊《き》いた。

「でも、何か御感想がありやしませんか」

「何もありません、ただ自然に死んで……」

と、そこで言葉を消す。花山はさらに、

「他に何かありませんか」

と、くいさがった。広田は、ひとりごとのようにつぶやいた。

「……すべては無に帰して、いうべきことはいって、つとめ果すという意味で自分は来たから、今更何もいうことは事実ない、自然に生きて、自然に死ぬ」*

花山は真宗の僧侶《そうりよ》でもある。広田のその境地が禅によるものかときくと、広田は、禅に近い、と答えるだけであった。

広田が感情の動きを見せたのは、前日、広田の家族五人が面会にきたが、感謝祭《サンクスギビング・》の祝日《ディ》のため帰されたという話を、花山がしたときであった。

広田は、すぐ、立会いの将校に英語で、いつ面会できるかとき、月曜日の九時という返事を得た。

その月曜日、広田は子供たちと面会ができた。

すでに判決確認の通知が各被告に渡されており、総司令部渉外局はこの日午前零時から二十四時間勤務に入ると発表していた。つまり、二十四時間以内に処刑が行われるというふくみで、巣鴨の空気も何となくあわただしかった。

Pのマークのついた捕虜服を着た広田は、いつもと変らぬ元気な様子であった。最後だからといって、格別の話題を持ち出すわけでなく、いつも通りの話しぶりで、このため、子供たちもそれにひきこまれ、家の居間でたのしく雑談でもしているような面会になった。

広田は、改名したときのことを思い出し、

「自分は若かったな。せっかく親からいい名前をもらっていたのに」

と微笑していい、あるいは、

「子供たちが健康なことが、いちばんうれしかったよ」

などと、つぶやいた。

オランダ公使時代に失った忠雄のことが、ふっと広田の心をかげらせた。その忠雄や妻の静子、さらには、母タケや、終戦直前に死んだ父徳平が待っている天国へ、いまこそ、夕日が沈むような、ごく自然な気持で出かけられるのだという感じであった。

「これからの世の中は、ひとつ外国語の勉強をしといた方がいいな」

などというだけで、遺言めいたことは一言も口にしなかった。

翌日、広田は家へ手紙を出した。例によって、翻訳・検閲しやすいようにという配慮から、片仮名書きであり、宛名《あてな》は死んだ静子宛になっていた。いまも、広田の中に生きている妻に語りかけるというように。

一、サクゲツヨウハコウテンキデ、チヨコ(長女)、ヒロヲ、マサヲ、ミヨコ、トヨコノ五ニンニアヘテ、ジツニジツニ、ウレシカッタ、イロイロハナシヲキキボクモハナシヲシテ、コンナタノシイコトハナカッタ

一、ソノゴ、ハナヤマシカラカイミョウノハナシガアッタガ、ボクノハスデニキマッテヲルカラトイッテヲイタ、サヨウショウチアリタシ

一、ウチニオクリカヘサルヒンモクヒョウニショメイシタ、キモノルイノホカメガネトイレバデアル

一、イジョウ、オワリ、サヨウナラ、ミナサマヘヨロシク

十一月三十ヒ

シヅコドノ

だが、これが最後とはならなかった。刑の執行の延期が発表された。

弁護士スミスは、正義派であるがために、裁判長ウェッブと衝突し、広田の弁護人の地位を追われて帰国していたが、裁判が終ったあとも、なお広田の運命を見守り続け、このとき、他の弁護人たちに働きかけ、アメリカ連邦裁判所に訴願を起した。

極東裁判は、最高司令官に支配され、最高司令官は合衆国の命令系統下に在る。にもかかわらず、最高司令官は、アメリカにおける立法や司法の手続きをとらず、裁判所条例を設け、新しい犯罪を規定して、刑を宣告した。これは、アメリカ憲法に違反する——という訴えである。そして、この不当な裁判から、広田ら被告を人身保護法によって救済せよ、と願い出たのである。

連邦最高裁は、この訴願を五対四で受理し、審査に入った。合衆国軍人であるマッカーサーとしては、処刑を延期せざるを得なくなった。

このため、十二月に入ってから、広田はもう一度、家族と面会することになった。このときは、三男正雄夫婦の他《ほか》、弟と、長女の夫、長男の嫁が出かけた。

面会の雰囲気《ふんいき》は前回同様で、広田は微笑しながら、

「子供の教育が思うようにできなかった」

などともいった。〈だから、よろしくたのむよ〉という風にはいわない広田であった。

この日のあと、広田はまた家へ手紙を書いた。

一、センジツハ、トクエモン（弟）、スガノ（長女の夫）、ハルコ（長男夫人）、マサヲ、イヅミ（三男夫人）ノ五ニンメンカイシ、イロイロハナシシテ、ジツニジ

ツニウレシカッタ、トクエモンガマニアッテ、アヘタノハ、マッタクシアワセデアッタ

一、ソノゴハ、イツモ、ペーセンスシテ、スゴシテヲルガ、トキドキハゴゼンマタハゴゴニ、三十プンバカリ、ガイシツシテサンポス、シンタイニイジョウナシ、アンシンアレ

一、ハンケツノゼンゴハハガキヤテガミガタクサンキタ、ジツニタノシカッタ、ミナミナノキモチガヨクワカル、アンシンシテヲル

一、アメリカノダイシンインハ、六ヒカラヒラカレ、ジョウソヲシンギスルハズナレバ、ソノケッカヲシルマデ、ショケイハエンキサルルワケナラン

一、コノヒコウテンキ、ニッコウサシ、ヘヤモ、ホットエアデアタタカク、キモチヨシ

一、モハヤナニモカクコトナシ、ママノメイフクヲイノル

十二月七ヒ　　　　コウキ

シヅコドノ

入獄以来、広田の手紙は、片仮名というせいだけでなく、電報のような短い手紙ば

かりであった。それも、「元気」とか「たのしい」とかいう文面ばかり多く、不満や愚痴めいたことは、一切記さなかった。

この手紙の中の散歩についても、実は、死刑判決後は、手錠をはめられ看守兵の手につながれて、せまい板敷の運動場をぐるぐる歩かされるだけで、散歩のたのしみなどどこにもなく、ただわずらわしく、苦痛なだけであった。

用便のときまで見張りをするという監視のきびしさに、「早く処刑しろ」と、苛立《いらだ》って叫ぶ軍人被告もあった。

一方、死を免《まぬか》れた重光ら十八人は、同じ所内のかつて女囚たちを収容した棟に移された。

終身刑から重光の刑期七年に至るまでの禁錮《きんこ》生活がはじまったわけだが、設備が以前よりよくなった上、監視もゆるくなった。各部屋の鉄のドアは、日中は開放され、それぞれ勝手に往来でき、食事は廊下の食卓に集まって、向い合って食べる。入浴も散歩も、自由にでき、散歩場には芝生のある庭があてられた。

このため、「まるでアパート生活だ。このまま一生くらしたい」という被告もあり、重光も、「明治初年の大物の多くは、禁錮生活を食ったものばかりだった」*などと、胸をはる気分になることさえあった。

こうして、生と死、くっきりした明と暗に分れたA級戦犯二組の上に、青い空は高く、百舌《もず》が鳴き、ときどきは木《こ》がらしの吹きすぎる音がして、初冬の短い日が一日また一日と過ぎて行った。

アメリカの連邦最高裁判所は、スミス弁護人らによる訴願を却下した。極東裁判は、連合国による裁判であり、アメリカの最高裁には審査する権限がないという予想された理由からであった。

だが、ダグラス判事の意見だけはちがっていた。

ダグラスは、極東裁判が合衆国から最高司令官へとつながる命令系統の中に在ることを認め、それだけに、「司法裁判所として開廷したのではなく、単なる政治権力の機関に過ぎない」とし、そこで行われているのは、「戦争遂行の一部」であり、「敵の戦力を弱体化するための敵対行為の強化」である。その故《ゆえ》に、連邦最高裁とは無関係の問題としたもので、極東裁判の政治的性格を明確にした意見であった。

却下の通知は、二十一日の朝、総司令部に届き、マッカーサーは直ちに〈二十三日午前零時一分の死刑執行〉を命令した。

命令はその日の夕方、各被告を手錠つきで呼び出し、申し渡された。

花山教誨師も巣鴨入りし、二十二日朝、まず広田に面接した。

花山は、すでに前日の死刑執行いい渡しの席で、各被告から遺書や手紙を渡したいという申し出を受けていたが、広田だけが例外で、まるで死刑が自分のことでないような顔をしている。このため、花山はこの日も広田に何か家族への伝言はないか、と催促した。これに対して広田は、

「ごらんの通り、体には別に異常がない。言伝《ことづ》てすることもないが、健康で黙々として死についたという事実を伝えて下さい」

と、淡々という。花山はさらに、

「皆さんには歌や詩のようなものがありますが、あなたにはそういうもの、いかがでしょうか」

と促したが、広田は、

「自分は早い時から文学のようなものはやめ、役人として専《もっぱ》ら事務の方に力を注いできた。他人のものを読むことはあるが、自分で作るということはやめた」

と、素気ない。花山はなおたたみかけた。

「お子さん達の方としては、何かそんなものがあった方が、よいのではないでしょうか」

だが、広田からは答えにもならぬ答えが戻《もど》ってきただけであった。

「そんな、修養というようなことは、一切やめたものだから……。自分のやったことだけが一生の仕事になっております」*

と。

そのあとも、花山の話に広田は言葉少なく、「ほう」とか「はい」とか、ときに微笑をまじえて答えるだけであった。

花山は、この広田から訊《き》き出せる限りのことは訊き出しておくべきだとの一種の義務感にかられ、けんめいに質問を続けた。そして、その結果、「人類世界の大きな動きがあるから、それをよく見て行くようにしないと、いかんですね。ロシヤの動きの真相を見ておったら、あるいは第二次世界大戦は避け得たかも知れないのですね」

「アメリカは常道を行く国である。ロシヤは、社会の大きな変動の上に乗っている国ですからね。将来は、ロシヤを中心として、世界の変動がどうなって行くかということが、いちばん大きな問題でしょう」などという広田の言葉をひき出し、また、

「日本のどこかに、静かに世界の動きを見る人がなければなりませんね。このいそがしい時代に一々世界の動きなど考えている人はないから」**

という広田の持論の言葉をきいて、面接を終った。

この日の夕食には、肉料理・パン・コーヒーといった米軍食の他、東条の希望で焼魚・御飯・味噌汁《みそしる》が出た。独房のコンクリートの壁に向って、それぞれひとりぼっちの最後の晩餐《ばんさん》であった。

このあと、ふたたび、花山教誨師の面接があった。広田とは夜の八時から二十五分ほどの面接であったが、格別の話もなく、

「それでは、何もお書きになっておりませんな、弁護人にも」

という花山の念押しに対し、

「何も書きません。別に何もないようですから。どうも有難うございました」

との広田の答えで終った。

処刑はまず、東条・松井・土肥原・武藤の組から行われた。

Pマークのついたカーキー色の服を着た四人は、仏間で花山の読経を受けたが、そのあと、だれからともなく、万歳を唱えようという声が出た。そして、年長の松井が音頭をとり、「天皇陛下万歳！」と「大日本帝国万歳！」をそれぞれ三唱し、明るい照明に照らされた刑場へ入った。

広田・板垣・木村の組は、仏間に連行されてくる途中、この万歳の声をきいた。

広田は花山にいった。

「今、マンザイをやってたんでしょう」

「マンザイ？　いやそんなものはやりませんよ。どこか、隣りの棟からでも、聞えたのではありませんか」

仏間に入って読経のあと、広田がまたいった。

「このお経のあとで、マンザイをやったんじゃないか」

花山はそれが万歳のことだと思い、

「ああバンザイですか、バンザイはやりましたよ」といい、「それでは、ここでどうぞ」と促した。

だが、広田は首を横に振り、板垣に、

「あなた、おやりなさい」

板垣と木村が万歳を三唱したが、広田は加わらなかった。

*

広田は、意識して「マンザイ」といった。広田の最後の痛烈な冗談であった。

万歳万歳を叫び、日の丸の旗を押し立てて行った果てに、何があったのか、思い知ったはずなのに、ここに至っても、なお万歳を叫ぶのは、漫才ではないのか。

万歳！　万歳！　の声。それは、背広の男広田の協和外交を次々と突きくずしてやまなかった悪夢の声でもある。広田には、寒気《さむけ》を感じさせる声である。生涯《しょうがい》自分を苦しめてきた軍部そのものである人たちと、心ならずもいっしょに殺されて行く。このこともまた、悲しい漫才でしかない——。

刑場に入る。

検視に立ち会う連合国代表や将校たちが立ち並んでいる。その前を、つぶやいたり、経文を唱えたり、ほとんど歩けなくなったりする中で、広田ひとりが、並んでいる異国の男たちの顔を一人ずつ眺《なが》めて通り過ぎた。それは、柔道場で相手チームの選手を見改めるようでもあり、また、パーティの席で客の一人一人に目をこらす外交官当時の姿のようでもあった。

広田の処刑は、十二月二十三日午前零時二十分。

朝のラジオは、処刑のニュースを全国に流した。

重光は獄中で詠《よ》んだ。

「黙々と殺され行くや霜《しも》の夜」

そして、

「父は尚《なお》生きてあるなり寒椿《かんつばき》」

この同じ日、広田と同期の吉田茂は、国会を解散した。

野党である社会・民主・国協の各党は、昭和電工事件で傷ついたままの状態であり、総選挙では、吉田の党の大勝が約束されていた。

その総選挙はまた、新憲法公布下の最初の総選挙である。

「日本を滅ぼした長州の憲法」の終焉《しゆうえん》を告げる総選挙でもあった。

主要参考資料

原田熊雄「西園寺《さいおんじ》公と政局」一〜八　岩波書店
「木戸幸一日記」上・下　東京大学出版会
「幣原《しではら》喜重郎」　幣原平和財団
長谷川峻《たかし》「山座公使」　育生社
「広田弘毅《こうき》」　広田弘毅伝刊行会
阿子島俊治「広田弘毅と寺内大将」　芳名堂
重光葵《まもる》「昭和の動乱」上・下　中央公論社
〃「外交回想録」　毎日新聞社
吉田茂「回想十年」一〜四　新潮社
高坂正堯《こうさかまさたか》「宰相吉田茂」　中央公論社
佐藤尚武《なおたけ》「回顧八十年」　時事通信社
石射猪太郎「外交官の一生」　太平出版社
三輪公忠「松岡洋右《ようすけ》」　中央公論社
矢部貞治「近衛《このえ》文麿《ふみまろ》」上・下　弘文堂

近衛文麿「平和への努力」　日本電報通信社
〃「失はれし政治」　朝日新聞社
岡義武「近衛文麿」　岩波書店
藤本尚則「巨人頭山満《みつる》」　雪華社
中野泰雄「政治家 中野正剛」上・下　新光閣書店
猪俣《いのまた》敬太郎「中野正剛」　吉川弘文館
グルー著・石川欣一訳「滞日十年」上・下　毎日新聞社
板垣征四郎刊行会「秘録板垣征四郎」　芙蓉書房
参謀本部編「杉山メモ」上　原書房
青木秀編「修猷《しゅうゆう》山脈」　西日本新聞社
日本政経批判会「明日の日本はどう動く」　神田書房
荒木武行「昭和外交片鱗録《へんりんろく》」　新小説社
満田巌「昭和風雲録」　新紀元社
高田一夫「政治家の決断」　青友社
田々宮英太郎「昭和権力者論」　サイマル出版会
末松太平「私の昭和史」　みすず書房
阿部真之助「現代政治家論」　文藝春秋
「昭和史の天皇」18・20　読売新聞社

松本清張「昭和史発掘」3　文藝春秋
高橋亀吉「大正昭和財界変動史」下　東洋経済新報社
大谷敬二郎「天皇の軍隊」　図書出版社
今井武夫「支那事変の回想」　みすず書房
高橋正衛「二・二六事件」　中央公論社
児玉誉士夫《よしお》「悪政・銃声・乱世」　弘文堂
洞富雄「南京事件」　新人物往来社
臼井勝美「日中戦争」　中央公論社
細川護貞《もりさだ》「情報天皇に達せず」　磯部書房
鶴見俊輔《しゅんすけ》他「アジア解放の夢」（日本の百年7）　筑摩書房
重光葵「巣鴨日記」「続巣鴨日記」　文藝春秋
朝日新聞法廷記者団「東京裁判」上・中・下　東京裁判刊行会
児島襄《のぼる》「東京裁判」上・下　中央公論社
江口航「田中隆吉と国際検事団」　日本及日本人社
（『日本及日本人』四十二年九・十月号）
花山信勝「平和の発見」　朝日新聞社
佐藤賢了「故広田弘毅殿を憶《おも》ふ」　（手記）
笹川良一「巣鴨の表情」　文化人書房

進藤一馬「吹愁帳」　進藤一馬後援会
滝川政次郎「東京裁判を裁く」上・下　東和社
森清人「松岡洋右と語る」　東京文化学会

参照個所

一章
一二頁＊「広田弘毅」三頁
一三頁＊「広田弘毅」一八五頁
一九頁＊「広田弘毅」二〇頁
三四頁＊「広田弘毅」四二頁
三七頁＊「広田弘毅」四四頁
四七頁＊吉田茂「回想十年」(四)一〇七頁

二章
六〇頁＊「広田弘毅」五九六頁
六〇頁＊＊石射猪太郎「外交官の一生」五八、九頁
七九頁＊「幣原喜重郎」三一九頁

三章

八八頁＊「回想十年」(四) 一四七頁
八八頁＊＊阿部真之助「現代政治家論」 二一三頁

四章

一三〇頁＊「幣原喜重郎」 四七四頁
一三一頁＊佐藤尚武「回顧八十年」 二七〇頁
一三三頁＊三輪公忠「松岡洋右」 九九頁
一三四頁＊猪俣敬太郎「中野正剛」 一四九頁
一三六頁＊鶴見俊輔他「日本の百年」(7) 一八二頁

五章

一四五頁＊「日本の百年」(7) 四八頁
一五一頁＊原田熊雄「西園寺公と政局」(三) 一四五頁
一五三頁＊「西園寺公と政局」(四) 二〇四頁
一六二頁＊「西園寺公と政局」(四) 一九九頁
一六三頁＊「西園寺公と政局」(四) 二〇九頁
一六四頁＊グルー「滞日十年」(上) 石川欣一訳 一五七頁
一六七頁＊「滞日十年」(上) 一八二頁
一七〇頁＊「広田弘毅」 一四五頁

一七五頁＊「広田弘毅」一三五頁
一八五頁＊「西園寺公と政局」（四）二三八頁

六章

二〇八頁＊「広田弘毅」一八一頁
二一一頁＊「広田弘毅」一八五頁
二三四頁＊「昭和史の天皇」（二〇）二四三頁
二三八頁＊「西園寺公と政局」（五）一五六、七頁

七章

二四八頁＊矢部貞治編「近衛文麿」（上）三六一頁
二四九頁＊中野泰雄「政治家　中野正剛」（下）二〇四頁
二五一頁＊「西園寺公と政局」（六）四頁
二五八頁＊「広田弘毅」二五九頁
二六六頁＊「外交官の一生」二四三頁
二六八頁＊「西園寺公と政局」（六）四三頁
二七七頁＊「近衛文麿」（上）四二四頁
二八八頁＊「近衛文麿」（上）四六一頁
二九四頁＊「外交官の一生」二六五頁
二九五頁＊「近衛文麿」（上）四六九頁

三〇一頁＊「西園寺公と政局」（七）　四頁

八章

三〇五頁＊森清人「松岡洋右と語る」　一四四頁
三一五頁＊「広田弘毅」　三三九頁
三二一頁＊青木秀編「修猷山脈」　七七頁
三二八頁＊「回想十年」（一）　六二頁

九章

三四一頁＊児島襄「東京裁判」（上）　八七頁
三四五頁＊「東京裁判」（上）　一〇五頁
三四八頁＊「木戸幸一日記」（下）　一二五六頁
三五八頁＊朝日新聞法廷記者団「東京裁判」（上）　一五八頁
三六一頁＊「幣原喜重郎」　二五二頁

十章

三八一頁＊洞富雄「南京事件」　一四二頁
三八二頁＊「南京事件」　一四五頁
三八五頁＊朝日「東京裁判」（上）　三五五頁
三八九頁＊重光葵「巣鴨日記」　九四頁
三九二頁＊板垣征四郎刊行会「秘録板垣征四郎」　四〇〇頁

三九三頁＊「東京裁判」(下)二八頁
三九五頁＊「東京裁判」(下)四六頁

十一章

四〇三頁＊笹川良一「巣鴨の表情」一五四頁
四一〇頁＊佐藤賢了「故広田弘毅殿を憶ふ」
四一一頁＊「故広田弘毅殿を憶ふ」
四一一頁＊「現代政治家論」二九二頁
四二九頁＊「東京裁判」(下)一八一頁
四三四頁＊花山信勝「平和の発見」一八八頁
四三九頁＊重光葵「続巣鴨日記」三〇五頁
四四二頁＊「平和の発見」二七二、三頁
四四三頁＊＊「平和の発見」二七七頁
四四四頁＊「平和の発見」三一二頁

解説

赤松大麓

『落日燃ゆ』は、城山三郎氏の代表作であり、現代文学の見事な収穫の一つに数えることができよう。昭和四十九年に新潮社の書下ろし文芸作品として刊行され、毎日出版文化賞と吉川英治文学賞を受賞した。城山氏はこの長篇《ちょうへん》小説で、東京裁判で戦争責任を問われ処刑された広田弘毅《こうき》元首相の生涯《しょうがい》を、鮮やかに描き出した。氏は近代史上で重要な役割を果たした人物を主人公にして、それまでにも『辛酸』（田中正造）、『雄気堂々』（渋沢栄一）などの小説を発表している。『落日燃ゆ』はこれらの先行作品につながるものだが、特にすぐれた出来栄えを示し、氏の声価を決定的なものにした。城山文学の世界に伝記小説という一つの系譜を定着させた点で、この長篇は大きな意義をもっている。

昭和がすでに半世紀を超えたこともあって、近年、昭和史の人びとを題材にした作品が、さかんに発表されるようになった。その傾向は歓迎すべきだろうが、資料の収集、綿密な調査と取材、問題意識の鋭さ、記述方法の工夫などで、十分評価に耐えるものは、まだ乏しいのではないだろうか。その点、『落日燃ゆ』はこれらの要件を満たした数少ない名作で、読む者に深い感銘を与え、これからも長く読みつがれていくに違いない。

本編の主人公、広田弘毅は、明治十一年、福岡県福岡市の石屋の長男に生まれ、一高、東京帝大を卒業して外交官となった。中国、英国、米国などの勤務を経て、欧米局長、駐オランダ公使、駐ソ大使を歴任、昭和八年に斎藤実《まこと》内閣の外相として入閣、次の岡田啓介《けいすけ》内閣では留任した。岡田内閣は二・二六事件のため総辞職し、そのあとを受け彼は三十二代目の首相になる。戦後は幣原喜重郎《しではらきじゅうろう》、吉田茂、芦田均《あしだひとし》ら外務官僚出身の宰相が相次いで登場したが、戦前、外交官から総理大臣にまで登りつめた例は極めて珍しい。

ここまでの略歴だけで判断すれば、順風満帆で異例の栄達をとげたかに見える。だが、彼は栄誉や恩賞を強く求める立身出世主義とは、およそ無縁な男だった。貧しい石屋の子に生まれながら、苦学力行して外交官の道を選んだのは、三国干渉の屈辱が忘れられず、外交の力の必要を痛感したからにほかならない。名門、栄誉、社交などに象徴される華やかな外交官生活は虚の部分にすぎず、外交官も国士であると彼は考えていた。

城山氏は広田の前半生を、明治、大正、昭和の激動する時代背景のなかに、的確に跡づけると共に、彼の人間形成、風格、人生観などを巧みに描きこんでいく。幣原喜重郎、山座円次郎、佐分利貞男、松岡洋右《ようすけ》、吉田茂といった外務省における広田の先輩、同僚たちの動静や言行も記述し、彼らとの対比によって広田の人間像を浮き彫りしているのは、すぐれた技法といえよう。

小村寿太郎の腹心で「山座の前に山座なく、山座の後に山座なし」とまでいわれた山座に、広田は理想の外交官を見た。山座は広田を愛し引き立てたが、不幸にも働きざかりに北京《ペキン》で客死している。けれども、彼が残した言葉は広田に大きな影響を与えた。特に「外交官は自分の行なったことで後の人に判断してもらう。それについて弁解めいたことはしないものだ」という教訓は、広田の一生を左右したと思われる。東京裁判で彼は一切の自己弁護を行わず、絞首刑《こうしゅけい》の判決を受け、従容《しょうよう》として死についた。他の被告たちと異質なこの態度は、山座の教えと深く結びついたものに違いない。

無欲は彼の生得の性格だったが、山座や親友の死を契機に人生の無常を感じ、「自ら計らわぬ」生き方に徹するようになる。官界という競争社会で、こうした生き方を貫くことは容易ではない。省内の派閥、人脈などから超然として、閑職についても悠々《ゆうゆう》とわが役割を果たす彼の面目は、駐オランダ公使時代の日常によく活写されている。外交官の終着駅とも見られるこのポストに左遷《させん》されながら、「風車、風の吹くまで昼寝かな」の一句を詠《よ》んだ広田。だが、軍部の台頭と独断専行は、国際政治にも波紋を及ぼし、彼にいつまでも昼寝を許さなかった。

彼の駐ソ大使時代に満州事変が起こり、やがて上海《シャンハイ》事変、満州国建国宣言、五・一五事件、国際連盟脱退と事態が目まぐるしく転回するにつれて、良識ある外交政策によって収拾を図ることが、急務となった。自ら計らわぬ広田が、外相の重責を担《にな》わされたのは、このような厄介《やっかい》な時期だったのだ。統帥権《とうすいけん》の独立を口実に暴走する軍部、これに呼応して皇道外交を主張する外務省内の革新派。敵対する勢力を内外に持ちながら、永い昼寝の間に蓄えた見識で、彼は持論の協和外交を展開しようと辛苦を重ねていく。国防、外交政策を協議する五相会議で、陸相主導型を外相主導型に転換させるなど、彼は次第に本領を発揮し、西園寺《さいおんじ》、斎藤、高橋らの長老やグルー駐日米大使らの評価と信頼を受けた。昭和十年一月の国会答弁で「私の在任中に戦争は断じてないことを確信している」と述べたのも、強い信念の表明だったろう。

斎藤、岡田内閣の外相の実績を認められた広田は、二・二六事件以後の極めて困難な時期に政権を担当し、さらに第一次近衛内閣でも外相を務めた。広田内閣時代には寺内陸相を督励し、粛軍を断行させて正邪のけじめをつけ、下積みの人びとに目を向け庶政一新を図るなど、彼らしい政治信念が発揮された。反面、陸海軍の主張や面子《メンツ》をかなり立てた「国策の基準」の決定、日独防共協定の締結などが行われた事実も、見落とすことはできない。

近衛内閣に入閣して僅《わず》か一カ月余り後に、蘆溝橋《ろこうきよう》で日中両軍の衝突が起こり、事変が拡大したのも、広田にとって不運この上ないめぐり合わせだった。二年半前に国会で「断じて戦争はない」と明言した彼は、現地解決、即時停戦を主張し懸命に努力する。だが、軍部の横暴、国内の対支強硬論、近衛首相のスタンド・プレイなどが原因で、遂《つい》に南京虐殺《ナンキンぎやくさつ》事件にまで発展し、日本は泥沼の戦争へとのめりこんでいくのだ。「外交の相手は軍部」という否応《いやおう》ない現実に直面しつつ、何とか事態の好転を図ろうとする広田の言動やその力の限界が、豊富な資料に基づいて、書きこまれている。

広田の首相、外相時代の政策決定や外交的努力は、東京裁判で追及される戦争責任論とからんで、非常に重要なものだ。是非の判断には、あくまで偏見の混らぬ正確な事実が必要だろう。城山氏はその立場から、この間の史実をどこまでも正しく、感情移入せずに記述しようと努めている。その姿勢が終始貫かれていればこそ、判決の不条理と「自ら計らう」ことなく死んでいった広田の生涯とが、読者に鮮烈な印象を与え、深い感動を呼ぶのではあるまいか。

全十一章からなる本書の最後の三章は、東京裁判の内幕とこれに対処した広田の揺るがぬ態度を、見事に描き切っている。被告たちの一部には、自分の立場を有利にしようと他人に泥をかぶせる者がいて、時には仲間割れの争いが起こるなど、かなり醜い場面もあったらしい。重光元外相が詠んだ「罪せんと罵《ののし》るものあり免れんとあせる人あり愚かなるもの」の一首は、この間の消息を伝えている。こうした中で、広田の「物来順応」の態度は、際立《きわだ》った印象を与えた。英国のコミンズ・カー検事のように、ずる賢い二重人格者、と悪意にみちた判断を下した者もあるが、多くの関係者は広田の人格に敬意を抱くと共に、彼が自ら墓穴を掘ることにならぬかと懸念したようだ。

広田の「自ら計らわぬ」生き方は、徹底していた。弁護人から罪状認否で無罪と答えるよう求められ、「戦争について自分には責任がある。無罪とはいえぬ」と語ったほどだ。単なる手続上の問題にさえ、このような受けとめ方をした彼は、裁判を通じ終始自己弁護をせず、有罪になることでつとめを果たそうとした。最終的には文官としてただ一人、絞首刑の判決を受けるが、これは検事団にさえ意外な結果で、キーナン首席検事は「何というバカげた判決か」と嘆いたという。広田と死出の旅を共にする六人の軍人は、いずれも何らかの形で、彼の協和外交の努力を妨げた者ばかりだった。しかし、彼は不満めいたことは少しも口外せず、教誨師の仏教学者花山信勝の面接にもほとんど無口で「今更何もいうことは事実ない、自然に生きて、自然に死ぬ」と答えている。

　公人としての広田は、自身の信念に従って、ほとんど感情の起伏を見せていない。が、彼は非常に人間性豊かな愛情深い人物で、妻子を深く愛した。名門の子女と結婚し、閨閥《けいばつ》の力で出世する外交官は少なくないが、広田は貧乏なかつての自由民権の志士、月成功太郎の娘静子と結婚している。二人は老いても相思相愛の仲で、静子は夫の覚悟を察知し、裁判の最中に自害した。夫の未練を少しでも軽くしたいという願いから、死を選んだのだ。その報知を伝えられた後も、広田が獄中から家族に送る手紙は、最後の一通まで静子宛《あて》であった。

「翻訳して検閲を受ける便宜上、広田は手紙を片仮名で書いたが、その最後を『シヅコドノ』と結び続けた。その『シヅコドノ』の文字が見られなくなったとき、つまり広田が死ぬとき、はじめて静子も本当に死ぬ。生きている自分は死の用意をし、一方、死んだ妻を生きているひととして扱う。幽明境を異にすることを、広田はそうした形で拒んだ」

　この一節に広田の妻に対する限りない愛情、死生観、決意、そして彼の稀有《けう》な人間性が、はっきりと集約されている。『落日燃ゆ』のなかで、最も感動的な文章といえるだろう。城山氏の切実な鎮魂の願いが、この一節にこめられ、読む者の胸に惻々《そくそく》と迫ってくる。氏はこの作品で、感情を抑制した執筆態度を終始貫いた。情感をにじませず、あくまで真実を追及し、近代日本の転落の歴史とその流れを堰止《せきと》めようと苦闘した広田の悲劇を、醒《さ》めた目で見すえている。けれども全篇を読み終えた時、これが氏にとって書かずにいられぬ内的必然を持った小説であることを、誰《だれ》しも否応なく納得するに相違ない。

　戦時中の皇国史観への反動で、氏は歴史不信に陥っていたが、広田という人物と出会い戦争回避の努力を知るに及んで、昭和史検証の必要性を痛感したのではあるまいか。とりわけ、「長州の作った憲法が日本を滅ぼす」と述べて軍部に抵抗しながら、戦争責任について決して自己弁護せぬ広田の言動は、城山氏の心を強く動かしたことだろう。だが氏は、広田に対する共感や敬愛を安易に作品の表面に出さず、客観的な記述を守り通している。深い哀惜の念を胸の奥に秘めながら、この記述方法に徹することによって、『落日燃ゆ』は広田弘毅への頌徳表《しょうとくひょう》ではなく、彼に手向《たむ》けられた真の鎮魂曲になりえているのである。

（昭和六十一年十月、前毎日新聞論説委員長）

この作品は昭和四十九年一月新潮社より刊行された。

落《らく》日《じつ》燃《も》ゆ

新潮文庫　し - 7 - 18

昭和六十一年十一月二十五日　発行
平成二十一年十月二十日　五十七刷改版
令和七年六月二十日　七十二刷

著者　城《しろ》山《やま》三《さぶ》郎《ろう》
発行者　佐藤隆信
発行所　株式会社 新潮社
郵便番号　一六二―八七一一
東京都新宿区矢来町七一
電話　編集部(〇三)三二六六―五四四〇
読者係(〇三)三二六六―五一一一
https://www.shinchosha.co.jp

価格はカバーに表示してあります。

乱丁・落丁本は、ご面倒ですが小社読者係宛ご送付ください。送料小社負担にてお取替えいたします。

印刷・錦明印刷株式会社　製本・錦明印刷株式会社

ISBN978-4-10-113318-8 C0193